Familienbande

Norma Klein wurde 1938 in New York geboren. Bereits während ihres Studiums veröffentlichte sie Kurzgeschichten und mit 30 schrieb sie ihren ersten Roman. Sie lebte immer in New York und so sind meistens auch Jugendliche dieser Stadt die Helden ihrer Bücher. Norma Klein ist 1989 gestorben.
Im Carlsen Taschenbuch ist von Norma Klein außerdem der Titel *Leda und die Anfänge der Liebe* (CTB 236) lieferbar.

Norma Klein

Familienbande

Aus dem Amerikanischen
von David Chotjewitz

CARLSEN

Veröffentlicht im Carlsen Verlag
Oktober 2003

Originalverlag: Dial Books, New York
Originaltitel: »Family Secrets«

Umschlagbilder: Doris K. Künster
Umschlaggestaltung: Doris K. Künster/Britta Lembke
Corporate Design Taschenbuch: Dörte Dosse
Gesetzt aus der Meridien von H & G Herstellung, Hamburg
Druck und Bindung: Elsnerdruck, Berlin
ISBN 3-551-35262-3
Printed in Germany

I

Was ich noch sagen wollte

Leslie zog ihr T-Shirt über den Kopf und schüttelte den Sand raus. Es ist immer noch ungewohnt für mich, sie nackt zu sehen. Also sah ich auf das Meer, bis sie fertig war. Es ist immer noch komisch, mit ihr zusammen zu sein. Wir haben zwar schon im Sandkasten zusammen gespielt, aber verliebt sind wir erst seit vier Wochen. Leslie wohnt das Jahr über in Manhattan und ich in Westport. Aber seit wir Babys sind, verbringen unsere Familien den Sommer auf Fire Island und unsere Ferienhäuser liegen nah beieinander. Als Kinder haben wir zusammen herumgetobt, sind segeln gegangen, haben Schach gespielt oder Tennis. Wenn eine Party anstand, hat meine Mutter gesagt: »Warum gehst du nicht mit Leslie«, und manchmal hab ich das getan. Aber es war nichts mit Romantik. Ich bin sowieso kein großer Herzensbrecher. Bis vor vier Wochen hatte ich kaum Erfahrung mit Mädchen. Ich hab natürlich viel über sie nachgedacht, aber gelaufen ist nie was.

Ein paar Mal war ein Mädchen hinter mir her, ein wenig jedenfalls, so was spürt man ja. Bei Leslie habe ich nie was gemerkt. Ich dachte mir, na ja, wir machen zwar öfter mal was zusammen, aber wohl eher, weil ihre Mutter sagt: »Wie wär's, wenn du mit Peter gehst? Er ist ein netter Junge.« Ich war also wirklich überrascht, als sie letzten Monat auf einer Party zu mir kam und fragte, ob ich Lust auf einen kleinen Spaziergang zum Strand hätte. Ich hatte sowieso nur rumgestanden und mich gefragt, ob ich nicht nach Hause gehen sollte, also sagte ich Ja. Und: »Mir fällt auch nichts Besseres ein.« Das war, wenn ich so zurückblicke, keine besondere Antwort, vor allem wenn man bedenkt, was noch kommen sollte.

Wir saßen dann in einer Bucht. Es war wolkig und mild, eine richtige Sommernacht. Ich weiß gar nicht mehr, wie es losging. Ich glaube, ich habe mich aus irgendeinem Grund vorgebeugt und im nächsten Moment küssten wir uns. Jahrelang habe ich all die Antworten durchgespielt, die mir ein Mädchen geben würde, wenn ich das versuchen würde. Ich war sicher, dass Leslie mindestens »Wer zum Teufel glaubst du, dass du bist?« oder »Lass die Pfoten von mir, du Idiot« sagen würde. Stattdessen sank sie nach hinten, legte die Arme um mich und küsste mich. Trotzdem, hab ich mir gesagt, irgendwann wird sie die Bremse anziehen. War aber nicht. Sie half mir sogar. Als ich meine Hand in ihre Jeans schob, zog sie sie aus und gleich darauf zog sie auch ihr T-Shirt aus. Um es kurz zu machen: Am Ende haben wir es getan.

Ich hatte erwartet, dass sie durchdrehen würde, hinterher. Dass sie auf der Party vielleicht ein bisschen viel getrunken hatte und jetzt total geschockt wieder zu sich käme. Aber sie lag einfach da, guckte mich glücklich an, sagte wenig. Es war komisch. Wir waren noch dieselben wie vor ein paar Stunden, aber alles schien völlig verändert. Ein Sexualkundelehrer hatte uns mal erzählt, Sex würde alles stärker machen, jedes Gefühl vertiefen.

Vor dieser Nacht war Leslie ein ziemlich nettes Mädchen für mich gewesen, mit dem ich besser klarkam als mit den meisten anderen. Und plötzlich kam es mir vor, als hätte sie mich in der Hand. Hätte sie mich in diesem Moment irgendwie kritisiert, wäre ich völlig fertig gewesen. Aber sie setzte sich auf, küsste mich und sagte: »Es heißt doch, das erste Mal sei furchtbar. Ich finde, das war ziemlich schön. Oder?«

Sie wusste, dass es mir genauso ging. Es war für uns beide das erste Mal. Keiner von uns hatte viel Erfahrung mit dem anderen Geschlecht. Wir waren also beide totale Anfänger auf diesem Gebiet. Ich war heilfroh darüber. Ein erfahrenes Mädchen hätte mir eine Scheißangst eingejagt.

Dann begann der wirklich komplizierte Teil des Abends. Es ist eine angenehme Sache, zusammen mit einem Mädchen, mit dem man schon im Sandkasten gespielt hat, die Unschuld zu verlieren. Aber was passiert dann? Nach einer Menge bedrückender Schweigeminuten haben wir uns klar gemacht, dass nun, nachdem wir das erste Mal glücklich überstanden hatten, nichts dagegen sprach, genauso weiterzumachen. Was wir auch getan haben. Nicht täglich, aber ein paar Mal die Woche. Ach, zum Teufel, genau zehnmal. Ich bin noch lange nicht so abgeklärt, dass ich nicht mitzählen würde. Jedes Mal ist wie ein Videofilm in meinem Gehirn aufgezeichnet und ich kann es das ganze letzte Schuljahr lang abrufen.

»Da gibt es was, worüber ich mich schäme zu sprechen«, sagte Leslie. Sie guckte auf das Meer, das keine zehn Meter weg war.

»Was?«, fragte ich. Ich versuche immer, sie nicht so verliebt anzuglotzen, aber sie sieht traumhaft aus, wenn sie so erhitzt ist, mit ihrem zerzausten schwarzen Bubikopf und dem leicht geröteten Gesicht.

»Ich habe gestern Tampons gesucht und das Tagebuch meiner Mutter gefunden.«

»Und?«

Leslie runzelte die Stirn. »Ich habe es gelesen.«

»Und, was hast du rausgekriegt? Irgendwas von Interesse?«

Leslies Mutter ist rothaarig, sehr sportlich, mit einer Wahnsinns-Figur, so ein Jung-Schwung-Stimmung-Typ, viel mehr als Leslie, obwohl sie schon über vierzig sein muss.

Leslie stocherte mit einem Stöckchen im Sand herum. »Es ist was Furchtbares.«

»Was denn?« Sie war so angespannt vor Nervosität, dass ich fast gelacht hätte.

Sie guckte mich mit ihren großen braunen Augen an. »Sie treibt es mit deinem Vater.«

»Du machst Witze.«

»Klar mach ich Witze. Toller Witz.«

»O Gott.« Dass mein Vater meiner Mutter nicht treu ist, war nichts Neues für mich. In den letzten Jahren hatte es ein paar ziemlich wüste Auseinandersetzungen gegeben, vor allem seit meine beiden älteren Brüder, Cliff und Ken, im College sind. Mein Vater sieht blendend aus; er verdient sogar sein Geld damit. Fernsehwerbung. Die Frauen stehen auf ihn und er steht auf Frauen. Und meine Mutter ist etwas mollig, so wie ich, grauhaarig, eher das, was man ein Hausmütterchen nennt.

»Was sollen wir tun?«, fragte Leslie.
»Wie sollten wir etwas tun? Du willst ihr doch wohl nicht erzählen, dass du ihr Tagebuch liest?«
»Meinst du, es geht einfach wieder vorbei?«
»Woher soll ich das wissen, Les? Geht es schon lange?«
»Eineinhalb Jahre. Sie lieben sich! Peter, ich glaube wirklich, dass es ernst ist. Ich glaube, dass sie nicht nur – entschuldige – nicht nur rumficken.«
»Vielleicht deine Mutter.«
»Aber dein Vater? Es sieht so aus, als wolle er deine Mutter verlassen. Sie sind schon bei Maklern gewesen, zusammen. Sie suchen … Verdammt! Peter, hast du nicht gesagt, dein Vater wäre beruflich für ein paar Tage in die Stadt gefahren?«
»Ja. Und?«
»Rate mal, wo meine Mutter ist.« Leslie schrie auf. »Peter! Sie suchen eine Wohnung. Vielleicht kaufen sie in diesem Augenblick ein Acht-Zimmer-Appartement.«
»Les, es ist ja gut.« Ich zog sie zu mir rüber.
»Du meinst, ich sehe alles viel zu dramatisch? Du meinst, ich spinne rum? Los, raus damit. Was meinst du?«
Ich musste mich räuspern. »Also, meine Meinung: Ja, ich glaube, dass sie eine Affäre haben. Kann sein, dass deine Mutter verliebt ist, und vielleicht erzählt mein Vater, er sei auch verliebt, und macht ihr Versprechungen, aber ich glaube nicht, dass er Mom verlassen und deine Mutter heiraten wird.«
»Warum nicht?«
»Weil er es schon seit Jahren so treibt. Er will ein bisschen was erleben, keine neue Frau.«

Leslie seufzte. »Verdammt, du bist zynisch. Woher willst du wissen, was er will?«

»Er ist mein Vater. Wir leben zusammen. Er ist ein völlig selbstsüchtiger Idiot.«

Leslie guckte mich an. »Du hasst ihn, oder?«

»Nein, ich hasse ihn nicht. Aber er behandelt meine Mutter wie den letzten Dreck und mich hält er für einen kompletten Versager. Er macht ständig Bemerkungen über meine Figur …«

»Ja. Hab ich gemerkt«, sagte Leslie. Sie schwieg für einen Moment. »Armer Daddy.«

Leslies Vater ist Neurologe, klein und rund, mit einer Vorliebe für Barockmusik und für hochgestochene und ironische Redewendungen. Ich kann mir gut vorstellen, wie er einem auf die Nerven gehen kann. Aber vor allem konnte ich mir die Sache zwischen meinem Dad und Leslies Mutter vorstellen, fast zu gut. Sie sind beide schlank, sexy und voll im Leben. »Vielleicht findet dein Vater jemand«, sagte ich, mehr, um überhaupt etwas zu sagen.

»Hast du nicht gerade gesagt, es wäre alles halb so wild?« Sie guckte mich vorwurfsvoll an.

»Er kann ja trotzdem noch jemanden finden.«

»Er ist so ein lieber Kerl, der Ärmste. Vielleicht, wenn er abgenommen hat … Dein Vater sieht so verdammt gut aus. Ich guck mir Männer sonst nicht auf ihre Muskeln hin an, aber als wir neulich Tennis gespielt haben … Wow!«

Ich war sauer, obwohl sie Recht hatte. So wie Leslie reagieren die meisten Frauen auf meinen Vater. Er spielt den ganzen Sommer Tennis und im Winter Squash und er hat nicht ein Gramm Fett. Es ist zum Kotzen, einen Vater zu haben, von dem deine eigene Freundin behauptet, dass er besser aussieht als du. Wenn du siebzehn bist und dein Vater siebenundvierzig. »Vielleicht solltest du mit ihm anbändeln«, schlug ich vor.

»Peter!«

»Vielleicht braucht er ein junges Mädchen, um von deiner Mutter wegzukommen.«

Leslie beugte sich zu mir. »Warum redest du so einen Mist? Ich versteh dich nicht. Du kannst so nett und verständnisvoll sein und dann wieder so sarkastisch und gemein.«

Ich seufzte. »Tut mir Leid, Les. Wahrscheinlich bin ich eifersüchtig.«

Leslie nahm meine Hand. »Aber du bist ein wunderbarer Mensch. Darum geht's doch. Wen interessiert denn der Körper so sehr?«

»Mich.«

Wir mussten lachen.

»Also, ich liebe auch deinen Körper«, sagte Leslie und wurde rot. »Wären wir sonst hier?«

»Ich dachte, wir wollten uns nur etwas Bewegung verschaffen und dabei braun werden, oder?« Es macht Spaß, Leslie zu ärgern.

»Ist mein Körper wichtig für dich, Peter?«, fragte sie.

»Dein Körper«, sagte ich feierlich, »ist das Wichtigste überhaupt. Es gibt nichts, woran ich mehr denke. Ich träume von deinem Körper.«

Leslie kicherte. »Wirklich?«

»Wirklich. Unanständige, verrückte, unbeschreibliche Träume.«

Sie errötete wieder. »Und ich träume von dir. Mann, sind wir nicht grässlich, wir beide?«

»Nein. Wir sind bloß zwei heißblütige amerikanische Jugendliche. Wenn überhaupt, dann haben wir eher zu wenig Sex. Siebzehn und immer noch unschuldig ... bis vor vier Wochen. So kommen wir nie ins Guinness-Buch der Rekorde.«

»Wahrscheinlich nicht.« Leslie lehnte sich wieder an mich.

Sie fühlte sich warm an, verschwitzt. »Wir haben einfach Nachholbedarf«, sagte ich.

»So ist es.« Ich dachte an meine Brüder. Cliff ist vier Jahre älter als ich, Ken drei. Cliff sieht aus wie mein Vater, Ken sieht überhaupt keinem aus der Familie ähnlich. Alle beide hatten sie Freundinnen, als sie zur High School gingen, und bestimmt haben sie mehr erlebt als ich.

Ich guckte auf die Uhr. Es war Mittag und ich hatte Mom versprochen zum Essen zu kommen. »Lass uns gehn«, sagte ich.

Leslie stand auf. Sie ist einen Kopf kleiner als ich, schlank, mit kleinen hohen Brüsten. Ihre Nase ist etwa auf der Höhe meiner Brustwarzen. Es wäre eine Katastrophe, wenn wir zusammen tanzten. »Ich sag dir jedenfalls Bescheid, wenn sich etwas entwickelt. Und du pass auf deinen Vater auf, wenn er heimkommt. Achte auf verräterische Anzeichen.«

»Wie zum Beispiel einen Mietvertrag für eine Acht-Zimmer-Wohnung in der Jackentasche?«

»Genau.« Sie seufzte. »Schrecklich, dass ich jetzt mit Daddy zusammen sein muss. Er ahnt ja nicht mal was.«

»Vielleicht doch«, sagte ich.

»Nein, auf keinen Fall«, beharrte Leslie. Sie umarmte mich.

»Bis bald.«

Ich stand da, bis ich sie nicht mehr sehen konnte.

Die Geheimnisse anderer Leute

Auf dem Nachhauseweg musste ich an Mira denken. Manchmal kommt es mir so vor, als ob ich mich nur ihretwegen mit Peter eingelassen hätte. Man könnte mir vorwerfen, dass ich sie als Sündenbock benutze, um eine Ausrede zu haben, aber Mira war nach der Zehnten im Ausland und hat danach ununterbrochen von ihrer großartigen Affäre mit einem Franzosen namens Jacques gequasselt. Damit hat sie mich erst darauf gebracht, dass ich noch Jungfrau bin. Wir sind seit der sechsten Klasse befreundet und Mira war mir immer etwas voraus. Wenn sie einfach besser wäre als ich, hätte mir das nichts ausgemacht, aber das glaube ich eigentlich nicht und deshalb macht es mir auch was aus. Es geht gar nicht ums Theaterspielen – wir sind beide gut, vielleicht die besten Schauspielerinnen der Schule, und konkurrieren immer um die Hauptrollen. Aber es ist auch sonst immer so. Irgendwie läuft es dauernd darauf hinaus, dass ich Mira alles nachmache – nachdem sie festgelegt hat, was wichtig ist.

Dass ich letztes Jahr die Jenny in *Die besten Jahre der Jean Brodie* gespielt habe, hat sicher auch einiges dazu beigetragen. Brodie sagt immer: »Jenny wird einmal berühmt sein für ihre erotische Ausstrahlung«, und obwohl ich erst sechzehn war, habe ich mich gefragt, ob das jemals auf mich zutreffen wird. Was mein Äußeres betrifft, würde man es kaum für möglich halten. Ich habe schon immer jünger ausgesehen, als ich war. Bei Schulaufführungen schlug meine Stunde, wenn es an Stücke wie *Ariel* oder *Peter Pan* ging. Für *Das Tagebuch der Anne Frank* wäre ich eine Traumbesetzung gewesen: große Augen, zu dünn, sensibel. Außerdem wollte ich sowieso nicht den Erstbesten nehmen. Vielleicht war ich auch etwas feige. Fürs erste Mal wollte ich einen, den ich gut kannte und dem ich wirklich vertrauen konnte.

Mit Peter bin ich schon immer besser klargekommen als mit anderen Jungen. Weil ich auf eine Mädchenschule ging, war ich nie einfach so mit Jungs zusammen. Und dann hab ich auch keine Brüder. Sonst hätte ich vielleicht eher gewusst, wie man mit Jungen umgehen muss. Hätte ich einen Bruder, könnte er ruhig so wie Peter sein. Nicht nur, weil Peter genau wie ich ein ruhiger Typ ist und das, was meine Mutter etwas abfällig einen »einsamen Wanderer« nennt. Obwohl er ein Superhirn ist und sich um eine vorgezogene Harvard-Zulassung beworben hat, überfällt er einen nicht mit seinen ganzen Erfolgen, wie das andere Jungen tun. Tatsächlich hätte ich nicht mal gewusst, dass er den Westinghouse-Wettbewerb für junge Wissenschaftler und noch mehr von der Sorte gewonnen hat, wenn es mir seine Mutter nicht erzählt hätte.

Peter erinnert mich ein bisschen an einen Wal. Das kann ich ihm aber nicht erzählen, weil er dann beleidigt wäre. Seine Komplexe wegen seiner Figur sind schon krankhaft. Klar wäre es besser, wenn er etwas abnehmen würde, aber er ist auch so in Ordnung, rund, gemütlich und sanft. Also vielleicht eher wie ein Delfin, die sollen ja auch so klug

sein und hilfsbereit, wenn man sich erst einmal mit ihnen angefreundet hat.
Eines muss ich zugeben: Jetzt, wo wir es gemacht haben, ohne dass Peter schreiend vor mir weggelaufen ist oder mich hinterher mit Verachtung gestraft hat – jetzt gibt es mir schon was, dass *ich ihn* verführt habe. Ich guck mich im Spiegel an und plötzlich sehe ich verführerisch aus, begehrenswert. Ich schminke mir sogar die Augen, bevor wir uns treffen, was ich sonst nie getan habe, vor allem nicht, wenn ich zum Strand bin.
Peter sagt, dass er das Gefühl hat, ich hätte ihn in der Hand, und dass ihn das nervös macht. Wie wunderbar! Ich habe noch nie jemanden in der Hand gehabt, hatte überhaupt noch nie Macht über andere Menschen, höchstens mal auf der Bühne. Ich hätte auch nie gedacht, dass Jungen so verletzlich sein können. Aber wenn ich Peter angucke, vor allem nachdem wir miteinander geschlafen haben … er betet mich ja an! Das macht mich glücklich.
Dieses Glück hat mich auch ein bisschen beschützt vor der Sache mit meiner Mutter und Peters Vater. Wenn ich es letzten Sommer rausgekriegt hätte, wäre ich restlos erledigt gewesen. Auch jetzt tut es mir immer noch genug weh. Aber ich denke daran, wie ich mich fühle, nachdem ich mit Peter geschlafen habe, und ich denke mir: Vielleicht macht Mom es deshalb. Vielleicht hat sie das gesucht und bei Daddy nicht bekommen. Ich liebe Daddy, vielleicht schon fast zu viel, aber ein erotischer Typ ist er nicht. Mir gegenüber ist er warm und liebevoll, aber sonst kann er sehr ironisch sein und das hält die meisten auf Distanz. Manchmal ist Mutter richtig ausgerastet, weil er sich auf

nichts richtig einlassen kann und immer Witze macht. Bei Peters Vater merkt man sofort, dass er voll da ist, unmittelbar reagiert. Ich habe schon vor diesem Sommer darüber nachgedacht, warum solch ein Mann eine so stille, unauffällige Frau geheiratet hat. Konnte sie ihm das »bieten«, was er braucht? Nach dem, was Peter erzählt, wohl nicht. Ob Mom weiß, dass sie nicht sein erster Seitensprung ist?

Als ich wieder in unserem Ferienhaus ankam, lag Daddy in der Hängematte und las eine alte Ausgabe des Feinschmecker-Journals. In den Ferien hat er immer viel gekocht, weil er das Jahr über kaum Zeit für so was hat, nur in diesem Sommer hat er sich selten als Koch betätigt. Eine seiner Marotten ist, dass er Kochrezepte liest. Auch für Gerichte, die er gar nicht kochen will. Er sagt, er isst dann nicht so viel. Eigentlich müsste es ja genau andersrum sein, nämlich dass er beim Lesen Appetit bekommt, aber nein, er sagt, nach dem Lesen fühlt er sich satt und zufrieden, als ob er gegessen hätte. Vielleicht ist das ein bisschen so wie bei Leuten, die sich Nacktfotos angucken, weil sie zu wenig Sex haben.

Plötzlich hatte ich den Eindruck, dass er blass und verloren aussah. Vielleicht lag das daran, dass ich über Mom und Peters Vater Bescheid wusste. Ich ging rüber und küsste ihn.

Er schaute auf. »Na, meine Süße? Was macht der Strand?«

»Was Strände halt so machen. Wollen wir einkaufen gehen?«

»Vielleicht sollten wir lieber – ach, da fällt mir ein: Deine Mutter hat angerufen. Sie kommt einen Tag später, wir müssen also nur für uns beide Proviant besorgen.«

Ich schluckte. Ganz kurz sah ich Mom und Nelson vor mir. »Das ist gut«, sagte ich dann munter. »Macht auch nichts. Oder bist du einsam?«

»Ich werd's überleben«, sagte er mit einem komischen Lächeln.

»Was hältst du von Fisch?«

»Warum nicht? Doch, ich fühle mich recht fischig. Aber ich bin auch für andere Vorschläge offen.«

Ich fragte mich, was Daddy sagen würde, wenn er von Peter und mir wüsste. Er ist eigentlich ein liberaler Mensch, aber das kann natürlich anders sein, wenn es um die eigene Tochter geht. Wir hatten immer eine extrem enge Beziehung. Er war es, der mich aufgeklärt hat, mit dem ich meine Problemchen und Probleme besprochen habe. Ich hab immer gedacht, dass ich es ihm erzählen würde, wenn es passiert wäre. Aber jetzt kam es mir zu intim vor. Ich wollte überhaupt niemandem davon erzählen. »Bevor du Mutter kennen gelernt hast – hattest du da schon andere Beziehungen gehabt?«

»Mit Mädchen?«

»Wie hat es angefangen mit euch? War es Liebe auf den ersten Blick?«

»In unserem speziellen Fall bin ich, nach gründlicher Erwägung der Sachlage, zu dem Schluss gekommen, dass es deine Mutter – aus Gründen, die mir, wie ich zugeben muss, etwas rätselhaft sind – auf mich abgesehen hatte. Was mir verständlicherweise sehr geschmeichelt hat.«

»Und hattest du es auch auf sie abgesehen?«

»Das hätte ich nie riskiert, wenn ich nicht gewusst hätte, dass die betreffende Person ein Gefühl für mich entwickelt hat. Ich hoffe, du ziehst eine heilsame Lehre daraus, mein Schatz.«

Daddy ist ein Redner – er redet gerne und viel und hat einen Riesen-Wortschatz, nur manchmal ist es schwer auszumachen, was er gerade fühlt. Es gibt zum Beispiel nie Streit zwischen meiner Mutter und ihm. Das heißt, Mom schreit ihn manchmal an, aber er sitzt nur da und guckt, als wäre er im Theater und müsste ein nicht sonderlich unterhaltsames Stück über sich ergehen lassen. Was wäre, wenn er von Mutter und Nelson wüsste? Wäre er am Boden zerstört? Ich kann mir nicht vorstellen, wie er reagieren würde.

»Mira ist manchmal komisch«, sagte ich. »Weißt du, was sie letzten Sommer gemacht hat?«

»Keine Ahnung.«

»Sie hat das Tagebuch ihrer Mutter gefunden und darin gelesen.«

»Das ist aber gar nicht nett«, sagte Daddy.

»Sie weiß, dass sich so was nicht gehört. Aber sie sagte, sie konnte einfach nicht anders.«

»Nun, ich bin mir sicher, dass sie zur Strafe einige unerfreuliche Dinge herausgefunden hat.«

»Irgendwie schon.«

»Jedenfalls sind die Geheimnisse anderer Leute meist gar nicht sooo interessant. Ich jedenfalls verstehe nicht, was an Tagebüchern so aufregend sein soll.«

»Hattest du nie eins?«

»Nein.«

»Weißt du noch, als ich klein war? Ich hatte ein Tagebuch, in das ich alle meine Träume geschrieben habe.«

»Ja. Aber das war etwas ganz anderes. Wenn ich mich recht erinnere, bist du jeden Morgen angekommen und hast deine Träume vorgelesen. Es war also für die Öffentlichkeit gedacht. Ich habe dich damals übrigens sehr beneidet.«

»Wieso?«

»Weil du die wunderbarsten Abenteuer erleben konntest, einfach indem du deinen Kopf auf das Kissen legtest. Das war ungerecht. Ich träume nämlich so gut wie gar nicht. Ein Psychiater hätte wohl seine Probleme mit mir.«

»Ich träume auch nicht mehr so viel«, sagte ich tröstend.

Er tätschelte meine Hand. »Danke. Dann sei dir verziehen. Übrigens – hast du Peter Galing getroffen? Er hat angerufen.«

»Ja, ich hab den Zettel gefunden.«

»Er könnte mal wieder zum Schach vorbeikommen. Ich glaube, wir könnten uns ein spannendes Match liefern.«

»Könnte ich nur besser Schach.«

»Dafür träumst du zu viel, meine Süße. Du willst gar nicht wirklich gewinnen.«

»Will ich doch. Versuche ich zumindest.«

»Du brauchst mehr Ausdauer.«

Ich dachte an Peter. »Hat Peter mehr Ausdauer als ich?«

»Das glaube ich schon. Mit solchen Eltern bleibt ihm nicht viel anderes übrig.«

»Solchen Eltern?«

»Kann sein, dass ich mich irre, aber ich hatte immer das Gefühl, dass sie sich voll und ganz auf die beiden älteren Jungen konzentrieren – wie heißen sie noch? – und dass Peter selbst sehen musste, wo er blieb. Nicht dass er mir nicht der

Liebste wäre. Aber auf die anderen – wie heißen sie bloß? – war Nelson immer so stolz. Mir war nie klar, warum.«
Ich fragte mich, was Daddy wirklich von Peters Eltern hielt. Ich hatte immer das Gefühl, dass er auf Peters Vater ein wenig herabschaut, weil er nicht sonderlich intellektuell ist, und dass er Peters Mutter ganz gerne mag.
»Ich glaube, wir werden die Galings nächste Woche zu sehen bekommen«, sagte er. »Deine Mutter hat jedenfalls so etwas notiert. Abendessen, glaube ich. Also, wo ist der Einkaufszettel? Haben wir schon was aufgeschrieben?«
Ich ging in die Küche, die ziemlich klein ist, und holte die Liste. Wir haben so eine Tafel, wo jeder aufschreibt, was fehlt, und wenn wir einkaufen gehen, schreiben wir es auf den Zettel.

Ich gehe gern mit Daddy einkaufen. Er sagt, dass er beim Einkaufen seinen Ordnungssinn ausleben kann. Bei ihm gibt es das nicht, dass man einfach alles mitnimmt, was einem gerade in den Sinn kommt, wie Mutter das macht. Auf Fire Island gibt es ein paar Läden, die wir bei unserer Tour normalerweise aufsuchen. Während Daddy im ersten Laden war, stand ich draußen und guckte zum Strand. Plötzlich sah ich Morgan, Peters Onkel. Ich hatte ihn diesen Sommer noch nicht gesehen. Dünn war er geworden! Er ist Nelsons Bruder. Ich glaube, Peter mag ihn. Er kommt jeden Sommer für eine Weile.
»Guten Tag, guter Mann«, sagte Morgan, als Daddy rauskam. »Wo hatten Sie sich denn versteckt?«
»Er hat gefaulenzt«, sagte ich. »Hat in der Hängematte rumgelegen.«

»Wie nicht anders zu erwarten«, sagte Morgan.

»Das ist die Grausamkeit der Jugend«, sagte Daddy. »Hier bin ich, führe einen Haushalt, erstelle Einkaufszettel, trage schwer an Arbeit und Verantwortung – und man redet von Faulenzen. Ich frage Sie: Wo ist die Gerechtigkeit dieser Welt?«

»Das wollte ich Sie gerade fragen«, sagte Morgan.

»Gebt nichts auf das Wort der Jugend«, sagte Daddy. »Sie ist vorschnell und ungerecht in ihren Urteilen.«

»Daddy«, sagte ich. »Ich habe nur ...«

»Leugne nicht«, sagte Daddy. »Es gibt Zeugen. Morgan, haben Sie eben gehört, wie mich diese junge Dame der Faulenzerei bezichtigt hat?«

»Das habe ich«, sagte Morgan. »Es fällt mir nicht leicht, das zu sagen – aber ich habe es gehört.«

»Ich sehe, dass es Ihnen schwer fällt, und ich weiß Ihr Verhalten zu schätzen ... Und wie lange bleiben Sie diesmal?«

»Wie immer.«

»Ich bitte um Entschuldigung, aber ich weiß nicht, wie lange Sie immer geblieben sind.«

»Zehn Tage. Mehr Urlaub kriege ich nicht. Die andere Woche nehme ich lieber im Winter.«

»Urlaub im Winter – was für ein Luxus.«

»Kein Luxus – aber es teilt das Jahr besser auf.«

»Eine wichtige Angelegenheit – das Jahr zu teilen«, sagte Daddy. »Ich glaube übrigens, wir werden uns übermorgen sehen. Aline hat was in ihrem Kalender von wegen Essen mit den Galings.«

»Schön. Leider fürchte ich ...«

»Muss man sich fürchten, wenn wir zum Essen kommen?«

»Ich glaube, Hope sagte, Nelson wird noch einen Tag zu tun haben. Er ist in der Stadt und arbeitet, der arme Kerl.«

»Diese Workaholics sind eine Plage«, sagte Daddy. »Wir müssen ihnen das Handwerk legen.«

»Dem kann ich nur zustimmen.«

»Also sind wir wieder von der Tagesordnung gestrichen worden?«

»Nein, ich glaube ... Hope sagte, sie hofft, ihr würdet trotzdem kommen.«

»Hope hofft. Na ja, wenn Hope hofft, sollte man diese Hoffnung nicht unerfüllt lassen. Was meinst du, Les?«

»Ich würde gerne kommen«, sagte ich. Ob Mutter bis dahin zurück sein würde? »Aber hör mal, Daddy: Wir sollten mit unseren Einkäufen weitermachen.«

»Das sollten wir in der Tat. Gibt es einen Grund dafür, dass wir hier unsere Zeit vertrödeln? Ich muss feststellen, dass dieser Herr die Schuld an diesem Missstand trägt. Mister Morgan: Bekennen Sie sich schuldig?«

»Ich bekenne«, sagte Morgan. »Ich werde meine bescheidenen Einkäufe tätigen und dann gehen. Bis bald.«

Daddy hob die Hand zum Abschied. Er redet oft auf diese Art, aber wenn er so jemanden wie Peters Onkel trifft, kann er kaum aufhören. Ich glaube, Mutter hat das manchmal genervt.

Wir kauften unsere Sachen und packten sie in den Wagen.

»Daddy?«

»Was gibt's, meine Süße?«

»Morgan sah so dünn aus. Nicht?«

»Ja, allerdings«, sagte Daddy.
»Warum wohl?«
»Er wird sterben.«
Ich starrte Daddy an. »Wieso? Woher weißt du das?«
»Er hat Krebs. Schon seit ein paar Jahren. Ich vermute, dass es schlimmer geworden ist.«
Wie konnte er hier stehen und mit Daddy Frotzeleien austauschen, wenn er Krebs hatte? »Vielleicht geht es ihm schon besser«, sagte ich.
»Kaum«, sagte Daddy. »Das ist sein letzter Sommer.«
Ich nahm Daddys Hand. »Ich mag Morgan.«
»Jeder mag ihn.«
»Das ist nicht gerecht.«
»Nein.«
»Und er weiß es?«
»Sieht so aus.«
»Wie kann er hier rumlaufen, einkaufen und so, wenn er es weiß?«
»Was bleibt ihm sonst übrig?« Daddy runzelte die Stirn. »Es ist schlimm. Auf dem College hatte ich einen ziemlich guten Freund, William McGill, der auf ähnliche Weise gestorben ist.«
Ich war überrascht. Davon hatte Daddy nie erzählt.
»Stand er dir sehr nahe?«
»Sehr. Es kam ganz plötzlich und ging dann entsetzlich schnell.«
Da musste ich wieder an Mom und Peters Vater denken, an das Tagebuch, das ich gefunden hatte. *Es kam ganz plötzlich* … Ich nahm Daddys Arm und drückte ihn an mich, während wir nach Hause gingen.

Unheimliche Begegnung der vierten Art

»Meinst du, sie haben mitgekriegt, dass wir gegangen sind?«, fragte Leslie. Sie saß im Schneidersitz auf dem Bett. Nach dem Essen, das Mom für Onkel Morgan und Leslies Vater gegeben hatte, waren wir in das Haus ihrer Eltern verschwunden. Jetzt lagen wir schon fast eine Stunde im Bett.

»Vielleicht haben sie's bemerkt«, sagte ich. »Aber ich glaube, sie hegen keinen Verdacht.«

»Hat deine Mutter Onkel Morgan nicht angelächelt?«

»Das macht sie immer. Sie verstehen sich gut. Komisch, Mom versteht sich mit ihm besser als mit Dad.«

»Vielleicht hätte sie lieber deinen Onkel heiraten sollen.«

»Dann wäre er nicht mein Onkel.«

»Du wärst vielleicht nicht mal auf der Welt! Ich wüsste gerne, wo meine Mutter und dein Vater jetzt stecken. Ob sie ihn mitnimmt in unsere New Yorker Wohnung?«

»Weißt du, dass Onkel Morgan meine Eltern zusammengebracht hat?«

»Wie das?«

»Sie hatten einen Englischkurs zusammen, im College, und so haben sie sich kennen gelernt.«

»War dein Onkel jemals verheiratet?«

»Nein. Er ist wohl nicht der Typ dafür.«

»Was machen deine Waden, Peter?«

Ich hatte einen Wadenkrampf gekriegt, gleich nachdem wir miteinander geschlafen hatten. Es hat die Stimmung nicht gerade gehoben, dass ich aufstehen und wie ein Känguru rumhüpfen musste, aber was blieb mir anderes übrig? »Ich glaube, es wird wieder«, sagte ich. Ich hatte Hemd und Hose wieder angezogen, weil es immer noch komisch war, mich so nackt vor Leslie zu zeigen. Wenn ich schlanker wäre, hätte es mir nicht so viel ausgemacht.

»Soll ich dich massieren?«, fragte sie. »Los, leg dich hin.«

Gehorsam legte ich mich lang, den Kopf aufs Kissen. Leslie rubbelte und knetete meine Waden. »Fühlt sich gut an«, sagte ich.

»Wenn alles schief geht, kann ich nach dem College immer noch Masseurin werden.«

»Wolltest du nicht Schauspielerin werden?«

»Natürlich. Aber wahrscheinlich dauert es seine Zeit, bis ich richtige Rollen kriege. Man muss erst vorsprechen, um angenommen zu werden. Genau wie dein Vater, wenn er in einem Werbefilm mitmachen will.«

»Dad wollte auch mal Schauspieler werden«, sagte ich. »Mom hat gesagt, ich soll ihn nicht darauf ansprechen. Ist wohl so ein wunder Punkt, weil es nicht geklappt hat und er Werbespots macht.«

»Heißt das, dass er ein richtiger Schauspieler werden wollte, Shakespeare spielen und so?«

»Ganz genau. Onkel Morgan übrigens auch. Er hat es sogar geschafft. Er verdient sein Geld damit.«

»Das wusste ich nicht«, sagte Leslie. »Vielleicht sollte ich mich mal mit ihm unterhalten.«

Ich drehte mich auf den Rücken. »Also, ich sehe das so: Dad beneidet Onkel Morgan. Er glaubt, Onkel Morgan würde auf ihn herabschauen, weil er nur Werbespots macht. Und Onkel Morgan beneidet Dad, weil der so einen Haufen Geld verdient.«

Leslie legte den Kopf auf meine Schulter. »Peter. Daddy hat gesagt, Onkel Morgan sei sehr krank. Stimmt das?«

»Ja, ich glaub schon. Er hat letztes Jahr jede Menge Chemotherapie gekriegt und für eine Weile hat es geholfen, aber ...«

»Wenn du unheilbar krank wärst, würdest du es wissen wollen?«

»Ich weiß nicht«, sagte ich. Darüber hatte ich schon nachgedacht. »Ich finde es bewundernswert, wenn Leute es wissen wollen und es dann auch ertragen können – aber ich weiß nicht, ob ich zu ihnen gehöre. Mir wird ganz elend, wenn ich mit Onkel Morgan zusammen bin. Er ist so ein netter Kerl. Viel netter als mein Vater.«

»Ich würde es wissen wollen«, sagte Leslie. »Dabei bin ich eigentlich ein Feigling, aber die Wahrheit will ich trotzdem wissen.«

Es war makaber, nach dem Sex hier zu liegen und übers Sterben zu reden. »He, Les, lass uns was essen, ja?«

Sie setzte sich auf. »Soll ich dir was bringen? Kuchen und Milch oder Obst, wenn welches da ist? Wir haben Rührkuchen.« Kurz darauf kam sie mit einem Stück Kuchen und einem Glas Milch zurück. Sie selbst aß einen Pfirsich.

»Mehr isst du nicht?«, fragte ich.

»Ich liebe Pfirsiche.« Leslie sah ziemlich scharf aus. Sie

trug nur ein T-Shirt und ihr Bikini-Höschen und wirkte darin wie eine erotische Elfe.

»Kein Wunder, dass du so dünn bist«, sagte ich und grinste.

»Bin ich zu dünn? Ich finde, es ist schon besser geworden.«

»Freu dich, dass du dünn bist. Schau mich an.«

»Ach du«, sagte sie. »Du hast einen Gewichts-Fimmel. Du bist genau richtig.«

Wie sollte man einem Mädchen nicht verfallen, das davon wirklich überzeugt war oder wenigstens so locker lügen konnte? »Na ja, ich glaube ...«

Plötzlich hörten wir jemanden unten im Flur. »O Gott«, flüsterte Leslie.

»Soll ich gehen und nachsehen, wer es ist?«

»Nein. Das mach ich.« Leslie sprach immer noch sehr leise. Sie stand auf und zog sich ein Nachthemd über.

»Ist jemand zu Hause?«, rief eine Frauenstimme.

Leslie schluckte. »Es ist Mom«, flüsterte sie. »O Gott. Sie wollte doch erst morgen kommen. Pass auf. Du bleibst hier und ich rede mit ihr. Okay?«

Was sollte ich auch sonst tun? Ich lag da und mein Magen krampfte sich zusammen.

»Ach, hallo Mom«, hörte ich Leslie sagen.

»Leslie! Ich hatte schon gedacht, es wäre niemand hier. Es war so still.«

»Daddy ist bei den Galings. Spielt Scrabble mit Onkel Morgan und Peters Mutter.«

»Wie schön«, sagte Leslies Mutter. »Wenn ich weg bin, habe ich immer Angst, dass Preston gar keine Menschen mehr sieht. Wie geht's euch denn? Es tut mir Leid, dass ich es nicht früher geschafft habe.«

»Och, uns geht's gut«, sagte Leslie. »Wenn du rübergehst, kriegst du vielleicht noch einen Kaffee oder so.«

»Bloß nicht«, sagte Leslies Mutter. »Ich bin völlig k. o. Ich werde nur noch duschen und dann ab ins Bett. Wir können morgen weiterreden.«

»Schön, dass du wieder da bist, Mom.«

»Ich freue mich auch. Schlaf gut, Schatz.«

Kurz darauf kam Leslie wieder in ihr Zimmer gehuscht.

»Unheimliche Begegnung der vierten Art«, sagte sie.

»Ich hau lieber ab«, sagte ich und setzte mich auf.

»Es tut mir Leid, Peter. Ich hätte wirklich nicht gedacht, dass sie ...«

»Schon in Ordnung. Die Massage war jedenfalls gut ... und das davor auch.«

Ich schlich mich leise raus.

Von Leslies Haus zu unserem ist es nicht weit. Außerdem gehe ich gerne allein am Strand entlang, auch wenn es bewölkt ist, wie heute. Ob ich für Leslie ein guter Liebhaber bin? Sie sagt nie so genau, wie es für sie war, und das kann so ziemlich alles bedeuten. Dass ich es zu schnell mache oder wie auch immer. Ich mache es wirklich etwas schnell, aber das liegt nur daran, dass ich Angst habe, sie könnte es sich mittendrin anders überlegen.

Als ich zu Hause ankam, saßen sie vor den Nachrichten.

»Wer hat gewonnen?«, fragte ich.

»Hope«, sagte Leslies Vater. »Dieser Abend war eine wahre Katastrophe für uns Männer. Wir sind mit Pauken und Trompeten untergegangen.«

»So schnell gibst du auf?«, fragte Onkel Morgan. »Ich verlange sofortige Revanche.«

»Sofort ist zu früh«, sagte Leslies Vater. »Mein Gehirn ist wie betäubt zu dieser späten Stunde … Peter, mein Bester, wo ist meine wunderbare Tochter? Was hast du mit ihr angestellt?«

Ich weiß natürlich, dass das seine Art ist zu reden. Aber es machte mich ein wenig nervös, nach dem, was ich gerade tatsächlich mit ihr angestellt hatte. »Och, na ja«, stotterte ich. »Wir sind am Strand spazieren gegangen.«

»Das ist nett, Peter«, sagte Mom. Sie musterte mich mit zusammengekniffenen Augen. »Schatz, du bist zu viel in der Sonne. Hat er nicht grässlichen Sonnenbrand?«

»Gesunde rote Backen, wie es der Jugend entspricht«, sagte Leslies Vater.

»Er hat einen Sonnenbrand. Peter, nimm meine Sonnencreme, wenn du willst.«

Ich schüttelte den Kopf. »Es tut nicht weh, Mom. Bestimmt.«

»Da schau her«, sagte Onkel Morgan. »Da ist Nelson.«

Wir guckten auf den Fernseher. Dad marschierte auf den Bildschirm, um einen Versicherungsfall zu klären. Er trug einen Nadelstreifenanzug, wie er ihn in Wirklichkeit niemals tragen würde, und brauchte kein Wort zu sprechen. Erst ganz am Schluss legte er die Arme um die Schultern der glücklichen Versicherten und sagte: »Wir kümmern uns um Sie. Das ist unsere Aufgabe.«

»Der Spot gefällt mir«, sagte Mutter nachdenklich.

»Ich mag den Klopapiertest am liebsten«, sagte Onkel Morgan.

»Sei nicht so gehässig, Morgan«, sagte Mutter. »Es ist Nelsons Beruf und er macht ihn gut. Das zählt.«

»Nicht für mich«, sagte Onkel Morgan. »Was meinst du, Peter?«

»Doch, er macht es gut«, sagte ich. »Ich habe ihn allerdings noch nie in einer richtigen Rolle erlebt. Das kann ich also nicht beurteilen.«

»Morgan«, sagte Mutter, »Nelson hätte es nicht geschafft, sich als richtiger Schauspieler durchzusetzen, so wie du. Es war nicht leicht für ihn, sich damit abzufinden.«

»Er findet sich ja gar nicht ab«, sagte Onkel Morgan. »Das ist es doch. Er tut so, als ob dieser Käse und ernsthaftes Theater ein und dasselbe wären.«

»Dir gegenüber vielleicht. Das macht seine Eifersucht.«

Onkel Morgan stieß ein hohles Lachen aus. »Eifersüchtig? Auf mich?«

»Ja, auf dich«, sagte Mutter. »Das solltest du wissen.«

»Warum ist auf mich niemand eifersüchtig?«, schaltete sich Leslies Vater ein. »Ich will, dass mich jemand beneidet. Peter, könntest du mir den Gefallen tun?«

»Sicher«, sagte ich. »Worum soll ich Sie denn beneiden?«

»Um meine Schönheit, meine Intelligenz und meine entzückende Tochter.«

Wieder musste ich daran denken, wie ich mit Leslie im Bett lag. Ich konnte ihrem Vater nicht in die Augen schauen. Was hätte er wohl gesagt, wenn er es gewusst hätte?

»In Ordnung«, sagte ich. »Um all das beneide ich Sie.«

»Und, ist er nun zufrieden?«, fragte Onkel Morgan. »Nein. Er ist nicht zufrieden.«

»Urteilen Sie nicht über andere, mein Bester. Ich für meinen Teil *bin* zufrieden. Sie sehen vor sich einen Mann, der von tiefster Zufriedenheit erfüllt ist dank dieses rücksichtsvollen jungen Menschen.«

»Wisst ihr«, sagte meine Mutter nach einer Pause, »Leslie kommt mir viel erwachsener vor diesen Sommer. Was meinst du, Peter?«

Ich versuchte so unbeteiligt wie möglich zu wirken. »Och, ich weiß nicht. Sie hat sich doch kaum verändert.«

»Vielleicht ist es der neue Haarschnitt. Er steht ihr wirklich sehr gut. Wenn ich mutiger wäre, würde ich es auch so machen.« Mutter hat braunes, stellenweise schon graues Haar, das ihr offen auf die Schultern fällt. Sie hat ein nettes, rundes Gesicht mit freundlichen blauen Augen. Aber sie wirkt mehr durch ihre Art. Jeder vertraut ihr seine Geheimnisse an.

»Mom, lass dir die Haare bloß nicht so kurz schneiden«, sagte ich. »Es wäre furchtbar.«

Sie hob die Hand. »Nein, nein. Aber Leslie steht es wirklich wunderbar. Oje ... ich glaube, wir haben *Anna Karenina* verpasst!«

»Haben wir sie erwartet?«, fragte Leslies Vater.

»Im Fernsehen. Sollte um zehn anfangen.«

»Oh, dann ist es noch nicht zu spät«, sagte Onkel Morgan.

»Fängt es nicht damit an, dass sie diesen Wie-hieß-ergleich kennen lernt?«

Ich ging in die Küche, um mir noch ein Glas Milch zu holen. Wenn ich mit Leslie geschlafen habe, bin ich hinterher immer durstig. Dann beschloss ich ins Schlafzimmer zu gehen und Leslie anzurufen. Nach dem dritten Klingeln hob sie ab.

»Hallo«, sagte ich. »Ich bin's. Ich wollte nur Gute Nacht sagen.«

»Schön, dass du anrufst«, sagte sie schläfrig.

»Schläft deine Mutter?«

»Die Tür ist zu. Wahrscheinlich schläft sie. Mir geht die Geschichte mit ihr und deinem Vater nicht aus dem Kopf.«

»Mach dich nicht verrückt. Les?«

»Ja?«

»Es war schön, heute Abend ... mit dir.«

»Ja, schön«, sagte Leslie. Aber sie klang etwas gedämpft.

»Wir müssen es nicht jedes Mal machen, wenn wir zusammen sind«, sagte ich. »Nur, wenn dir danach ist.«

»Mir war danach«, sagte Leslie. »Ich war nur etwas ... ich muss ständig darüber nachdenken, wie es wohl weitergehen wird mit deinem Vater und meiner Mutter.«

»Ja. Das verstehe ich.«

»Und du? War dir danach?«

»Tja ...« Aber ich glaube, dass ich immer Lust hätte, sobald ich nur wüsste, dass sie will.

»Danke für den Anruf, Peter. Mit dir sprechen hilft mir.«

»Sehn wir uns morgen früh?«

»Klar. Schlaf gut.«

Der große Tag

Der Tag nach Mutters Rückkehr aus der Stadt war ruhig, doch es war die Ruhe vor dem Sturm. Alles war verdächtig still. Und dann gingen Mom und Daddy essen, ohne mich. Normalerweise wären wir drei zusammen gegangen, vor allem, nachdem sie weg gewesen war. Ich schlief ein, bevor sie wiederkamen, obwohl ich nervös war.

Als ich am nächsten Morgen aufstand, war Mom schon in der Küche und presste Orangensaft. »Was für ein schöner Tag«, sagte sie. »Machen wir einen Spaziergang am Strand, Les? Hast du Lust?«

Wir guckten uns an und ich wusste, dass es kein normaler Spaziergang werden würde. Mein Magen zog sich zusammen. »Ja«, sagte ich. »Ich zieh mir nur schnell die Badesachen an.«

Mom trug wie üblich ihren einteiligen blauen Badeanzug. Sie ist gut in Form – geht regelmäßig zur Gymnastik in einer Turnhalle in der Nähe des Maklerbüros, für das sie arbeitet, und isst gesunde Sachen. Jeder sagt, dass sie mindestens zehn Jahre jünger aussieht, als sie in Wirklichkeit ist, und es stimmt sogar. Sie hatte sich ein Handtuch um die Schultern gelegt. Wegen ihrer Sonnenbrille konnte ich kaum sehen, was für ein Gesicht sie machte.

Wir waren kurz im Wasser und gingen dann am Strand entlang.
»Liebes«, sagte sie nach einer Weile, »Daddy und ich, wir haben gestern lange geredet. Über dich.«
»Über mich?« Ich beschloss mich dumm zu stellen, egal was kommen würde.
»Ich weiß nicht, wie ich's dir sagen soll ohne dir wehzutun«, sagte sie. »Ich habe ewig darüber nachgedacht.« Sie guckte mich an. »Wir werden uns scheiden lassen.«
Einen Moment schwieg ich. »Das tut mir Leid«, sagte ich dann.
»Ich muss dir bestimmt nicht erst sagen, dass wir beide dich sehr lieb haben und dein Leben nicht durcheinander bringen wollen, vor allem jetzt, wo du nur noch ein Jahr in der Schule bist. Ich hätte gewartet, aber ...«
»Schon gut«, sagte ich. Ich hatte gewusst, was kommen würde, aber das Gespräch war schlimmer, als ich gedacht hatte. Ich war wütend und wollte es ihr nicht leicht machen. »Bei wem soll ich leben?«
»Bei wem du willst.« Sie zögerte. »Wir hatten gedacht, du könntest bei mir wohnen und zu Daddy gehen, wann immer du ...«
»Weißt du schon, wo du wohnen wirst?«
Es gab eine lange Pause.
»Da ist noch was«, sagte sie dann. »Les, es ... es ist nicht nur eine Scheidung. Ich ... ich habe mich in jemanden verliebt und wir werden heiraten. Gleich nach der Scheidung.«
»Glückwunsch«, sagte ich.
Sie sah mich an. »Willst du nicht wissen, wer es ist?«

»Wer ist es?«

»Es ist jemand, den du schon lange kennst. Wir waren ... wir haben uns nicht Knall auf Fall verliebt. Es hat sich allmählich ... Es ist Nelson Galing.«

»Peters Vater?«

»Ja. Ich weiß, wie gut du dich mit Peter verstehst. Und er sich mit dir. Du wirst jetzt endlich einen Bruder haben.«

»Wie schön«, sagte ich. »Nelson sieht wirklich gut aus.«

Mutter wollte offensichtlich nicht merken, dass ich ironisch wurde. »Ja, wirklich«, sagte sie. »Weißt du, es ist komisch. Ich habe diese attraktiven Männer eigentlich nie gemocht. Sie sind so selbstzufrieden. Aber Nelson ... Nelson ist eine so starke, aufregende Persönlichkeit. Ich fange auf einmal wieder an zu leben. Verstehst du das?«

»Klar. Was sagt Daddy dazu?«

»Na ja. Du kennst doch deinen Vater. Manchmal frage ich mich, ob er überhaupt andere Menschen braucht. Natürlich braucht auch er jemanden und dich liebt er sehr, aber das ist alles so verschüttet. Für mich war das immer sehr schwer. Ich muss meine Gefühle ausleben. Es ist keine Frage von Schuld, weder bei ihm noch bei mir.«

»Nein.«

Jetzt drehte sich Mom ganz zu mir hin und sagte: »Ich glaube, du bist mir böse, Les, ja?«

Sehr gut beobachtet, Mom. »Nicht wirklich. Es ist schließlich dein Leben.«

»Aber es ist auch dein Leben. Komm, lass es raus. Schrei mich an.«

»Wieso?«

»Ich bringe alles durcheinander. Ich zerstöre dein Leben. Du wirst Daddy kaum noch sehen.«

»Und?«, sagte ich.

»Les. Bitte. Sei ehrlich.«

»Na gut. Ich wünschte, du würdest Daddy noch lieb haben. Du bist gemein zu ihm.«

»Weil ich ihn nicht mehr so liebe wie früher?«

»Genau. Du hast ihn doch mal geliebt?«

»Ja, ich glaube schon«, sagte sie. »Aber das ist so lange her.«

»Bin ich deshalb ein Einzelkind, weil du aufgehört hast ihn zu lieben?«

Wir trugen beide unsere Sonnenbrillen und Mutters Sonnenbrille war so dunkel, dass ich ihre Augen nicht sehen konnte. Ihr ganzes Gesicht war grüngold.

»Nein. Ich hatte zwei Fehlgeburten nach dir. Und dann habe ich mich gefragt, ob es überhaupt noch Sinn hat, es immer weiter zu versuchen.«

»Fast hätte ich also Geschwister gehabt?«

»Ja. Die zweite Fehlgeburt war im fünften Monat. Es war furchtbar.«

Es muss wirklich schlimm für sie gewesen sein, damals, aber sie war so strahlend und fröhlich, als ob wir über jemanden reden würden, den wir kaum kennen.

»War Daddy der erste Mann, mit dem du geschlafen hast?«, fragte ich. Das hatte mich schon immer interessiert, und wenn ich ihr diese Fragen stellen wollte, konnte ich es ebenso gut auch gleich tun.

»Nein«, sagte sie. »Tut mir Leid.«

»Was tut dir Leid?«

»Wäre es dir nicht lieber gewesen?«

»Nein. Gar nicht. Vielleicht hättest du ihn dann nur geheiratet, um mit ihm zu schlafen.«

»Nicht mit mir, sagte die kleine rote Henne. Ich bin sexuelle Dinge immer schon pragmatisch angegangen, ohne romantische Verklärung. Bis jetzt. Jetzt, mit Nelson ... da fühle ich mich ... na ja. Der ganze Schwachsinn von wegen *Ich werde dich lieben bis in alle Ewigkeit* trifft plötzlich genau zu.«

Ich lächelte gequält. »Wie schön.«

»Und dann ist Nelson so klug. Das erstaunt mich immer wieder. Und er ist gar nicht eitel deswegen. Ich glaube, du wirst ihn lieb haben, Les. Du musst ihn nur erst kennen lernen.«

»Er ist attraktiv«, musste ich eingestehen.

»Ja, wirklich«, rief sie. »Ich musste einen Haufen Verehrerinnen ausstechen, um bis zu ihm vorzudringen. Jetzt fühle ich mich wie neu geboren. Es ist wunderbar.«

»Viele in der Klasse haben geschiedene Eltern«, sagte ich.

»Weil es die sauberste Lösung ist«, sagte Mutter. »Ich sehe nicht ein, warum man ein Leben lang zusammenbleiben soll, nur um sich und anderen etwas vorzumachen. Was soll das? Wir werden uns eine Wohnung nehmen, in der es ein hübsches Zimmer gibt für dich. Und das kannst du einrichten, wie du willst.«

»Ich mag das Zimmer, das ich jetzt habe«, sagte ich.

»Natürlich. Bleibt ja auch deins. Du kannst Daddy besuchen, sooft du willst.«

Ich musste an Daddys Cembalo denken. Er hatte eins von einem Freund gekauft und eines Tages beschloss er eins selbst zu bauen. Fast ein Jahr lagen sämtliche Bestandteile auf dem Boden rum, aber am Ende hat er's doch geschafft. Mutter hat die ganze Zeit rumgejammert, im Wohnzimmer könne man nirgends mehr hintreten, diese Cembalos würden sie noch um den Verstand bringen und so weiter.

»War es wegen der Cembalos?«, fragte ich.

»Was soll wegen der Cembalos gewesen sein?«

»Du hast dich so darüber aufgeregt.«

»Ach, Schätzchen, die Cembalos waren doch nur die Spitze des Eisbergs. Aber es stimmt. Du weißt ja, wie wir zusammengelebt haben.«

In diesem Augenblick sah ich Peter. Er war segeln gewesen und zog gerade das Boot an Land. Ob ihm sein Vater schon was gesagt hatte?

»Hallo, Peter«, sagte Mutter, als wir bei ihm waren. Sie tat ganz fröhlich. »Hattest du guten Wind?«

»Ging so«, sagte Peter. »Der Wind war komisch heute. Blies mal kräftig und dann wieder gar nicht.«

»Komm mit uns schwimmen. Vielleicht kannst du auch Les überreden. Ich hab keinen Erfolg bei ihr.« Sie schaute ihn an und hielt den Kopf schief. Das ist eine Angewohnheit von ihr.

»Ich setze mich lieber in die Sonne«, sagte Peter. »Aber geh du nur rein, Les.«

»Brrr. Ich war schon.«

»Also, ich geh noch mal«, sagte Mom. »Willst du wirklich nicht mit, Peter?«

»Nein, danke, Mrs Hertz.«

Peter und ich setzten uns nebeneinander und guckten Mom hinterher. »Und, was ist mit deinen Eltern?«, fragte ich. »Mir hat sie es eben offiziell mitgeteilt.«

»Mom weint. Dad hat ihr gesagt, dass sie unser Haus in Westport verkaufen müsste. Ich glaube, das hat ihr den Rest gegeben.«

»Ist aber auch wirklich groß, euer Haus.« Sie haben eine dreistöckige Villa aus dem neunzehnten Jahrhundert. Wir waren Weihnachten manchmal da.

»Sie haben schon immer vom Umziehen geredet, aber jetzt ist das wie ein Rausschmiss für Mom«, sagte Peter.

»Übrigens«, sagte ich, »ich hasse es, wenn meine Mutter mit dir flirtet.« Ich guckte runter ins Wasser. »Ich ertrage es nicht. Warum benimmt sie sich wie ein junges Mädchen?«

»Sie war freundlich, sonst nichts.«

»Zu mir ist sie nie so. Es ist gekünstelt.«

»Vielleicht fühlt sie sich mir gegenüber unbehaglich. Das könnte ich verstehen.«

»Peter! Sei nicht immer so verständnisvoll. Regt dich das Ganze gar nicht auf?«

»Doch, natürlich.« Wir schwiegen beide, bis Peter wieder anfing: »Was glaubst du denn? Dass ich Bescheid wusste, hat es mir ein bisschen leichter gemacht. Mehr nicht.«

»Mir hat es auch nicht viel genutzt. Weiß nicht. Sie ... sie ist so unverschämt glücklich. Als ob Daddy und ich ihr egal wären.«

Peter schwieg. »Na ja. Wir zwei können sowieso nicht viel ändern.«

Nach meinem Ausbruch ging es mir besser, obwohl es natürlich Quatsch war, es an Peter abzulassen. »Leg dich hin«, sagte ich. »Ich creme dir den Rücken ein. Du bist schon ganz rot.«

»So ist das halt bei mir.«

»Los. Leg dich. Es wird dir gut tun.«

Er legte sich auf den Bauch und ich cremte seine Schultern ein. »Weißt du was?«, sagte er. »Das macht mich scharf.«

»Oh, là là! Wirklich?« Ich machte weiter.

»Les, wirklich. Ich will jetzt keinen Ständer kriegen.«

»Ich dachte, das macht dir Spaß.«

»Am rechten Ort, zur rechten Zeit.«

Ich legte mich neben ihn auf ein Handtuch. Unsere Nasen berührten sich fast. Peter streckte die Zunge gegen meine Nase. »Salzig«, sagte er.

Dann probierte ich seine Nase. »Hm. Weiß nicht. Vielleicht Pfefferminz.«

»Pfefferminz-Nase?«

»Klar, warum nicht ... Also, bleibt dein Vater den Sommer noch hier?«

»Glaub ich nicht. Er hat ein paar Sachen gepackt und wollte ins Hotel.«

Plötzlich tropfte Wasser auf meinen Rücken. Mutter stand hinter uns. Sie schüttelte den Kopf, um die Haare zu trocknen. »Peter, du wirst einen furchtbaren Sonnenbrand kriegen«, sagte sie.

»Nicht so schlimm«, sagte er. »Leslie hat mich eingecremt.«

»Du hättest nicht segeln sollen. Diese Sonne ist der reine Wahnsinn.«

»Ich werd's überleben«, sagte er. Er setzte sich. »Tschüs, bis dann«, sagte er, stand auf und schlenderte weg.

Peter wollte nicht, dass Mom etwas mitkriegte; das war

mir klar, aber irgendwie tat es mir weh, wie er einfach so wegging.

»Der Junge müsste zehn Pfund abnehmen«, sagte Mom. »Ich verstehe nicht, warum Hope nicht dafür sorgt. Sie backt das ganze süße Zeug, und guck ihn dir an. Jetzt ist es ja egal, aber wenn er eines Tages anfängt sich für Mädchen zu interessieren, wird er es schwer haben. So würde ihn doch keine wollen.«

»Er hat schon abgenommen«, sagte ich. Gott! Ich hasse die Art, wie Mom über ihn redet. Diese bescheuerten Normen, an denen sie alles misst.

»Sie kümmern sich nicht um ihn«, fuhr sie fort. »Sie reden immer nur von den ersten beiden. Cliff und Ken, das ist alles, wovon Nelson spricht. Und Peter … Es ist lieb von dir, dass du dich mit ihm abgibst, Leslie.«

»Er … er ist ein netter Kerl«, stotterte ich.

Aber Mutter hatte wohl nicht zugehört. »Moment mal. Ist das Nelson?« Sie rannte runter zum Wasser. Kurz danach kam sie mit ihm wieder.

»Hallo, Leslie«, sagte Nelson. »Wie geht's?«

»Es geht«, sagte ich mit einem schiefen Lächeln. Da stand er, so zufrieden mit sich und der Welt, als hätte er nicht die geringsten Gewissensbisse.

»Ein fantastischer Tag«, sagte er und schaute sich um. Mutter hatte den Arm um seine Taille gelegt. Sie sahen aus wie ein Reklamepärchen, das gerade ein neues Haus oder Auto gekauft hat. »Wie ich sehe, warst du schon im Wasser«, sagte er zu Mutter.

»Zweimal«, sagte Mutter und lächelte ihn an. Plötzlich war ganz klar, dass sie eine sexuelle Beziehung hatten, was mir sehr unangenehm war. Ständig mussten sie sich befingern. Ich frage mich, ob es bei Peter und mir auch so offensichtlich ist.

»So, und jetzt gehe ich ins Wasser«, sagte Nelson. »Kommst du mit, Ali?«

Ich hatte noch nie erlebt, dass jemand Mutter Ali nennt.

»Ich weiß nicht«, sagte sie. »Macht es dir was aus, Les?«

Ich schüttelte den Kopf.

»Aber nur ganz kurz.« Sie gingen zum Meer. Da stand ich und plötzlich fühlte ich mich besser. So, Seite an Seite, sahen sie wie ein richtiges Paar aus.

Als ich zurückkam, war Daddy allein zu Hause. Er saß im Wohnzimmer und las Zeitung. Plötzlich fand ich mich schluchzend in seinen Armen wieder. Ich verstand mich selbst nicht. Bei Mom hatte ich mich beherrscht, aber das hatte hauptsächlich daran gelegen, dass ich wie betäubt gewesen war. Daddy drückte mich an sich und streichelte mir übers Haar. »Nicht, meine Süße. Es wird alles wieder gut.«

»Wie kann sie nur?«, fragte ich. »Er ist so grässlich.«

»Es war unvermeidlich. Sie braucht jemanden, der mehr ...«

»Dir muss doch furchtbar zu Mute sein.« Ich lehnte mich zurück, um ihn anschauen zu können. Ich war so mit meinen eigenen Problemen beschäftigt gewesen, dass ich gar nicht daran gedacht hatte, was es für ihn bedeuten musste.

»Ich komme schon klar«, sagte er. »Hauptsache, ich habe dich.«

»Mom sagt, ich soll bei ihr leben. Muss ich das?«

»Es ist nur für ein Jahr«, sagte Daddy. »Und wir werden uns so oft sehen, wie uns danach ist. Damit wird es keine Probleme geben.«

Mich beschäftigte die Frage, ob Daddy nicht doch schon etwas geahnt hatte. »Warst du ... überrascht?«, fragte ich.

Er schüttelte den Kopf. »Und du?«

Ich hatte irgendwie das Gefühl, dass ich das Tagebuch lieber nicht erwähnen sollte. Wenn ich es nicht gefunden hätte, wäre das alles sehr überraschend für mich gekommen. »Ihr habt gar nicht so viel gestritten. Ich wusste nie so genau, was mit euch war.«

»Da bin ich aber froh«, sagte er. »Ich hasse Eltern, die ihr Leben zu einem Schlachtfeld machen. Du solltest mit der Liebe von beiden Elternteilen aufwachsen. Deshalb haben wir so lange durchgehalten.«

Ich sagte nichts. Komischerweise war ich froh, dass sie so lange zusammengeblieben waren. Auch wenn alles nur Schein gewesen war – es war überzeugend gewesen.

Den Rest der Woche war Mutter ständig freundlich, Daddy blieb still. Ich hätte mich gerne mit Peter getroffen, aber bei ihm zu Hause sah es übel aus und er kam nicht weg.

Einmal ging ich nachmittags einfach so rüber. Seine Mutter war in der Küche und putzte Muscheln. »Hallo, Leslie«, sagte sie, als ich reinkam. »Peter ist segeln.«

»Ach so ... Könnten Sie ihm ausrichten, dass ich hier war?« Es war mir unangenehm, mit ihr zusammen zu sein, so als ob ich irgendwie verantwortlich wäre für das, was sie durchmachte.

»Setz dich doch. Hilf mir mit den Muscheln.«

»Auch gut.« Ich schob mir einen Hocker neben sie. »Was wollen Sie damit machen?«
»Oh, ich dachte, ich panier sie und backe sie mit etwas Spinat. Morgan mag sie so am liebsten.«
»Hört sich lecker an.«
»Kochst du viel? Als ich in deinem Alter war, hab ich mit Begeisterung Plätzchen und Kuchen gebacken. Hinterher war die Küche immer versaut, aber es hat mir viel Spaß gemacht.«
»Plätzchen hab ich auch schon gemacht«, sagte ich, »aber jetzt schon länger nicht mehr.«
»Ich sollte mehr auf mein Gewicht achten«, sagte Peters Mutter. »Schau mich an. Es ist grässlich. Kein Wunder, dass Nelson ...« Und da fing sie plötzlich an zu weinen. Die Tränen tropften auf die Muscheln.
Mir war ganz elend zu Mute. Sie war so ein netter Mensch, aber sie war weder so charmant noch so lebendig wie Mom. Ich glaube, dass jeder Mann Nelsons Wahl nachvollziehen könnte.
Ich hatte keine Ahnung, wie ich nun reagieren sollte. »Alles in Ordnung mit Ihnen?«, fragte ich.
Sie schnäuzte sich die Nase. »Ich bin unmöglich«, sagte sie. »Ich hatte mir geschworen wenigstens einen Tag ohne Heulerei zu überstehen. Und heute Morgen ging's mir so gut. Ich dachte, wenn ich mir was vornehme, wie das mit den Muscheln, das hilft.«
Ich streichelte ihre Schulter. »Es tut mir so Leid, Mrs Galing.«
Sie schaute mich mit geröteten Augen an. »Ich weiß gar nicht, was ich tun soll. Soll ich mich scheiden lassen? Oder warten, bis es vorüber ist? Ich weiß es nicht.«

Sie sah so verzweifelt aus, dass ich sagte: »Gibt es vielleicht einen Anwalt, der …«

»Ich hasse Anwälte«, sagte sie. »Ich verachte sie regelrecht. Aber du hast Recht, ich werde mir einen suchen müssen. Ich war unglaublich naiv mir einzubilden, dass Nelson … Na ja, du weißt ja, wie er aussieht.«

»Ja, das weiß ich«, sagte ich.

»Ein Wunder, dass es nicht früher passiert ist«, sagte sie. »Das ist das wirklich Erstaunliche an der Sache.«

»Vielleicht lernen Sie jemanden kennen, der …«, sagte ich, um sie aufzuheitern.

»Dafür bin ich nicht der Typ«, sagte sie. »Den Aufwand, den es für so was braucht, bringe ich nicht mehr. Daran kann ich nicht mal denken.«

»Ich meine auch nicht jetzt«, sagte ich. »Irgendwann.«

»Irgendwann. Sicher«, antwortete sie. »Komm, machen wir mit den Muscheln weiter … Leslie, habe ich dir schon gesagt, dass ich deine Haare mag, so kurz? Wirklich entzückend. In deinem Alter hätte ich sie auch gerne so getragen, aber meine Mutter … sie hätte mich skalpiert.«

»Peter sagt, sie hätten ihm vorher besser gefallen«, sagte ich. Ich war froh, dass ihr Tränenausbruch vorbei war.

»Ach, Peter. Ich würde ihn nicht gerade als Experten in Frauenangelegenheiten bezeichnen. Er ist so ein Schatz.« Sie seufzte. »Ich bin so glücklich Peter jetzt bei mir zu haben. Ken und Cliff wären mir keine Hilfe gewesen, aber mit Peter kann ich reden. Das ging mir schon so, als er noch ganz klein war. Er hat dagesessen und mich so ernst angesehen, und er war erst … Aber ich will ihn nicht ausnutzen. Das wäre schlimm.«

»Ich glaube nicht, dass man da von Ausnutzen reden kann«, sagte ich.

»Na ja«, sagte sie gedankenverloren. »Ich weiß es nicht. Und das Haus. Egal woran ich denke – alles bringt mich zur Verzweiflung. Ich sage mir, dass das nur an meiner Stimmung liegt, aber die Probleme wachsen und wachsen, bis ich kein Ende mehr sehe. Kennst du das Gefühl?«

»So etwa«, sagte ich.

»Gut, dass es jetzt passiert. Vor zehn Jahren, als ich noch drei Kinder zu Hause hatte ... Nein, das wenigstens war rücksichtsvoll von Nelson, dass er den richtigen Moment abgewartet hat. Meinst du, sie werden glücklich zusammen?«

Ich zuckte die Schultern. »Glaub schon.«

»Ich dachte immer, Gegensätze ziehen sich an. Nelson und Aline scheinen mir so ähnlich. Zwei restlos auf sich selbst fixierte Egoisten mit höllisch viel Charme ... Aber ich sollte nicht unfair werden.«

Mir schien es nur fair. »Nein, ich finde ...« Aber als ich die letzte Muschel öffnete, rutschte das Messer weg und ich schnitt mir in den Finger. Das Blut floss auf den Küchentisch. Peters Mutter sprang auf. »Hier, bind das drum«, sagte sie und gab mir ein Geschirrtuch. »Hoffentlich haben wir Verbandszeug im Haus!«

Es tat nicht sonderlich weh, aber es war furchtbar, wie das Blut in das Tuch floss. Peters Mutter kam mit Gaze und einem dicken Pflaster zurück und wickelte mir das Ganze fest um den Finger. »Und, wie ist es jetzt?«, fragte sie.

»Tut nicht weh«, sagte ich wahrheitsgemäß.

»Leslie, ich möchte nicht die Verbindung zu dir verlieren,

weil jetzt ... Also, ich habe mir immer eine Tochter gewünscht und ich hab sie mir immer so vorgestellt wie dich.«

Ich versuchte zu lächeln. Ich hätte gar nichts dagegen gehabt, wenn sie meine Mutter gewesen wäre. Mit ihr kann ich viel leichter reden als mit Mom. So wie eben, als sie anfing zu weinen und mir ihre Gefühle gezeigt hat. Mom war nie so. »Wir werden uns bestimmt auch in Zukunft sehen«, sagte ich.

»Manchmal komme ich in die Stadt, gehe ins Theater oder ins Kino«, sagte sie. Sie schob die Schüssel mit den Muscheln zur Seite und wischte die Blutspuren vom Tisch. »Wir könnten ja mal was zusammen unternehmen. Oder?«

»Gerne«, sagte ich.

Ich blieb, bis sie mit den Muscheln fertig war. Was Peter wohl sagen würde, wenn er wüsste, dass ich mit seiner Mutter so persönliche Dinge besprochen hatte?

Freundinnen

»Eins wollte ich dir noch sagen, Peter.« Onkel Morgan hatte seine Koffer gepackt und stopfte eine Illustrierte in seine Aktentasche. »Dein Vater ist ein waschechtes Arschloch.«

»Nein«, hörte man Mom aus der Küche. »Morgan, sag so was nicht.«

»Ich werde es verkünden bis zum Tag des Jüngsten Gerichts. Ich werde ein Flugzeug mieten und es an den Himmel schreiben. Es ist die Wahrheit.«

»Er hat das Recht, über sein Leben selbst zu bestimmen«, sagte Mutter. »Das steht jedem Menschen zu.«

»Nein«, sagte Onkel Morgan. »Nicht, wenn noch andere betroffen sind, Frauen und Kinder.«

»Peter ist kein Kind mehr«, sagte Mom, gerade als ich protestieren wollte.

»Dann eben ein Jugendlicher«, sagte Morgan. »Ein verhältnismäßig junger noch dazu.«

»Mom und ich kommen schon klar«, versicherte ich.

»Wie kann sie ihre Tochter in so einer Situation zu uns schicken? Das ist mir einfach unbegreiflich.«

»Meinst du Leslie?«, fragte ich. »Sie ist gekommen, weil sie mich sehen wollte.«

»Wirklich, Morgan. Sie ist mit Peter befreundet. Sie kann nun wirklich nichts dafür.«

»Von dieser Familie würde ich nur noch Preston trauen«, sagte Onkel Morgan.

»Wie geht er wohl damit um?«, fragte Mom.

»Leslie hat gesagt, er wäre ganz ruhig«, sagte ich.

»Na ja, er rennt bestimmt nicht durch die Gegend und heult sich die Seele aus dem Leib, wie gewisse Idioten es tun«, sagte Mutter. »Dazu ist er zu vernünftig.«

Onkel Morgan ging zu ihr und legte die Hand auf ihre Schulter. »Auch du bist vernünftig«, sagte er.

»Wieso?«, sagte sie. »Nenn mir nur eine vernünftige Sache, die ich in meinem Leben fertig gebracht habe.«

»Peter.«

»Okay. Das ist keine besonders lange Liste.«

»Du gehst mit dir selbst viel zu streng ins Gericht«, sagte er. »Peter, kümmere dich um sie.«

Dann vereinbarten sie sich bald in der Stadt zu treffen. Ich ging in mein Zimmer und las, bis Onkel Morgan aufbrechen wollte. Ich hatte vor, mit ihm zur Anlegestelle zu gehen, wo das Schiff losfuhr. Als wir losgingen, rief Mutter: »Peter! Denk daran, dass dein Vater um sechs kommt. Ihr wolltet essen gehen.«

»Ich werd dran denken«, sagte ich. Ich nahm Onkel Morgans Koffer. Er war nicht mehr ganz so blass wie noch vor ein paar Wochen, aber immer noch furchtbar dünn. Ich fragte mich, wie lange er noch zu leben hatte.

Wir liefen am Ufer entlang. »Peter«, sagte er, »was ich vorhin gesagt habe, war ernst gemeint. Du musst dich um deine Mutter kümmern.«

»Das werde ich«, sagte ich, obwohl ich nicht sicher war, wie er das meinte und wie ich das schaffen sollte.

»Was es noch schlimmer macht«, fuhr er fort, »ist, dass es meine Schuld ist. Wieso habe ich sie zusammengebracht? Damals dachte ich, dass sie schon nach der ersten Begegnung wieder auseinander gehen würden, weil sie so verschieden waren. Spricht nicht gerade für meine Menschenkenntnis.«

»Ich glaube, Mutter liebt ihn immer noch«, sagte ich. Der Koffer wurde allmählich schwer, deshalb nahm ich ihn in die andere Hand.

»Diese Befürchtung habe ich auch«, sagte Morgan. »Aber Liebe kommt und Liebe geht. Meine erste große Liebe wusste gar nicht, dass ich sie liebte. Und ich habe gelitten wie ein Märtyrer. Kennst du das?«

»Na ja.« Ich dachte an Leslie, aber irgendwie sind wir eher Freunde, die eben miteinander schlafen. Nicht die große, leidenschaftliche Liebe, die Morgan meinte.

»Ich wünschte, wir würden uns öfter sehen«, sagte er. »Für Hope wäre es bestimmt gut, aber ich könnte unmöglich so weit draußen wohnen wie ihr. Vielleicht zieht ihr um, wenn die Geschichte vorbei ist.«

»In die Stadt?« Darüber hatte ich noch nie nachgedacht. Ich war nicht sicher, ob ich die Idee mochte.

»Nur ein Vorschlag«, sagte Morgan. Dann drehte er sich um und sagte: »Preston!«

Leslies Vater war wohl spazieren gegangen. Er fuhr zusammen, als Onkel Morgan ihn rief. »Was? Sie verlassen dieses Paradies auf Erden schon wieder?«

»Die Pflicht ruft.«

»Ein Sklave seiner Pflichten. Armer Kerl.« Leslies Vater lächelte. »Wir werden Sie vermissen, nicht nur beim Scrabble.«

»Bleiben Sie bis zum Monatsende?«, fragte Morgan.

»Bis zum bitteren Ende«, sagte Leslies Vater.

»Das ... diese ganze Geschichte tut mir Leid«, sagte Morgan.

»Ach, das. Was haben solche Nebensächlichkeiten schon zu bedeuten? Das Leben geht trotzdem weiter«, sagte Leslies Vater.

»Natürlich, aber ...«

»Aber Hope? Die gute Hope. Wie geht es ihr?«

»Sie weint«, sagte ich. »Ziemlich viel.«

Leslies Vater sah besorgt aus. »Ach ja. Ja. Das war wohl zu erwarten.«

»Heute scheint's ihr besser zu gehen«, sagte ich.

Aber da kam schon Morgans Schiff und wir mussten uns beeilen, um zur Anlegestelle zu kommen. Ich guckte noch hinterher, als es wegfuhr. Von nun an werde ich mit Mom allein sein; das ist kein besonders tolles Gefühl. Ich bin alles, was ihr geblieben ist, und ich glaube nicht, dass ich das gutmachen kann, was mein Vater angerichtet hat. Ich hatte mich darauf gefreut, in die Stadt zu fahren und Leslie zu treffen. Jetzt hatte ich Angst, dass Mom mich dauernd um sich haben wollte.

Auf dem Heimweg ging ich so langsam wie möglich und ich hoffte, Mom wäre ausgegangen, würde einen Spaziergang machen oder so. Mir war auch nicht danach, meinen Vater heute Abend zu sehen. Die ganzen Jahre war er kein bisschen freundlich gewesen und nun wollte er mit seiner Vater-Sohn-Tour alles wettmachen. Verlogen.

Zu Hause kam Mutter gerade aus der Dusche. Sie hatte sich ein Handtuch um die Haare gewickelt. »Ist er gut weggekommen?«, fragte sie. »Peter, dusch dich, bevor du mit deinem Vater weggehst. Du hast seit Tagen kein Wasser mehr von nahem gesehen.«

Ich hatte ein paar Mal bei Leslie geduscht, nachdem wir miteinander geschlafen hatten, aber ich beschloss das nicht zu erwähnen. »Ich will mir kein Bein ausreißen, nur um einen guten Eindruck bei ihm zu hinterlassen.«

»Du sollst dir auch kein Bein ausreißen. Du sollst dich duschen, damit er sieht, dass wir gut alleine klarkommen.«

Beim Duschen betrachtete ich meinen Körper. Er kam mir gar nicht mal so übel vor, vielleicht auch deshalb, weil Leslie ihn mochte. Ich wusste, dass ich noch einiges abnehmen konnte, aber ich fühlte mich okay, nicht so speckig, wie ich früher gewesen war. Ich beschloss, nachher mit Dad möglichst nicht so viel zu essen.

Er kam pünktlich um sechs. Ich saß auf der Veranda und las in einer Zeitschrift, die Morgan liegen gelassen hatte. Mutter war ins Schlafzimmer verschwunden.

»Hallo, Peter«, sagte Nelson. Er hat seine fröhlichen, aufmunternden Seiten, von denen ich allerdings nur wenig zu sehen bekommen habe.

»Hallo«, sagte ich.

»Und, worauf hättest du Lust an unserem großen Abend? Italiener oder Chinese?«

Ich weiß, dass italienisches Essen dick macht, aber ich mag es so gern, also sagte ich: »Italiener.«

Dad schaute sich um. »Wo stecken sie denn alle?«

»Onkel Morgan ist heimgefahren und Mutter hat sich hingelegt oder so.«

»Verdammt, das hab ich doch glatt vergessen, dass Morgan

schon wegmusste. Ich werde ihn nachher anrufen.«

Am liebsten hätte ich ihm erzählt, dass Morgan ihn für ein waschechtes Arschloch hielt, aber ich habe es dann doch gelassen. Ich frage mich, warum ich mit Dad über nichts reden kann. Ich kann sogar mit Mom besser reden als mit ihm. Wenn ich ihm etwas sagen will, klingt alles nur bescheuert.

Im Restaurant bestellte ich Lasagne, Dad nahm Martini und Kalbssteak in Marsalasoße. Während wir aufs Essen warteten, sagte er: »Ich weiß, dass das nicht besonders ehrlich klingt, aber die ganze Geschichte tut mir Leid.«

»Schon in Ordnung«, sagte ich.

»Ich hätte gern gewartet, bis du aufs College gehst. Aber diese Dinge entwickeln sich nach ihren eigenen Gesetzen. Wenn es nur eine Affäre gewesen wäre, na ja, aber ich will Aline tatsächlich heiraten. Ich will mit ihr zusammenleben. Du wirst es verstehen, wenn du sie erst kennen gelernt hast.«

»Sie scheint ganz nett zu sein.«

»Viel mehr«, sagte er. »Mir ist noch nie ein so kraftvoller, vielseitiger Mensch begegnet. Preston konnte da einfach nicht mithalten.«

»Und die anderen?«, fragte ich plötzlich. »Vor ihr?«

Dad schien peinlich berührt. »Welche anderen?«, fragte er.

»Die anderen Geliebten.« Jetzt, wo ich eine Freundin hatte, schien es leichter, ihn darauf anzusprechen.

Einen Augenblick hatte ich das Gefühl, Dad wollte bestreiten, dass es andere gegeben hatte. Aber er sagte: »Nur eine hat mir etwas bedeutet. Und die hat einen anderen geheiratet.«

»War sie auch verheiratet?«
»Nein, sie ... hör zu, Peter. Sei nicht kindisch. Du weißt, dass diese Dinge ganz normal sind. Jeder tut es. Hope und ich passen einfach nicht zueinander. Mehr gibt es da nicht zu sagen ... Und was treibst du so? Wie läuft's bei dir?«
»Bei mir?« Ich war etwas verwirrt. »Es geht so, glaube ich.«
»Tja, in deinem Alter«, begann er, »in deinem Alter ... aber wenn du älter wirst, wird das Leben komplizierter.«
Das sagen alle Erwachsenen. Wenn sie noch mal einen Tag jung sein müssten, würden sie wohl ihre Meinung ändern.
»Ich werde nie wie Cliff sein«, sagte ich.
Dad lächelte. »Ja, Cliff. Ein Teufelskerl. Hab nicht schlecht gestaunt, als er mit diesem Mädchen zusammengezogen ist.«
Die Lasagne kam, ich begann zu essen.
»Schling nicht so, Peter«, sagte Dad gereizt.
Das war hart. Ich wollte nur nicht, dass das Essen kalt wird. Und ich hatte kein Brot dazu genommen und auch keine Vorspeise bestellt. »Ich schlinge nicht«, sagte ich. »So esse ich eben.«
»Ich weiß, dass du so isst«, sagte er. »Du isst zu schnell. Mach langsamer. Hör mal, ich habe mir das Rauchen abgewöhnt; du kannst dir auch das Schlingen abgewöhnen.«
Er machte ein solches Drama daraus, dass mir der Appetit verging. Ich aß im Zeitlupentempo. »So recht?«, fragte ich.
»Gott im Himmel! Wie alt bist du jetzt? Siebzehn? Es ist eine Frage der Manieren! Und der Gesundheit. Welches

Mädchen wird dich wollen, solange du so aussiehst? Weißt du, was ich tun sollte?«

»Nein.«

»Ich werde dich zum Squash mitnehmen, diesen Winter. Du wirst dich fühlen wie ein junger Gott.«

»Schwimmen wäre mir lieber.«

»Schwimmen ist okay. Aber du brauchst etwas, das dich richtig ins Schwitzen bringt.«

Ich wurde so wütend, dass ich kaum sprechen konnte. Was wusste er schon? Er wollte nur rumnörgeln. »Dad?«

»Ja?«

»Hör endlich auf damit, dauernd auf mir herumzuhacken.«

»Du *brauchst* jemanden, der dich aufrüttelt. Hope ist viel zu sanft.«

»Und lass Mom aus dem Spiel.«

Das brachte ihn für einen Moment aus dem Konzept. »Willst du die Lasagne nicht aufessen?«, fragte er dann.

»Jetzt nicht.« Am liebsten hätte ich sie ihm ins Gesicht gekippt.

»Morgan nimmt es sehr schwer«, sagte er plötzlich, als wäre ihm diese Erkenntnis gerade erst gekommen.

»Er sah schlecht aus, heute Nachmittag«, sagte ich. »Wird es schlimmer?«

»Das befürchte ich ... Als Kinder waren wir die besten Freunde, so etwa bis zum College. Dann haben wir uns voneinander entfernt. Ich glaube, er gönnt mir den Erfolg nicht.«

»Mutter sagt, du bist neidisch, weil er sich nicht so verkaufen muss wie du.« Damit hatte ich ihn treffen wollen. Aber er blieb ruhig.

»Verkaufen. Gott, ja.« Er sah zur Seite. Dann guckte er mich wieder an.

»Wie geht es deiner Mutter?«

»Sie weint viel.« *Krieg Schuldgefühle, du Schwein!*

Er runzelte die Stirn. »Na, mit der Zeit wird sie schon darüber hinwegkommen. Hoffentlich kann ich ihr klar machen, dass es Wahnsinn wäre, in diesem Haus zu bleiben. Ich kann es jedenfalls nicht bezahlen.«

»Wo sollen wir hinziehen?«

»In die Stadt, zum Beispiel. Dann könnte ich dich öfter sehen. Außerdem: Ein Appartement ist einfach sinnvoller, wenn man zu zweit ist. Wozu braucht sie jetzt so viel Platz?«

»Und ich müsste die Schule wechseln, so kurz vor dem Abschluss.«

»Da würde sich eine Lösung finden.«

Ich überlegte, ob ich noch eine Nachspeise bestellen sollte. Aber dann würde Dad eine dumme Bemerkung machen, also nahm ich nur noch eine Tasse Kaffee. Als ich Zucker reintat, lächelte er. »Ich hatte keine Nachspeise«, verteidigte ich mich.

»Peter, Peter, Peter«, sagte Dad.

»Dad, wie alt warst du, als du zum ersten Mal richtig mit einem Mädchen zusammen warst?«

»Oh. Sechzehn, siebzehn, so um den Dreh. Warum?«

»Wer war es?«

»Eine Bekannte von Morgan. He, da steckt ja richtig System dahinter. Das habe ich mir noch nie überlegt. Er hatte einen guten Geschmack. Er hat die Mädchen aufgetan und ich habe sie abgeschleppt.«

»Und, äh, wird Leslie dann bei euch wohnen?« Das hatte ich schon den ganzen Abend fragen wollen, hatte mich aber nicht getraut.
»Selbstverständlich. Preston könnte nie ... Na ja. Aline findet, dass Leslie zu ihr gehört. Und ich kann ihr da nur zustimmen. Du wirst also endlich eine Schwester haben.«
»Ja, das wird toll«, sagte ich unbehaglich. Der Kaffee verbrannte mir den Mund, als ich ihn runterstürzte.
»Manchmal habe ich den Eindruck, dass du mit Leslie nicht so klarkommst.«
»Doch, doch«, sagte ich hastig.
»Sie ist sehr eigen. Auf mich wirkt sie sehr angespannt.«
»Mom mag sie«, sagte ich. Gab es kein anderes Thema?
»Ja, das war schon immer so. Das ist die Solidarität mit den Unterdrückten.«
»Dad! Es reicht. Leslie ist nicht unterdrückt.«
»Ach, du weißt schon. Sie hat so eine Ausstrahlung – das verlassene Waisenkind, wer nimmt diese arme Kleine bei sich auf? So was eben.«
»Sie ist nur etwas dünn.«
Aber Dad schien das alles nicht sonderlich zu interessieren.
»Ich werde in der Stadt bleiben«, sagte er, als er zahlte. »Das wird für alle die beste Lösung sein. Aber ruf an, wenn du mit mir reden willst.«
»Klar«, sagte ich. »Ich melde mich.«

II

Die Hochzeitsfeier

Die Trauung fand im Rathaus statt. Ich, Peter und Cliff waren dabei, alle Kinder außer Ken, der gerade durch Asien reiste. Mom sah jung und schön aus, sie trug ein hellblaues Kleid mit Spitzenbesatz am Ausschnitt. Sie hing ununterbrochen an Nelsons Arm. Obwohl es schon Oktober war, war er immer noch braun und der Kontrast zu seinem silbergrauen Haar ließ seine Haut wie vergoldet aussehen. Ich hatte ein neues Kleid, altmodisch, wie ich es gerne mag: unten lang und oben hochgeschlossen, weinrot. Als ich es Daddy vorführte, sagte er, ich sähe viktorianisch darin aus. Na ja. Zur Erinnerung an ihn hatte ich eine antike Nadel angesteckt, die er mir zu Weihnachten geschenkt hatte. Peter konnte ich zum ersten Mal in einem richtigen Anzug sehen, der aber wohl zu eng war und unbequem wirkte.

Während der Trauung war ich vor allem traurig und weit weg. Ich dachte an Daddy, mit dem ich am Tag vorher zusammen gewesen war. Er hatte zu Hause gesessen, alleine, und Zeitung gelesen. Er tat so, als würde ihm alles nicht viel ausmachen, genau wie vor drei Monaten, als er mit Mutter essen gewesen war. Aber das konnte nicht stimmen. Sein ganzes Leben wird sich ändern, genau wie meins. Ich versuchte, nicht darüber nachzudenken. Es war alles so schnell gegangen, zu schnell. Mom war nach

Mexiko geflogen, um sich schnell scheiden zu lassen, und dann sind wir umgezogen. Ich beschloss, erst mal die Hochzeitsfeierlichkeiten zu überleben.
Die Feier war groß, fast hundert Menschen waren in der neuen Wohnung. Die Wohnung liegt westlich vom Central Park und ist so weitläufig, dass sie trotz der vielen Leute, die kamen und gingen, nicht voll schien. Um mich ein bisschen zu betäuben, hatte ich etwas zu viel getrunken: drei Gläser Champagner hintereinander. Peter guckte mich an, als ich das dritte Glas runterstürzte. Er lächelte.
»Nur immer mit der Ruhe.«
»Warum?«, fragte ich. »Es ist genug da.« Ich zeigte auf die Regale voll Flaschen.
»Na, dann viel Spaß.«
»Genau das versuche ich ja«, fauchte ich ihn an. »Ich will jedenfalls nicht bloß rumstehen und überheblich grinsen.«
Peter lief rot an. »Ich grinse gar nicht«, sagte er. »Ich kann einfach nicht tanzen. Und ich hasse diesen Krach.«
»Ich bring's dir bei«, sagte ich und versuchte ihn auf die Tanzfläche zu ziehen. Aber er sträubte sich. Wenn Peter sich sträubt, ist es etwa so, als wenn man einen Bernhardiner an der Leine hat. Viel kann man nicht ausrichten.
»Ich will nicht, Les. Wirklich. Lass mich.«
»Du wirst schon wollen, wenn du's erst probiert hast.«
»Okay, vielleicht ein andermal. Aber nicht hier. Ich bin echt nicht in Stimmung.«
Natürlich wusste ich, welche Stimmung er meinte, weil es mir nämlich genauso ging. Aber irgendwie regte es mich wahnsinnig auf, dass er es nicht mal probieren wollte. Seit

dem Sommer war es wirklich ziemlich kompliziert mit Peter und mir. Nicht mal auf Fire Island, im August, war es so wie vorher gewesen. Daddy und ich blieben bis zum Monatsende, Mom kam und ging, aber Peter und seine Mutter reisten nach Westport zurück. Peter schreibt keine Briefe und am Telefon ist er ziemlich steif. Ich habe ihn ein paar Mal angerufen, aber die Gespräche liefen wie zwischen zwei Fremden, die von wohlmeinenden Freunden miteinander verkuppelt werden sollen. Er gab sich überhaupt keine Mühe und schließlich hatte ich genug. Ich war sauer und auch verletzt.

Oh, wie ich das hasse: Eine Frau »gibt sich« einem Mann. Das Geben und Nehmen muss gegenseitig sein, aber verdammt, es hat mir viel bedeutet, dass ich mit Peter geschlafen habe, und ihm ging es genauso, hat er zumindest gesagt. Also was? Muss das irgendwem peinlich sein, weil wir theoretisch jetzt Geschwister sind? Was auch immer, man müsste darüber reden. Okay, Peter ist schüchtern und nicht gerade mit Fingerspitzengefühl gesegnet, aber er ist auch nicht auf den Mund gefallen. Wenn er Schluss machen will, warum auch immer, soll er doch. Aber so direkt habe ich ihm das nicht gesagt, das habe ich nicht gebracht, vor allem nicht auf der Party. Ich habe mich einfach umgedreht und mit jemand anderem getanzt.

Dieser Jemand war Cliff, Peters Bruder. Er ist Nelson ähnlich, nur jünger und machomäßiger, aber auch sympathischer. Ein breitschultriger, braun gebrannter Typ, Locken bis auf die Schultern, so die Sorte mit Goldkettchen um den Hals und Jeanshemd. California-Look, sonst finde ich so was zum Kotzen. Aber er war ein genialer Tänzer. Ich wusste, dass Peter zuschaute, und ich tat mehr hingerissen, als ich wirklich war.

»Jetzt hast du also drei Stiefbrüder«, sagte Cliff, als wir eine Pause machten. Vom Champagner drehte sich alles um mich und der Raum wirkte noch größer, wie eine große, wirbelnde Kugel, die ein bisschen eierte.

»Das wird bestimmt ganz lustig«, sagte ich und guckte ihm kokett in die Augen. Ob Peter ihm von uns erzählt hatte?

Mom ging zu Peter rüber, sie unterhielten sich. Sie sah umwerfend aus. Obwohl sie rote Haare hat, trägt sie oft Sachen, die Rothaarigen eigentlich nicht stehen, wie grelles Rosa oder Lila.

»Wo ist deine Freundin?«, fragte ich Cliff.

»Zu Hause. Ich hab letzte Woche Schluss gemacht.«

»Oh. Tut mir Leid.«

Ein Schulterzucken. »Kein Grund zur Traurigkeit.«

»Aber es muss doch schwer sein, wenn du sie gemocht hast.«

Cliff grinste mich nachsichtig an. »Klar, ich hab sie gemocht.« Er meinte: Da, wo die herkam, gibt es noch 'ne Menge anderer.

Nelson kam zu uns. Er klopfte Cliff auf die Schulter. »Trau diesem Kerl nicht«, sagte er. »So einem darf man nicht über den Weg trauen.«

Ich hatte meine Zweifel, ob es bei ihm überhaupt einen Weg gab. Deshalb lächelte ich nur.

»Und, wie steht's?«, fragte Nelson.

»Ganz gut«, sagte Cliff. »Nette Party.«

»Kann man sagen, was? Das hat alles Ali arrangiert. Sie ist ein richtiges Wunder, was?«

»Klar«, sagte Cliff. »Für 'ne Stiefmutter jedenfalls nicht übel.«

»So so.«

»Hör zu, ich bin nicht gerade in sie verliebt. Ich kenn sie ja kaum.«

»Na und? Leslie jedenfalls liebt mich und sie kennt mich auch nicht besonders.«

Cliff guckte mich an. »Wirklich?«

»Nun ...« Das Problem ist, dass ich Nelson nicht ausstehen kann, aber in meinem Champagner-Rausch setzte ich ein rätselhaftes Lächeln auf. Er ist einer dieser Männer, von denen jede Frau anerkannt werden will. Ganz egal was man von dem Typen hält – man möchte, dass er einen attraktiv findet.

Nachdem wir noch etwas getanzt haben, ging Cliff weg und ich ging zu Peter. Der stand genau da, wo er vorher gestanden hatte, und guckte auch immer noch so. »Hallo«, sagte ich.

»Hallo«, antwortete er mürrisch.

»Peter. Du wolltest nicht mit mir tanzen, also hab ich mir jemand anderen gesucht. Ist das so schlimm?«

»Du hast nicht nur *getanzt* mit ihm. Meinst du, ich hab keine Augen im Kopf?«

»Er ist gar nicht so übel, wie du immer behauptest. Ich mag ihn.« Ich hatte trotzdem Schuldgefühle.

»Toll. Du kannst dich gleich in die Liste seiner Eroberungen eintragen.«

»Er sagte, er hat sich getrennt von dem Mädchen, von dem du erzählt hast.«

»Aha.«

»Na ja, ich meine …«
»Wahrscheinlich stehen die Frauen vor seiner Tür schon Schlange.«
»Ich finde ihn nicht mal attraktiv, wenn du's unbedingt wissen willst«, log ich. »Und mehr schon gar nicht.«
»Mach doch, was du willst.«
Ich nahm ihn ganz plötzlich kurz in die Arme. »Peter, ich mag dich. Nicht ihn. Kapier das mal.«
Er war verlegen. »Ich weiß, dass er gut aussieht.«
»Das ist doch völlig egal. Mir jedenfalls.«
Aber ich sah schon, dass er nicht überzeugt war.
Inzwischen wurde die Party immer kleiner. Am Schluss waren nur noch Mutter, Nelson, Cliff, Peter und ich und ein paar Bekannte übrig.
»Ich bin glücklich«, seufzte Mom. »Froh, dass wir es gemacht haben, und froh, dass es vorbei ist.«
»Wer wird der Nächste sein?«, fragte Nelson. »Cliff, was ist mit dir?«
»Unsinn«, sagte Cliff. »Vielleicht Peter.«
»Niemals«, sagte Peter.
»Also, ich heirate frühestens mit dreißig«, sagte ich.
»Ein Haufen Romantiker«, sagte Nelson. »Kinder, Kinder.«
Ich wollte Peter mein neues Zimmer zeigen, aber vor all den Leuten kam mir das komisch vor. Und dann fragte Mom, ob man nicht gemeinsam die Wohnung besichtigen sollte. Peter trottete hinterher, die Hände auf dem Rücken, wie ein zerstreuter Professor.
»Im Moment ist Leslies Zimmer natürlich eine Müllhalde«, sagte Mom, »aber …«

»Ist es nicht«, rief ich. Ich hatte gerade aufgeräumt. Mom lächelte nur. »Die Zimmeraufteilung ist sehr praktisch«, sagte sie. »Leslie hat sogar ein eigenes Bad.«
Peter guckte mich kurz an, aber irgendwie hinterlistig, als ob er sich gerade vorstellen würde, wie wir zusammen hier im Bett liegen.
Als Mutter die Führung beendet hatte, sagte Cliff: »Komm, Peter, wir machen uns davon. Ich hab Mom versprochen, dass wir heute Nacht noch heimkommen.«
»Bleibt doch«, sagte Mom.
»Nein, wir gehen besser. Kommt noch jemand mit? Leslie?«
»Ich wohne hier«, sagte ich.
»O Gott, ja. Hab ich doch glatt vergessen. Der Alkohol.«
Als sie weg waren, half ich Mom beim Aufräumen. Aschenbecher-Leeren, Geschirr-in-die-Küche-Bringen. »Ich glaube, sie haben es ganz gut aufgenommen«, sagte sie.
»Was haben sie ganz gut aufgenommen? Die Party?«
»Na, alles. Die ganze Sache. Ich meine, Peter und Cliff. Ich hatte ein bisschen Angst, dass sie sauer sind, wegen Hope und so. Aber ich glaube, sie haben es verstanden.«
Und da musste ich plötzlich an Daddy denken und ich hätte ihn sogar angerufen, nur leider war es schon halb drei in der Früh.
»Les, geh ins Bett«, sagte Mom. »Du siehst völlig geschafft aus.«
»Das bin ich auch.« Ich sah zu ihr rüber. Sie war aufgekratzt wie immer.
»Hi, Ali«, rief Nelson aus dem Schlafzimmer. »Räumt morgen fertig auf, okay?«

Mom stampfte zum Schlafzimmer und ich musste mir vorstellen, wie sie es gleich treiben würden. Das war bestimmt ein wichtiger Grund für ihre Heirat. Nelson ist ein sexy Ding. Absolut. Ich habe keine Ahnung von dem Sexualleben, das Mom und Daddy hatten. Sie waren immer sehr höflich zueinander, haben sich aber fast nie umarmt oder liebkost. Wahrscheinlich sind Menschen so, wenn sie zwanzig Jahre zusammengelebt haben.

Ich ging in mein Zimmer und zog den Schlafanzug an. Eines Tages werde ich vielleicht aufregende Nachthemden haben, wie Mom, aber im Moment sind mir Pyjamas genauso recht. Ich frage mich, ob Peter jemals hier übernachten wird. Der Gedanke an ihn, an seine kühle, distanzierte Art machte mir zu schaffen. Ich will, dass es gut läuft zwischen uns, wie im Sommer, als wir über alles reden konnten. So wie jetzt soll es nicht bleiben. Ich bin nämlich einsam.

Verschärfte Maßnahmen

»Schlimmer, als ich dachte«, sagte Mom, als sie von der Waage stieg. »Jetzt du, Peter.«

Es war der Tag nach der Hochzeit. Als ich auf der Waage stand, wollte ich gar nicht hingucken. Ich wusste genau, dass ich zugenommen hatte. Ich kriegte meine Hosen kaum noch zu. Ich guckte trotzdem hin. »Scheiße.« Hundertsechzig Pfund, mehr als ich jemals gewogen hatte.

»Wir müssen uns streng an den Diätplan halten«, sagte Mom. »Hätten wir doch gar nicht erst zugenommen. Daran ist nur diese verdammte Maschine schuld.«

Zu ihrem letzten Geburtstag hatte Dad ihr eine neue Küchenmaschine geschenkt. Erst hatte sie sie kaum benutzt, aber seit letztem Herbst hatte sie begonnen riesige, köstliche Mahlzeiten zu zaubern. Warum sollen wir uns immer nur von Fast Food ernähren, sagte sie, und außerdem wäre Kochen eine gute Therapie für sie. Eins muss dabei gesagt werden: Sie konnte großartig kochen – nur machte das alles ganz schön dick.

»Verschärfte Maßnahmen sind das Gebot der Stunde«, hatte Mom schließlich verkündet. »Vielleicht sollten wir Vegetarier werden.«

»Wir könnten joggen.«

»Das hört sich anstrengend an«, seufzte sie.

Dennoch entschied sie, dass das eine gute Idee wäre. Wir

fingen an um sieben aufzustehen und zu joggen. Überraschenderweise war Mom ganz gut. Ich war es, der außer Atem geriet. Sie besorgte sich einen Jogginganzug und Sportschuhe, aber ich lief in Hemd und Hosen. Es war hart, sich aus dem Bett zu quälen und rumzurennen, aber ich tat es. Das Problem war, dass ich ausgehungert zu Hause ankam und ein Riesenfrühstück verdrücken musste.

Am Morgen nach der Hochzeit nannte Mom mich einen Verräter. »Du bist heute Morgen nicht mal mit mir aufgestanden.«

»Hör mal, Mom«, sagte ich. »Ich bin erst um zwei heimgekommen.«

»Ich weiß«, sagte sie. »Ich hab dich gehört.«

»Warst du noch wach?«

»Nein. Aber ich habe nicht fest geschlafen. Ich hab gehört, wie Cliff dieses verdammte Radio angemacht hat. Was ist in ihn gefahren, dass er um zwei Uhr morgens Radio hört?«

Ich zuckte die Schultern. »Er meint, es entspannt.«

»Hat es dich gar nicht gestört?«

»Ach was. Ich bin sofort eingeschlafen.«

Wir gingen runter in die Küche. Ich guckte in den Eisschrank, nahm eine Tüte Saft und tat einen langen Zug direkt aus der Tüte. Es schmeckte gut. Ich hatte nicht viel getrunken auf der Party, aber mein Mund war völlig ausgetrocknet. »Was hast du da?«, fragte ich.

»Bewerbungsunterlagen von Colleges«, sagte Mutter. Sie warf alle Drucksachen auf einen Haufen und alle Briefe auf einen anderen.

»Wofür brauchst du sie?«

Sie verzog das Gesicht. »Wahrscheinlich mache ich mir Gedanken über meine Zukunft. Nur kann ich mich leider nicht entscheiden.«

»Wofür?«

»Okay, kannst du dich an Muriel Person erinnern?«

»Keine Ahnung.«

»Du kennst sie, Peter. Bevor ich deinen Vater kennen lernte, habe ich mit ihr zusammengewohnt.«

Ich hatte keine Erinnerung an sie. Dann fiel mir etwas ein. »War das vielleicht die, die uns letztes Jahr besucht hat? Von der Dad sagte, dass sie nicht ganz richtig im Kopf wäre?«

»Sagt er. Mit Muriel ist alles in Ordnung, aber ihr Benehmen stört manche Leute. Nein, die Sache ist die: Sie hat einen Laden für Kinderbücher und Spielzeug in Chicago und ich habe mir überlegt, ob ich da nicht mitmachen sollte. Es wäre gut für mich, etwas zu tun, statt hier rumzusitzen. Also habe ich beschlossen unser Haus zu verkaufen. Dein Vater hat Recht, es hängen zu viele Erinnerungen dran.«

»Natürlich. Aber was ist mit mir?«

»Darüber denke ich noch nach.«

»Ich meine, es ist mein letztes Schuljahr und so.«

»Ist dir das so wichtig?«

»Na ja ...«

Sie seufzte. »Okay. Es ist nur so eine Idee. Ich denke auch darüber nach, wieder zur Uni zu gehen, vielleicht Kunstgeschichte zu studieren. Chicago hätte den Vorteil, dass Ken da ist. Es wäre schön, etwas Familie um sich zu haben.«

»War das früher dein Hauptfach? Kunstgeschichte?«

»Ganz recht.« Sie saß da und machte ein komisches Gesicht. »Also. Raus damit«, sagte sie.

»Raus? Womit?«

»Die Hochzeit.«

»Oh. Die ... Hochzeit. Die war okay.«

Mom schaute mich an. »Tut mir Leid. Aber das reicht nicht.«

Ich schnitt eine Grimasse. »Komm, Mutter. Du weißt, wie Hochzeiten sind.«

»Wie sah sie aus? Aline, meine ich. Traumhaft, oder?«

»Ganz normal«, sagte ich. »Wie immer.«

»Aber sie war nicht in Weiß, oder? Nicht bei der zweiten Heirat.«

»Glaube nein«, sagte ich. Ich nahm ein paar Eier aus dem Korb. »Ich mach mir ein Omelett«, sagte ich.

»Los, Peter. Was hatte sie an?«

»Weiß nicht mehr.«

»Musst du aber. Du hast sie gesehen.«

»Auf solche Sachen achte ich nicht. Aber ich glaube, es war nicht weiß.«

»Wer war da?«

Ich nahm die große Bratpfanne, die ich immer für Omeletts nehme. Im Omelett-Backen bin ich Experte, das habe ich schon mit sechs oder sieben gelernt. Sogar Dad, der Eier nicht besonders mag, sagt, dass meine Omeletts die besten sind. Ich bereite sie genauso gerne zu, wie ich sie esse.

»Wer da war?«, sagte ich und schlug die Eier auf. »Lass mich mal nachdenken. Also, bei der Trauung nur Les und ich. Aber danach hatten sie eine große Party in der Wohnung.«

»Waren die Mattisons da?«

»Es war eine Horde von Leuten. So gut kenne ich deine Bekannten nicht.«

»Die Mattisons. Das ist das Pärchen, das mit kleinen Theatertruppen auftritt. Sie ist sehr groß und hat so eine Elfenfrisur und er läuft rum wie ein Dandy, mit Weste und so. Außerdem hat er Koteletten.«

Ich rückte die Pfanne hin und her, um die Eier gut zu verteilen, und versuchte mich zu erinnern. »Doch, die waren da«, sagte ich.

Mom seufzte. »Bestimmt waren sie alle da. Ich wette, alle meine Scheiß-Freunde waren da.«

»Jedenfalls eine Menge Leute.«

»Gloria war vielleicht die Einzige, die nicht da war.«

»Die, die dieses Webding fürs Wohnzimmer gemacht hat?«

Das Ding war mir nur eingefallen, weil Dad immer behauptet hat, es sei das Hässlichste, was er je gesehen hätte. Ich wusste, was er meinte – es sah aus wie eine alte, struppige Decke, die gerade dabei war, sich aufzulösen. Aber Mutter sagte immer, die Leute würden Hunderte von Dollars für Glorias Zeug bezahlen.

»Gloria hat hoch und heilig geschworen nicht hinzugehen. Selbst wenn man sie einladen würde. Vielleicht hat sie keine Einladung bekommen?«

Ich kippte das Omelett auf einen Teller. Dann nahm ich die Marmelade raus und schüttete welche drauf. Ich war echt hungrig.

»Also hast du dich wunderbar unterhalten?«
»Nein«, sagte ich. »Wie kommst du darauf?«
»Hast du getanzt und so?«
»Ich habe rumgestanden.« Das Omelett war erstklassig. Ich stand auf, um mir ein Glas Milch zu holen.
»Ich hoffe, du hast mit Leslie getanzt.«
»Warum sollte ich?«
»Ach, sie ist immer so ... ich habe immer das Gefühl, ich müsste ihr helfen. Sie hat so einen leidenden Ausdruck.«
»Kann ich nicht finden.«
»Sie sieht immer aus, als hätte sie eben ihren besten Freund verloren. Versteh mich nicht falsch, ich mag sie. Vielleicht rebelliert sie ja innerlich. Wenn sie sich nur mal wirklich aufraffen würde und ... Na, hast du mit ihr getanzt?«
»Ich hab doch gesagt, dass ich nicht getanzt habe.« Ich hatte keine Lust, ihr zu erzählen, wie mich Leslie darum gebeten hatte. Ich setzte mich wieder. »Sie hat viel mit Cliff getanzt.«
»Wo steckt der überhaupt? Es ist ... Schau dir das an. Es ist schon nach eins. Peter, geh hoch und schütte ihm kaltes Wasser über den Kopf.«
»Er hat gesagt, er müsse Schlaf nachholen.«
»Hat er etwas über Margy gesagt?«
»Na ja ... ich glaube, er hatte es in letzter Zeit ziemlich schwer mit ihr. Sie war ganz schön fertig, hatte Depressionen. Er hat erzählt, er habe nächtelang bei ihr gesessen und sich um sie gekümmert.«
Mom machte ein besorgtes Gesicht. »Ich wünschte, wir hätten sie mal gesehen ... Warum müssen er und Ken so weit weg aufs College gehen?«

Eigentlich hatte ich mich in Stanford bewerben wollen, das ist auch nicht näher als Berkeley oder Chicago. Aber im Frühjahr hatte ich beschlossen mich für eine vorgezogene Zulassung in Harvard zu bewerben. Wenn man angenommen wird, ist man bis Dezember seine Sorgen los. »Wahrscheinlich dachten sie, es wären die besten Colleges.«

»Nein«, sagte Mom. »Ich mache mir nichts vor. Sie wollten weg. Und warum nicht? Ich will ja auch weg.« Sie begann in einem Katalog zu blättern.

Ich dachte über die Hochzeitsfeier nach. Warum hatte ich mich so idiotisch benommen? Ich hatte gehofft, es wäre eine Chance für Leslie und mich, wieder zusammenzukommen. Aber sie war offenbar an nichts anderem interessiert als mit jedem zu flirten, der ihr über den Weg lief. Sie hätte wissen müssen, dass es mir was ausmacht, wenn sie die ganze Zeit mit Cliff tanzt. So unsensibel ist sie nicht. Manchmal verstehe ich sie nicht. Natürlich, ich hätte sie nach dem Sommer öfter besuchen sollen. Aber Mom war so einsam, ich konnte sie nicht alleine lassen. Und wenn sie gewusst hätte, dass ich zu Leslie gehe, hätte ich obendrein noch Salz in offene Wunden gerieben. Das wäre so gewesen, als wenn ich zum Feind übergelaufen wäre. Und telefonieren ist nicht meine Sache, da fällt mir nie was ein. Einmal habe ich Leslie einen seitenlangen Brief geschrieben, über meine Gefühle und so, aber als ich ihn durchgelesen hatte, klang er so bescheuert und sentimental, dass ich ihn zerrissen habe.

Vielleicht hat sie einen kennen gelernt, in der Stadt, und will es mir nicht erzählen. Vielleicht wollte sie überhaupt nur schnell ihre Jungfräulichkeit loswerden. Den Sommer über hatte ich wirklich das Gefühl, dass da was ist zwischen uns. Oder habe ich mir mal wieder zu viel eingebildet? Ich werde es jedenfalls ruhig angehen lassen, wenn ich sie das nächste Mal sehe.

Ich guckte zu Mom rüber, die gerade den Katalog zur Seite legte. »Eins jedenfalls ist sicher«, sagte sie. »Ich heirate nie wieder. Wenn ich noch einmal auf die Idee kommen sollte, musst du mich in Fesseln legen und dich auf mich setzen. Versprochen?«

»Versprochen.«

»Gloria sagt, dass ihr Leben nach der Scheidung erst richtig angefangen hat. Auf sich selbst gestellt zu sein sei das Beste für sie gewesen, sagt sie.«

»Du kommst schon klar, Mom.« Seit wir von Fire Island zurück sind, hatten wir einen Haufen solcher Unterhaltungen. Manchmal habe ich das Gefühl, sie redet mit mir wie mit einem Freund. Wie soll ich darauf reagieren?

Ich ging hoch und zog mich an. Cliff war im Bad. Er streckte und reckte sich, als er mich sah. »Hi, Peter. Wie geht's, wie steht's?«

»Es geht.«

»Wie spät ist es denn?«

»Eins rum.«

»Komm mit mir runter, solang ich frühstücke.«

»Mir steht eine Geschichtsarbeit bevor. Ich sollte in die Bibliothek.«

»Kannst du doch später. Die ist doch bis fünf auf.«

Cliff hat sich in der High School nie besonders angestrengt und er ist doch auf ziemlich gute Colleges gekommen.

Aber ich kann so was nicht. Obwohl ich weiß, dass die Zensuren am Jahresende nicht so wichtig sind, und obwohl meine Chancen für Harvard ganz gut stehen, lerne ich immer noch so viel wie zuvor. So eine Art innerer Zwang. Eine Flucht in eine Welt, in der nur mein Kopf zählt und nicht mein scheißfetter Körper.

Als ich mit Cliff in die Küche kam, wollte Mom gerade zur Tür raus. »Hallo«, sagte sie zu Cliff. »Du lieber Himmel, du siehst aus wie ein Gespenst.«

»Ich bin ein Heranwachsender, ich brauche meinen Schlaf.«

»Das hab ich doch schon mal irgendwo gehört. Und bring Peter nicht davon ab, in die Bibliothek zu gehen. Er muss sich vorbereiten.«

Cliff zwinkerte mir zu. »Wie käme ich denn dazu, ihn von der Arbeit abzuhalten?«

»Ich hab letzte Woche schon was getan, Mom. Ich muss es nur noch etwas strukturieren.« Das war nicht die ganze Wahrheit, aber es reichte ihr wohl. Dass ich in Harvard angenommen werde, scheint ihr sehr viel zu bedeuten.

Als sie gegangen war, streckte Cliff sich. »Gott, ich hatte einen unglaublichen Traum. Mit Margy.« Er grinste.

»Ich dachte, du hättest mit ihr Schluss gemacht?«

»Klar, aber wir machen's gelegentlich noch miteinander. Aus Geilheit oder Nostalgie oder was auch immer. Ich steh auf sie, will mich aber nicht so schnell binden. Guck dir Mom und Dad an. Wenn sie länger gewartet hätten, wäre ihnen vielleicht rechtzeitig aufgegangen, dass sie nicht füreinander geschaffen sind.«

Ich holte eine Packung Cornflakes. »Warum sollen sie

nicht zusammenpassen? Ist es nicht immer ganz gut gelaufen mit ihnen?«
Cliff zuckte die Schultern. »Ich glaube, Dad braucht jemanden, der etwas ... lebendiger ist. Ich meine, klar, Mom ist toll, aber sie ist über vierzig, das muss man sehen. Und ihre Figur ... Dad ist mehr wie ich. Er braucht Abwechslung.«
Ich schüttete Milch auf die Cornflakes. »Leslies Mutter ist auch vierzig.«
»Klar. Aber sie sieht viel jünger aus. Und sie arbeitet. Sie steht mitten im Leben. Mom dagegen, weißt du, bei ihr hatte ich immer das Gefühl, dass sie rumhockt und nur darauf wartet, dass Dad heimkommt. So was kann einen Mann fertig machen. Kannst du mir glauben. Ich kenne mich aus.«
»Wieso kennst du dich aus?«, fragte ich gereizt. »Wie oft warst du denn verheiratet?«
Cliff lachte. »Dazu muss man nicht erst verheiratet sein. Margy war schon genauso, obwohl ich das Wort Heirat nicht mal in den Mund genommen hatte. Also, Montag, Mittwoch und Freitag war ich im Chemielabor, bis vier. Aber manchmal bin ich danach noch rumgelaufen oder hab ein Bier getrunken. Und wenn ich dann in mein Zimmer kam, hockte sie da. ›Wo warst du? Ich hab mir Sorgen gemacht. Ich hatte schon Angst, du hättest einen Unfall gehabt.‹ Das macht einen fertig. Mom kann auch so sein, so klammernd.«
»Ich finde nicht, dass Dad so ein toller Typ ist.« Ich aß meine Cornflakes. Es war schon typisch: Cliff, der nicht ein Gramm zu viel wiegt, saß da mit einem Glas Saft und ein paar Vitaminen.

»Dad sieht gut aus und hält sich fit. Die Frauen fahren auf ihn ab und wahrscheinlich wird das immer so sein.«

»Du meinst also, das ist wieder nichts für länger? Glaubst du, er wird wieder Geliebte haben?« Ich konnte mir nicht vorstellen, dass er das Ganze mit Scheidung und neuer Heirat hinter sich gebracht hatte, um so weiterzumachen wie früher.

»Und? Solange sie ihn nicht erwischt, was macht es? Er wird aufpassen. Oder – na ja. Vielleicht klappt es ja auch. Ich glaube, er will ein ganz anderes Leben führen, etwas aufregender als hier draußen. Mutter war genau richtig für dieses alte Haus, um Kinder darin großzuziehen. Aber in das Leben, das er jetzt führt, passt sie einfach nicht.«

Ich musste feststellen, dass ich den ganzen Pott Cornflakes leer gegessen hatte. Ich hatte glatt vergessen, dass ich schon ein Omelett drinhatte. »Du bist zynisch«, sagte ich. Ich hasste mich selbst, weil ich so verfressen war.

»Ach ja?« Er guckte überrascht. »Wie auch immer, für uns ist eine scharfe kleine Stiefschwester dabei rausgesprungen.«

Mein Magen zog sich zusammen. »Meinst du Leslie?«

»Klar. Ich mag sie. Kann gut tanzen. Du kannst ziemlich viel über ein Mädchen sagen, wenn du ein paar Mal mit ihr getanzt hast, zum Beispiel wie sie ...«

Ich stand auf und ging raus. Mehr mochte ich mir nicht anhören. Ich bin heilfroh, dass er im College ist. Manchmal verabscheue ich ihn geradezu. Leslie kann froh sein, dass sie ein Einzelkind ist.

Nachdem Cliff weg war, normalisierte sich unser Leben wieder. Aber es stimmte – das Haus war zu groß für Mom und mich. Vier Schlafzimmer, ein großer Hobbyraum mit Bar im Keller, eine Bibliothek. Es war bestimmt schon riesig, als sie es vor fünfzehn Jahren gekauft haben, aber sie haben noch einen Raum angebaut und die Küche vergrößert. Wenn wir alle zusammen waren, haben wir im Esszimmer gegessen. So furchtbar vornehm ist es dort nicht, aber immerhin gibt es einen langen Tisch mit Stühlen drumrum. Nachdem Ken und Cliff ausgezogen waren, hatte Mom den Tisch verkleinert. Wir haben dann mit Dad an einem Ende gesessen. Jetzt, wo auch Dad weg war, wäre es lächerlich gewesen, weiter an diesem Tisch zu sitzen, also haben wir in der Küche gegessen.

Außerdem hatten wir früher eine Haushaltshilfe, Berta, die auch gekocht hat. Sie war eine hervorragende Köchin. Dabei hat sie immer behauptet, sie könnte Kochen nicht ausstehen. Aber was sie auch kochen sollte, hat sie erstklassig hingekriegt. Jetzt kommt sie nur noch zweimal die Woche zum Saubermachen, das Kochen hat Mom übernommen. Sie hat uns alle beide zu einer grausam strengen Diät verdonnert. Alles wird abgewogen. Eigentlich dürfen wir nicht mehr als höchstens hundert Gramm Fleisch oder Fisch als Hauptgericht essen. Mom schneidet auch alles Fett ab. Kartoffeln und Reis sind untersagt, stattdessen gibt es gedünstetes Gemüse.

Gott, ich hasse gesunde Ernährung. Nachts habe ich unanständige Träume, in denen ich in Fässer voller Rührkuchenteig plumpse. Außerdem mogle ich oft. Eigentlich will ich das gar nicht. Aber manchmal wache ich nachts auf und kann nicht wieder einschlafen. Wenn ich nicht schlafe, laufe ich am nächsten Tag wie ein Zombie durch die Schule, also genehmige ich mir einen kleinen Imbiss. Wenn ich dann auf eine übrig gebliebene Käseecke stoße oder ein Stück Kuchen, schlinge ich es runter, noch bevor mir richtig klar wird, was ich da tue. Weil ich nicht will, dass Mom was bemerkt, esse ich oft trockene Cornflakes aus der Packung oder Nüsse oder jedenfalls Sachen, bei denen sie nicht gleich merkt, dass etwas fehlt. Wahrscheinlich mogelt sie aber selber, jedenfalls hat noch keiner von uns auch nur ein Pfund abgenommen.

»Heute ist etwas Schreckliches passiert«, gestand Mutter einmal beim Abendessen. Es war etwa einen Monat nach der Heirat, Anfang November. »Ich gehe an einer Bäckerei vorbei und sehe Croissants in der Auslage. Ich hab eins gekauft und mit drei Bissen runtergeschlungen. Ich schäme mich so! Kein Wunder, dass ich meinen Mann verloren habe. Ich habe keine Willenskraft! Ich bin eine Versagerin. Und ich hab dir das alles auch noch vererbt.«

»Mom, das hat nichts mit Vererbung zu tun. Wenn man weniger isst, nimmt man ab.«

Niedergeschlagen spießte sie einen Spargel auf. »Hat es doch«, sagte sie. »So wie in diesem Stück von Ibsen, in dem sich die Sünden des Vaters auf die Kinder übertragen. Ken und Cliff sind genau wie Nelson. Du könntest machen, was du wolltest – du würdest sie nicht dick kriegen, selbst wenn du ihnen das Essen mit Gewalt reinstopfen würdest. Sie sind sportlich, aktiv, drahtig, gesund, sie würden wahrscheinlich zweihundert Jahre alt werden, und wenn sie nicht meine Söhne wären, würde ich sie hassen.«

»Übrigens«, sagte ich, »ich mogle auch. Ich stehe nachts auf und nasche.«
Mutter lachte. »Weiß ich doch. Einmal bin ich nachts aufgewacht und habe sofort an das Stück Kuchen gedacht, das vom Frühstück übrig geblieben war. Ich bin runtergerast, aber es war verschwunden ... Aber Peter, im Ernst: Bei dir ist das noch schlimmer. Du bist jung. Du musst wirklich was tun. Wenn du so zu den College-Vorstellungsgesprächen erscheinst ...«
»Komm, Mutter. Die interessieren sich für meine Noten und die Abschlussprüfungen, nicht für mein Gewicht.«
Sie schüttelte den Kopf. »Nein. Sie wollen abgerundete Persönlichkeiten. Junge Leute, die ...« Da merkte sie, dass das einigermaßen dumm geklungen hatte, und lachte nervös auf. »Ich meine, sie suchen ... wie sagt man? Einen gesunden Geist in einem gesunden Körper. Und wie steht es mit deinen Kontakten zum anderen Geschlecht?«
Ich wurde rot. »Du hast schließlich auch einen Mann gefunden«, sagte ich gelassen.
»Stimmt. Aber willst du wissen, wie? Bevor ich Nelson kennen lernte, hatte ich bei einer Lungenentzündung fünfzehn Pfund abgenommen. Er dachte natürlich, so würde ich immer aussehen. Und ich hatte solche Angst, ihn zu verlieren, dass es mir buchstäblich den Appetit verschlug. Das erste und einzige Mal, dass mir das passiert ist.« Sie brachte ein schiefes Lächeln zu Stande. »Ach, würde mir das doch noch mal passieren.«
»Vielleicht triffst du einen und nimmst wieder ab«, schlug ich vor. »Vielleicht holst du dir wieder eine Lungenentzündung.«

»Einen Neuen.« Mom seufzte. »Weißt du, wie die Statistiken für Frauen meines Alters aussehen? Sogar für schlanke? Nein, das ist ein neuer Abschnitt in meinem Leben. Ich habe geheiratet und Kinder in die Welt gesetzt. Als ich jünger war, hatte ich drei Ziele, die ich erreichen wollte: eine glückliche Ehe, tolle Kinder, auf die ich stolz sein kann, und eine Arbeit, die mir etwas bringt. Gut, von diesen drei Zielen habe ich anderthalb geschafft. Das ist nicht so übel.«

»Wieso anderthalb?«, fragte ich.

»Na ja. Ich war glücklich … und die Hälfte von einem Ehepaar. Ich war.« – Plötzlich verzog sich ihr Gesicht.

Ich stand auf und legte ihr die Hand auf die Schulter. »Gut, ich werde abnehmen«, sagte ich. »Du wirst auch auf mich stolz sein können.«

Mom schniefte. »Ich bin bereits stolz auf dich, Peter. Wen interessiert dein Gewicht? Das ist doch oberflächlicher Kram. Lass uns die Waage rausschmeißen. Wenn du ein Mädchen kennen lernst, das du magst, wirst du über Nacht abnehmen, einfach so. Das kannst du mir ruhig glauben.«

Ich lächelte gequält.

Aus ganzer Seele

»Siebenunddreißig drei ist kein Fieber«, sagte Mira. »Morgen gehst du in die Schule, sonst kannst du die ganze Sache vergessen.«

Ich geriet in Panik. Praktisch jeden Monat, jedes Mal wenn ich meine Tage kriege, bekomme ich leichtes Fieber. Der Arzt sagt, er kann es nicht erklären *und* nicht heilen. Wenn ich dazu Krämpfe kriege, bleib ich einen Tag zu Hause. Diese Woche hatten wir die Besetzungsproben für unser Stück und ich hatte schon den Tag davor gefehlt. Wir werden *Die Barretts von Wimpole Street* aufführen. Das ist von einem gewissen Rudolf Besier. Weil wir eine reine Mädchenschule sind, führen wir die Stücke mit der Knabenschule von gegenüber auf. Seit Jahren geht das hin und her, ob die beiden Schulen nun zusammengelegt werden oder nicht, aber selbst wenn es doch mal dazu kommt, wird es auf mein Leben keine Auswirkungen mehr haben, schließlich bin ich im Abschlussjahr.

Es gibt hauptsächlich zwei Gründe, warum ich verzweifelt hinter der Hauptrolle von *Die Barretts von Wimpole Street* her bin. Erstens habe ich schon immer davon geträumt, Elizabeth Barrett Browning zu spielen. Früher habe ich nämlich Gedichte geschrieben, vor allem in den ersten beiden Jahren auf der High School. Keine unsterbliche Poesie. Einiges davon war natürlich ziemlich bescheuert. Aber es war toll, die Gedichte zu schreiben, und mein Englischlehrer, Mr Speer, fand ein paar so gut, dass er mir vorschlug sie zu einem Wettbewerb zu schicken. Ich habe keinen Preis bekommen, aber nachdem Mr Speer die prämierten Gedichte gelesen hatte, sagte er, er halte meine für viel besser. Es ist also klar, dass Elizabeth Barrett Browning die ideale Rolle für mich gewesen wäre. Ich sehe sogar aus wie sie. Ich bin dünn, blass und schwarzhaarig. Jeder Junge, der mich auch nur ansatzweise mochte, hat gesagt, ich sei sensibel und sähe sehr kreativ aus. Vielleicht sagen sie das zu allen Mädchen, die keinen großen Busen haben, aber jedenfalls ist was Wahres dran. Das einzige Problem ist, dass ich mit einigen Sätzen von Elizabeth nicht klarkomme. Es gibt welche, die sind wirklich daneben:

Oh, Robert, wie soll ich dir das geben,
wonach die Liebe verlangt? Mein Körper ist
zerstört und meine Schönheit vergangen –
und ich bin nicht mehr jung.

Vor den meisten Sätzen stehen Anweisungen in Klammern wie: »mit unterdrückter Verzückung« oder »aus ganzer Seele«.

Die ganze Seele ... Okay, hier kommt der lächerliche Grund, weswegen ich Elizabeth spielen will: Der Junge, der wahrscheinlich Robert Browning spielen wird, ist Vladimir Ascher. Der ist eins fünfundachtzig und hat tiefschwarze Augen, die ein Loch bis nach Moskau bohren könnten (seine Eltern sind hierher gekommen, als er sechs war). Wenn er anders aussähe, würde er die Rolle nicht kriegen. Aber was soll's? Sogar Ms Brandemour, unsere Theater-Lehrerin, die mit Vorliebe gegen den

Strich besetzt, würde niemals Mel Friedman Robert Browning spielen lassen. Mel ist großartig für Charakterrollen, aber nur eins siebzig. Oder Gil Mendoza. Das ist vielleicht unser bester Schauspieler, aber nicht mal Bühnenschminke könnte seine Pickel verdecken. Ich stehe sonst nicht auf solche Kraftprotze, aber seit Peter aus meinem Leben verschwunden ist, könnten ergreifende Liebesszenen mit Vladimir die letzte Chance sein, dieses Jahr noch zu retten.

»Wie schön, dass du wieder da bist«, sagte Brandemour, als ich am nächsten Tag zu den Proben erschien. »Wir hätten dich gestern gebraucht.«
Ich musste ein Lächeln unterdrücken. Mir ging es gleich viel besser. Ich hatte noch Krämpfe, aber ich hatte ein Aspirin geschluckt. »Jedenfalls hatte ich Zeit, das Stück noch mal zu lesen«, sagte ich.
»Gut«, sagte Brandemour. »Heute würde ich gerne einige Szenen mit unterschiedlichen Besetzungen durchspielen. Mel? Wie wär's, wenn du es mal mit Captain Surtees Cook probierst? Und du, Leslie, weil du gestern nicht mitmachen konntest, übernimmst Henrietta. Wir spielen die Szene, in der die beiden Elizabeth besuchen. Bryna, du spielst Elizabeth.«
Mir wurde das Herz schwer, obwohl Brandemour Bryna für die Elizabeth nur ausprobieren wollte. Warum hatte sie mir Henrietta aufgehalst? Das ergab keinen Sinn! Ich wollte unbedingt Elizabeth spielen und vier oder fünf Mädchen waren hinter der Rolle von Henrietta her. Sie ist die jüngere Schwester, hübsch, lebensfroh, rebellisch, und

sie hat eine heimliche Liebschaft mit einem Offizier. Mira wäre genau die Richtige für die Rolle.

»Ms Brandemour«, sagte ich und kam etwas ins Stottern, »ich glaube nicht, dass ich die Richtige für Henrietta bin.«

So was sagt man nicht, das ist einfach unmöglich. Aber ich konnte praktisch alle Sätze von Elizabeth auswendig. Und von Henrietta bin ich weiter entfernt als von sonst irgendwem im ganzen Stück, außer vielleicht von Arabella, der niedlichen kleinen Cousine, die wie ein Kleinkind rumblubbert und ihren Vater zu verführen versucht.

»Willst du es nicht lieber mir überlassen, das zu beurteilen?«, fragte Brandemour und lächelte eisig. »Und mach dir keine Sorgen, du darfst es auch mit anderen Rollen probieren.«

Was sollte ich machen? Ich spielte die Szene. Ich musste meinen Freund, Captain Cook (also Mel Friedman), Elizabeth vorstellen. Henrietta könnte ich nicht ausstehen, wenn ich sie kennen lernen würde. Sie ist boshaft, aufreizend und neckisch. Nach den Regieanweisungen sollte ich mich hinknien und dem Captain sein Schwert umhängen. Wir hatten keine Requisiten, also wollte ich die Stelle überspringen, aber Brandemour rief: »Nur pantomimisch, Schatz. Denk dran, das Schwert ist schwer. Knie dich vor ihn hin und leg die Arme um seine Hüften. Der ganze Sinn der Szene ist, dass dich dein Vater in dieser Situation antrifft.«

Ich weiß natürlich, dass Brandemour keine Sadistin ist, aber es sah wirklich so aus, als ob ich ihm einen blasen würde. Ich musste das Ganze dreimal wiederholen. Als

der Vater (gespielt von Gil) reinkam, war ich so am Ende, dass ich schrie.
Brandemour war sehr angetan. »Wunderbar. Ganz wunderbar. Ihr wisst ja, in diesem Haus ist jede Geste der Liebe streng verboten. Henrietta ist die Einzige, die den Mut besitzt, sich offen über die Befehle des Vaters hinwegzusetzen.«
»Und Elizabeth?«, fragte ich.
»Sie macht es im Geheimen«, sagte Brandemour. »Sie ist ein in sich gekehrter, unterdrückter Mensch. Das, was sich da zwischen dir und Bryna abgespielt hat, war sehr gut. Ihr habt eine enge Beziehung, obwohl ihr völlig verschieden seid ... oder vielleicht gerade deshalb? Na schön. Jetzt wollen wir mal einen großen Auftritt von Elizabeth spielen. Vielleicht die Szene, in der Robert sie überredet mit ihm zu fliehen. Vladimir? Bryna?«
Ich ließ mich auf meinen Platz sacken. Mira saß neben mir.
»Du warst gut«, sagte sie aufmunternd.
»Ich will diese Rolle nicht«, zischte ich leise, damit es niemand sonst hörte.
Ich versuchte Bryna und Vladimir zuzugucken, nur um zu sehen, wie sie die Szene anging, damit ich nicht dieselben Fehler machte. Sie sahen fast wie Zwillinge aus. Beide sehr groß, mit vollem schwarzen Haar und dicken Augenbrauen. Wenn Bryna Zeilen wie »Ich liebe dich zu sehr, um mit ansehen zu können, wie du deine Manneskraft an mich, den blassen Abklatsch einer Frau, vergeudest« las, war es ziemlich lächerlich. Vladimir war stocksteif. Er schmetterte seine Sätze, als hätte er eine Botschaft zu verkünden, wobei er meist die Brust vorstreckte. Ich fand die beiden

nicht besonders, aber als sie fertig waren, sagte Brandemour: »Schon viel besser, Vladimir. Du musst dir klar machen, dass Robert Browning ein ziemlicher Idiot ist.«
Vladimir sah enttäuscht aus. »Ich dachte, er wäre eine der großen Gestalten der Romantik.«
»Dafür hält er sich. Das ist es ja gerade. Tatsächlich ist er vor allem in sich selbst verliebt.«
»Arme Elizabeth«, sagte Bryna spöttisch.
»Ja«, sagte Brandemour und steckte sich den nächsten Zigarillo an. »Aber Elizabeth kennt ihn gut, viel besser als er sich selbst. Jede Frau weiß mehr von ihrem Mann als er selbst. Das ist unsere Tragödie.« Sie lachte rau.
Vladimir wirkte gekränkt. »Ich halte das für ein Vorurteil, Ms Brandemour.«
»So? Nun, wir haben alle unsere Vorurteile, du deine, ich meine. Darum dreht sich doch alles auf der Welt.«
Den ganzen Nachmittag über spielten wir verschiedene Szenen durch. Einmal war ich Arabella und Vladimir der Vater. Ich musste auf seinem Schoß sitzen und mit seinem nicht vorhandenen Bart spielen, während er Sachen sagte wie: »Deine Lieblichkeit, du kleines Ding, ist verwirrend.« Ich hatte Angst, dass ich Brandemour in dieser Rolle gefallen könnte, und hielt mich deshalb zurück, aber sie schrie: »Dick auftragen, Leslie! Bedenke, diese Frau würde einen Laternenpfahl verführen, wenn es ihren Absichten helfen würde. Ja, so ist es richtig. Schau ihm tief in die Augen. Du bist fasziniert davon, dass er so ein verklemmter, Furcht einflößender Witwer ist. Du weißt, er wäre Wachs in deinen Händen, sobald du ihn bei dir im Bett hättest.«

Ich weiß nicht, wer in diesem Moment röter wurde, ich oder Vladimir. Niemand ist Wachs in meinen Händen, weder im Bett noch sonst wo. Aber so ist Brandemour, Greta-Garbo-Hüte gehören zu ihrem Stil, aber auch alles offen zu sagen, und das kann wahnsinnig peinlich sein.
Richtig fertig machte mich, dass ich die Elizabeth nie mit Vladimir zusammen spielen durfte. Ich hatte meine so genannte große Szene zusammen mit Gil. Prinzipiell ist er natürlich besser als Vladimir, aber man müsste einen Sack vorm Gesicht haben, um sich ihn als erregenden romantischen Helden vorzustellen. Als er mich packte und seine Liebe offenbarte, musste ich mich sehr zusammenreißen, um mich nicht wegzudrehen.
»Genau richtig«, schrie Brandemour. »Etwas Widerstand ... aber nicht zu viel! Denke dran, bei all deinem Widerstreben – du würdest sofort mit diesem Mann gehen, wenn nicht diese kaputte Beziehung zu deinem Vater wäre. Was meinst du, was sich in deinen Träumen abgespielt hat, in all den Jahren, in denen du ein schnulziges Gedicht nach dem anderen geschrieben hast?«
»Ihre Gedichte waren nicht schnulzig«, rief ich empört. »Sie war eine bedeutende Lyrikerin.«
»Unsinn«, feuerte Brandemour zurück. »Elizabeth und Robert haben perfekt zusammengepasst. Keiner von ihnen hat jemals auch nur einen vernünftigen Satz geschrieben. Er war ein Aufschneider und sie eine romantische Trantüte.«
»Und worum geht es dann in dem Stück?«, fragte Gil. »Ich dachte, das war die Liebesgeschichte des neunzehnten Jahrhunderts?«

»Natürlich«, rief Brandemour. Sie sprang in ihren ausgewaschenen Jeans und ihrem Männerjackett auf die Bühne. »Wer sagt, dass jämmerliche Dichter keine große Liebesgeschichte haben können? Dieses Stück ... was es so wunderbar macht, ist die Intensität der Gefühle. Elizabeth Browning, eingeklemmt zwischen zwei unsensiblen, sturen Männern, dem Vater und dem Liebhaber, sucht ihren eigenen Weg. Eine sehr zeitgemäße Handlung.«

»Meinen Sie, sie ist Feministin?«, fragte ich.

Brandemour warf ihren Zigarillo in den Aschenbecher. »Weiß Gott. Doch, bezeichnet sie ruhig als Feministin, wenn ihr Mädchen euch dann besser mit ihr identifizieren könnt. Aber ich finde, dass diese Definitionen nicht viel taugen.«

»Ich meine, *er* ist der Feminist«, sagte Mel ernst. »Er liebt sie wegen ihrer Lyrik und nicht wegen ... Sie wissen schon.«

»Waren sie glücklich, nachdem sie fortgelaufen waren?«, fragte Bryna verklärt.

Brandemour seufzte. »Das ist zu hoffen, Liebes. Glücklicherweise kommt das in unserem Stück nicht mehr vor. Aber wir wollen davon ausgehen, dass sie glücklich waren und dass sie mehr gemacht haben als diese schauerlichen unsterblichen Sonette zu verfassen.«

Nach der Schule ging ich mit Mira ins *Ramble,* um noch einen Happen zu essen. »Und, was denkst du?«, fragte ich. »War ich gut?«

Mira nickte. »Du warst gut. Aber warum musstest du ausgerechnet mit *Gil* spielen?«

»Frag mich nicht.«

»Gegen den Strich besetzen ist ja schön und gut. Nur, wenn Gil Robert spielt, werden die Leute nach der ersten Szene rausgehen.«
Ich lachte düster. »Und wie hat dir Bryna heute gefallen? Ich meine, als Elizabeth?«
»Na ja. Für so eine angebliche Invalidin ist sie reichlich kräftig. Sieht so aus, als ob sie jeden Browning platt schlagen könnte, wenn sie wollte.«
»Ganz genau. Aber Brandemour meint ja, dass sie in Wirklichkeit stark ist. Sie spielt nur aus irgendwelchen neurotischen Gründen die Schwache. Weil ihre Mutter gestorben ist oder so.«
Mira löffelte die Sahne von dem Kakao. »Du hast scharf ausgesehen, als du auf Vladimirs Schoß gesessen hast«, sagte sie.
»Ja, bin jetzt auf Jahre hinaus mit Stoff für wilde Träume versorgt. Aber wenn ich Arabella spielen muss, bring ich Brandemour um.« Ich biss in mein Hörnchen. Es war nicht mehr ganz frisch.
»Sind schon schlimmere Sachen passiert«, sagte Mira.
»Ich werde nicht mitspielen«, jammerte ich. »Es gibt eine Grenze und die ist erreicht, wenn ich mit Männern wie ein Kleinkind plappern muss.«
Sie grinste. »Und was ist mit Vladis Schoß? Macht das nicht einiges wieder wett?«
Ich fing an zu kreischen, so erregt war ich. »Er wird aber nicht der Vater sein! Wenn, dann würde das alles ändern.«
Die ganze Nacht träumte ich von dem Stück, dass ich mitspielte, dass ich nicht mitspielte, dass es wirklich passierte.

Es kam mir so vor, als hätte ich gar nicht viel geschlafen, aber das stimmte wohl nicht. Am Vormittag war ich im Unterricht nur halb dabei. Mittags hängt Brandemour nämlich die Besetzungsliste aus. Mira hatte versprochen sie nicht vor mir anzuschauen. Ich wollte möglichst früh da sein, um niemandem zu begegnen, aber als ich die Treppen runterkam, sah ich Bryna, die in die andere Richtung ging. Ich sah sie von hinten und versuchte anhand ihrer Haltung festzustellen, ob sie die Elizabeth bekommen hatte. Aber ich konnte nichts erkennen. Wenigstens machte sie keine Freudensprünge quer durch die Halle. Ich faltete die Hände, sandte ein Stoßgebet zum Himmel und ging hin. Ich war Henrietta.

Ich starrte die Liste an. Bryna war Elizabeth, Vladimir Robert, Mel Captain Cook und Gil der Vater. Ich schlich mich davon. Wenn nur schon Schulschluss wäre! Wie sollte ich den Unterricht aushalten, wo ich in den meisten Kursen mit Bryna zusammen war? Ich beschloss den Rest des Tages zu schwänzen. Das mache ich sonst nie. Ich ging hoch zu meinem Schließfach und hoffte, ich würde niemandem in die Arme laufen, nicht mal Mira, die im Esssaal auf mich wartete.

Ich kam am Hörsaal vorbei. Hinten im Saal saß Brandemour, die Füße auf einem zweiten Stuhl, und las Zeitung. Ohne zu überlegen stieß ich die schwere Tür ganz auf.

»Ms Brandemour?«

Sie schaute auf und legte die Zeitung weg. »Ich denke, du wirst eine Aufsehen erregende Henrietta«, sagte sie.

»Wa... warum?«, stotterte ich. »Ich bin nicht richtig für die Rolle. Sie ist das Gegenteil von mir. Ich bin nicht so lebhaft und rebellisch. Ich wäre perfekt für Elizabeth gewesen. Es ist ungerecht.« Ich hätte fast geheult.

Brandemour schaute mich wohlwollend an, aber blieb wie immer etwas auf Distanz. »Ich denke, es gibt einiges in deinem Inneren, von dem du nicht allzu viel weißt, Leslie. In dieser Szene, in der du deinem Vater widersprichst, da hast du viel Leidenschaft ausgestrahlt. Es war sehr überzeugend.«

Ich konnte sie nicht anschauen. »Ich weiß, dass Bryna eine gute Schauspielerin ist«, sagte ich. »Aber ... sie ist so groß und kräftig. So darf Elizabeth nicht sein. Sie ist zart und zerbrechlich. Bryna wird eine komische Figur abgeben.«

»Das habe ich mir auch überlegt«, sagte Brandemour nachdenklich. »Aber das Aussehen ist nicht so entscheidend. Zunächst einmal sitzt Elizabeth fast das ganze Stück hindurch, so dass Brynas Größe nicht so auffällt. Und über Bryna liegt ein Hauch Schwermut, eine Ahnung von tiefem Leiden. Ich will kein Psychodrama veranstalten, aber ich weiß zufällig, dass ihre Beziehung zu ihrem Vater ungemein kompliziert ist. Ich hatte die Hoffnung, dass sie das einfließen lassen könnte, und ich fand sie sehr bewegend. Ja, du hättest Elizabeth spielen können, sehr gut sogar. Aber wer hätte Henrietta gespielt? Sie ist eine Hauptfigur.«

»Alice! Nancy! Dorie! Alle wollten sie Henrietta spielen«, schrie ich verbittert.

»Aber aus den falschen Gründen!«, sagte Brandemour entschieden. »Die meisten Menschen haben äußerst dumme und oberflächliche Vorstellungen von sich selbst und ihren

Fähigkeiten. Vertrau mir, Liebes. Es wird dir gut tun, Henrietta zu spielen. Da wird einiges aufbrechen.«

Ich ging heim. Mom und Nelson arbeiten beide bis sechs, das Haus war leer. Ich fühlte mich beschissen. Ich wollte Elizabeth spielen! Und ich weiß, ich weiß ganz genau, dass ich es gut gemacht hätte. Auch wenn Robert nicht von Vladimir gespielt würde. Bryna hat also eine komplizierte Beziehung zu ihrem Vater. Na und? Brandemours Aufführungen sind gut, aber irgendwie sind sie Psychodramen.

Beim Essen fragte Mom: »Und, wer spielt die große Lyrikerin?« Sie wusste, dass ich die letzten Wochen ununterbrochen *Die Barretts* gelesen hatte.

»Bryna Hissler spielt die Elizabeth«, sagte ich kurz angebunden. »Ich bin Henrietta.«

»Wer ist Henrietta?«, fragte Mom. »Ich kann mich nicht erinnern.«

»Eine der Schwestern.«

»Nun, es heißt, dass Nebenrollen größere Anforderungen an die schauspielerischen Fähigkeiten stellen als Hauptrollen«, sagte Nelson und schenkte sich Wein nach.

»Aber Leslie wäre die ideale Elizabeth gewesen«, sagte Mom empört. »Was hat sich Ms Brandemour dabei gedacht? Bryna Hissler ist ein weiblicher Kraftprotz. Sie sieht aus, als könne sie sich Browning auf die Schultern packen und ihn bis nach Italien tragen.«

Ich versuchte zu lachen. »Na gut, ich hatte letztes Jahr die Hauptrolle. Brandemour wollte wohl gerecht sein.«

»Du wirst sicher großartig«, sagte Nelson. »Wenn du dich darauf konzentrierst, Henrietta zur eigentlichen Hauptfigur zu machen, dann wird sie die eigentliche Hauptfigur werden.«

»Ich werd's versuchen.« Ich guckte ihn an und plötzlich hasste ich ihn. Er war nicht mein Vater, er hatte die Ehe meiner Eltern kaputtgemacht, er war widerlich selbstsicher und gut aussehend.

Abgesehen von meinen Gefühlen Nelson gegenüber und einem ständigen leichten Schmerz wegen Peter sind die sechs Wochen seit der Heirat eigentlich ganz gut gelaufen. Mom ist glücklich und sie ist nett zu mir, sie macht den Eindruck, als ob sie sich mehr für mich interessiert als früher, und das auf eine angenehme, nicht so aufdringliche Weise. Sie ist abends viel weg mit Nelson, dann fühle ich mich allein. Daddy sehe ich zwar oft, zwei-, dreimal die Woche, aber es ist nicht so wie früher. Ich fühle mich wie zu Besuch in der eigenen Wohnung. Meine alten Möbel sind noch da, aber sie sind mir fremd. Und bisher fühle ich mich auch in dem neuen Appartement, wo alles so glatt, schön und elegant ist, noch nicht zu Hause. Nelson gibt sich offensichtlich Mühe, ein guter Stiefvater zu sein, aber er weiß nicht, wie so was geht. Alles, was er kann, ist Flirten. Das macht er auch mit mir, vielleicht nicht mal bewusst. Manchmal stört mich das, ich habe Angst, dass es Mom was ausmacht.

An diesem Abend, nachdem Brandemour die Besetzungsliste ausgehängt hatte, ging Mom eine Freundin besuchen. Ich saß in meinem Zimmer und machte Hausaufgaben, als Nelson reinschaute. »Ach, Leslie. Ich hatte mir überlegt, ob ich nicht mal ... wir haben nicht viel miteinander gesprochen, seit Aline und ich ...«

»Über was?« Ich hoffte, es klang nicht so abweisend, wie es gemeint war.

»Na ja, zunächst einmal wollte ich dir sagen, wie sehr ich mich freue, nach all den Jahren eine Tochter zu haben. Jedes Mal wenn Hope niederkam, habe ich gehofft, es würde ein Mädchen. Jetzt ist es ein bisschen so, als hätte sich mein Wunsch doch noch erfüllt.«

Ich bin nicht deine Tochter, dachte ich. Aber ich sagte nichts.

»Mir ist klar, dass ich nur dein Stiefvater bin«, fuhr er fort. »Ich will nicht versuchen Prestons Platz einzunehmen oder auch nur ... Es ist einfach sehr angenehm, eine so reizende junge Dame am Tisch zu haben anstatt drei laute, grobschlächtige Söhne.«

Mit grobschlächtig konnte er nur Peter meinen, bei Ken und Cliff kann keine Rede davon sein. »Ich bin keine reizende junge Dame«, sagte ich kühl. Behandle mich gefälligst wie deine Stieftochter, nicht wie einen Flirt!

Nelson dachte wohl, ich bezöge das auf mein Äußeres. Er beugte sich zu mir und strich mir übers Haar. »Doch, das bist du. Und deine Selbstzweifel machen dich nur noch reizender. Ich kann dir versichern: Wenn du zum College gehst, werden dich viele junge Männer äußerst begehrenswert finden.«

Ich zuckte die Schultern und lachte. »Wollen wir's hoffen.«

»Ganz sicher. Und ich beneide jeden von ihnen.« Und damit verließ er das Zimmer.

Als ich allein war, versuchte ich mir vorzustellen, wie ich Nelson finden würde, wenn er nicht meine Mutter geheiratet hätte. Wenn er ein Lehrer oder der Vater einer Freundin wäre. Ich würde ihn wohl immer noch für verlogen und gekünstelt halten, aber es stimmt, dass meine Wut mit den Umständen zusammenhängt. Weil er Peters Mutter belogen hat, weil er sich über Peter lustig macht, weil er mir gegenüber diesen chauvinistischen Schrott ablässt. Plötzlich wollte ich unbedingt mit Peter sprechen. Es war zum Kotzen, dass wir uns so voneinander entfernt hatten. Er war der Einzige, der mich wirklich verstand. Aufgeregt nahm ich das Telefon und wählte seine Nummer. Meine Hände waren eiskalt.

»Oh, hallo«, sagte er etwas steif. »Wie geht's?«

Ich beschloss, nicht davon anzufangen, wie lange wir uns nicht mehr gesehen hatten, nämlich genau seit der Hochzeit. Stattdessen erzählte ich von dem Stück und dass ich nicht die Elizabeth bekommen hatte.

»Na ja, wird es nicht spannender sein, jemanden zu spielen, der nicht so ist wie du?«, fragte er auf seine sanfte Art. »Ich meine, ich hab nie Theater gespielt und werd's wohl auch nie, aber ...«

»Nein«, sagte ich. »Von wegen spannend. Ich muss meinem Partner das Schwert umhängen und im Polkaschritt über die Bühne hüpfen. Ich werde sauschlecht sein. Es wird peinlich werden.«

»Na ja, wie auch immer. Kurz nach der Aufführung wirst du deinen Abschluss haben und keinen dieser Leute jemals wieder sehen. Also, was tut's?«

Plötzlich kam ich mir vor wie ein Idiot, weil ich ihn angerufen hatte. Nicht etwa dass ich der Ansicht wäre, die Jungs müssten den ersten Schritt machen, sondern weil er so desinteressiert und lustlos klang. »Und was hast du so gemacht?«, fragte ich. »Irgendwas Besonderes?«

»Och, nichts Besonderes. Ich hab mich bei Harvard vorgestellt.«

»Und, wie war's?«

»Ganz okay. Ich hab mich ja für eine vorgezogene Zulassung beworben, also müsste ich bald was hören. Dad war auch da und das müsste helfen.«

Davon hat er bereits den ganzen Sommer geredet. Leidet er an Gedächtnisschwund? Was sollte ich sagen? Ich unternahm einen letzten Versuch: »Sag mal, hättest du nicht Lust, am Wochenende in die Stadt zu kommen? Ich geh mit Daddy ins Metropolitan Museum. Wir könnten uns treffen.«

»Willst du mich treffen?«

»Nein. Deshalb frag ich ja.«

»Mann, ich dachte, du willst vielleicht mit deinem Vater allein sein.« Er wirkte ziemlich distanziert.

»Ich seh ihn zweimal die Woche.«

»Also, dann komm ich.«

»Aber bitte nicht, um mir einen Gefallen zu tun.«

»Les, ich *will* kommen!«

Wir machten einen Treffpunkt im Museum aus und Peter sagte, er würde am Samstag pünktlich um zwei da sein. War ich eigentlich bescheuert ihn anzurufen?

Erhaben und bodenständig

Zu unserer Verabredung kam ich zu spät, es war fast zwanzig nach zwei. Ich raste die Treppen runter und über den Gang zur Ausstellung der niederländischen Maler. Hinten im Raum sah ich Leslie und ihren Vater, Arm in Arm, die Rücken mir zugekehrt. Sie betrachteten das Gemälde eines riesigen Festmahls. Leslie und ihr Vater sind beide klein, und so, Arm in Arm, sahen sie fast wie ein Pärchen aus. Zumindest konnte man spüren, wie vertraut sie waren. Ich hatte den ganzen Weg in die Stadt gemacht, da wäre es mir eigentlich lieber gewesen, sie allein zu treffen.

Als sie anrief, hatte ich ein schlechtes Gewissen, weil ich mich schon längst hätte melden müssen. Aber jeder Anlass für einen Anruf, den ich mir zurechtgelegt hatte, war mir bescheuert vorgekommen. Es war ja anzunehmen, dass sie angerufen hatte, um den Kontakt wiederherzustellen, aber sie war so kurz angebunden und kühl, als ob sie einer Verpflichtung nachgekommen wäre und gar nicht wirklich hören wollte, was mit mir war. Sie hat mich kaum gefragt, wie es mir geht, und immer nur von ihrem Stück geredet. Als ich die Harvard-Zulassung erwähnte, hat sie *kein Wort* dazu gesagt. Klar hab ich nicht erwartet, dass sie vor Bewunderung in Ohnmacht fällt, aber es war etwa so, als ob sie mich nicht gehört hätte. Ehrlich, ich

frage mich, warum sie mich am Schluss in die Stadt eingeladen hat. Pflichtgefühl?
In dem Moment sahen mich die beiden. Sie winkten.
»Entschuldige die Verspätung«, sagte ich. Leslie sah mich an und musste offensichtlich ihren Abscheu unterdrücken, wahrscheinlich weil ich so zugenommen hatte. Sofort fühlte ich mich fett und schmutzig; wäre ich bloß zu Hause geblieben. Klar, ihr Vater ist auch mollig, aber er ist über fünfzig und bei Männern in seinem Alter scheint das nicht mehr so schlimm zu sein.
»Was hältst du von dieser reizenden jungen Dame?«, fragte Leslies Vater.
Erst dachte ich, er meint Leslie, aber er zeigte auf das Porträt eines Mädchens, das Austern aß. Es war von Jan Steen.
»Es ist gut«, sagte ich. Ich weiß nie, was ich über Gemälde sagen soll, ganz egal ob sie mir gefallen oder nicht.
»Betrachte diesen wunderbar schlauen, habgierigen Zug in ihrem Gesicht.« Er lächelte. »Sie wird sämtliche Austern restlos verputzen, wenn sie niemand davon abhält.«
Ich wusste, dass er das Bild beschrieb, aber es kam mir vor, als meinte er mich.
»Ich hasse Austern«, sagte Leslie und schüttelte sich. Sie hing immer noch am Arm ihres Vaters. »Sie sind so schleimig.«
Wir gingen zum nächsten Bild. Es zeigte ein Paar bei der Trauung. Sie sahen beide steif und unglücklich aus und hatten große weiße Halskrausen um.
»Komisch«, sagte Leslie. »Sieht aus, als ob sie schwanger ist. Meinst du nicht?« Sie schaute mich an.

»Das liegt an der Kleidung damals«, sagte ich.
»Sie sehen nicht gerade glücklich über ihre Vermählung aus«, fuhr sie fort. »Eher wie auf einer Beerdigung.«
»Das liegt an den Halskrausen«, sagte ihr Vater. »Wenn sie die ausgezogen haben, sich entspannen und ein paar Gläschen Glühwein trinken, werden sie sich erheblich besser fühlen.« Er hob die Hand, als wolle er ihnen zuprosten. »Lasst den Kopf nicht hängen, Leute! Auch wenn es euch im Moment nicht allzu glänzend geht – glaubt bloß nicht, dass ...«
Leslies Vater begann Vorträge über die Maler des siebzehnten Jahrhunderts zu halten, warum der eine besser war als der andere. Natürlich ist er klug, aber wie Leslie ihm bei allem, was er sagte, mit glänzenden Augen an den Lippen hing, das hat mich wahnsinnig genervt.
Wir blieben vor dem Porträt eines am Tisch sitzenden Paares stehen. »Was ich an den Niederländern so liebe, ist, wie sie Erhabenes und Bodenständiges verbinden«, sagte Leslies Vater. »Seht euch diese beiden kopulierenden Hunde in der Ecke an. Ein perfekter Kunstgriff. Zuerst bemerkt man sie gar nicht.«
Leslie starrte die Hunde an. »Sie kopulieren?«, fragte sie und wurde rot. »Ich dachte, sie würden einfach ... spielen.«
Es war ziemlich eindeutig, dass sie nicht spielten. Ich fragte mich, warum Leslies Vater davon angefangen hatte. »Es ist doch eine Art Spiel«, sagte ich lächelnd. Leslie schaute mich nicht an. *He, du! Auch wir haben mal ein bisschen rumgespielt. Weißt du noch?*
»Es ist ein Teil des Lebens«, sagte Leslies Vater. »Ein völlig

natürlicher Teil, und bis dahin hatten ihn andere Maler nicht für beachtenswert gehalten. Aber um wie viel ärmer wäre das Bild ohne ihn!«

Wir glotzten alle die kopulierenden Hunde an, jeder hing seinen Gedanken nach, bis Leslies Vater zum nächsten Raum ging. Das erste Bild dort zeigte zwei riesige Seeschildkröten, die sich gegenüberstanden. »Sind die nicht süß?«, rief Leslie aus. »Sie sehen so sanft aus, als ob sie die besten Freunde wären.«

»Weißt du, Holland hatte die Neue Welt gerade erst entdeckt«, sagte Leslies Vater. »Kann sein, dass dies die ersten Schildkröten waren, die ein Holländer zu Gesicht bekam.«

»Oder eine Holländerin«, warf Leslie ein.

Er lachte. »Eine holländische Person.« Zu mir sagte er: »Man muss höllisch aufpassen bei diesem Mädchen. Ist sie mit dir auch so streng, Peter?«

»Manchmal«, sagte ich und schaute zu ihr rüber. Sie drehte sich weg. Sie benahm sich, als ob ich ein wildfremder Mensch wäre, einer, der zufällig zu ihnen gestoßen war und den sie nicht abschütteln konnten. Zicke. Wer hatte denn wen angerufen? Ich blickte nicht mehr durch.

Nach den Niederländern wollte Leslies Vater eine Ausstellung anatomischer Studien von Leonardo da Vinci anschauen. Es waren vor allem kleine Schwarz-Weiß-Skizzen von Knochen, Händen, Beinen und Muskeln.

»Igitt«, sagte Leslie. »So was hasse ich. Das ist so mechanisch.«

»Diese Skizzen waren sehr wichtig für die Entwicklung der Anatomie«, sagte ihr Vater. »Leonardo war einer der

Ersten, die den menschlichen Körper vom wissenschaftlichen Standpunkt aus betrachtet haben.«

»Ein Brustkorb wie ein Ochse«, sagte sie. Ohne ein weiteres Wort rannte sie raus und ließ mich mit ihrem Vater allein.

Wir sahen uns den Rest der Ausstellung alleine an. Leslies Vater war genauso wie vorher. Er hat gar nichts dazu gesagt, dass sie rausgegangen war. »Wie geht's deiner Mutter?«, fragte er.

»Ach, ganz okay. Sie überlegt sich, wie sie ihre Zukunft gestalten soll.«

»Ja, sie hat letzten Sommer davon erzählt.«

»Vielleicht zieht sie sogar nach Chicago zu einer Freundin, wenn ich mit der Schule fertig bin.«

»Ein neuer Anfang wird das Beste sein«, sagte er. »Nach all diesen Unannehmlichkeiten.« Es klang, als ob ihn diese Unannehmlichkeiten überhaupt nicht betroffen hätten.

»Sicher. Ist bestimmt eine gute Sache«, sagte ich.

Als wir rauskamen, saß Leslie auf einer Bank neben dem Postkartenstand und guckte Löcher in die Luft. »Ich glaub, ich fahr dann heim«, sagte ich, als wir die Jacken anzogen.

»Schon?«, fragte Leslies Vater. »Ich dachte, ihr beiden würdet mit zu mir kommen und etwas essen. Oder erwartet dich deine Mutter?«

Eigentlich erwartete sie mich nicht. Ich wusste nicht recht, was ich tun sollte, und schaute zu Leslie rüber. Vielleicht würde sie ja sagen, ich solle bleiben.

»Es ist doch Blödsinn, nur für eine Stunde in die Stadt zu kommen«, sagte sie ungeduldig. »Ist es so wichtig, dass du sofort zurückfährst?«

»Nein«, sagte ich und schaute sie kühl an.

»Jedenfalls, *wir* werden etwas essen«, sagte sie. »Aber wenn du gehen willst ... wir werden dich nicht auf Knien anflehen doch noch zu bleiben.«

Ich lachte. »Das hab ich auch nicht erwartet.«

»Wir könnten was beim Chinesen bestellen«, sagte Leslies Vater beschwichtigend. »Magst du chinesisches Essen, Peter?« Er tat so, als hätte ich schon zugestimmt.

Die Wohnung, in der sie früher zu dritt gelebt haben, ist nicht so groß. Es gibt zwei Schlafzimmer und Leslies sieht so aus, als ob sie immer noch hier leben würde. Was hatte sie bloß in die neue Wohnung mitgenommen? Ihr Vater ging noch mal los und holte das Essen.

»Ich mag dieses Zimmer lieber als mein neues«, sagte sie. »Kommt mir vor, als sei das mein richtiges Zimmer, und das andere ... ich weiß nicht.«

Wir schwiegen einen Moment.

»Ich hab das Gefühl, es wäre dir lieber gewesen, wenn ich nicht gekommen wäre«, platzte ich heraus.

»Und warum habe ich dich dann gefragt?«

»Weiß ich nicht. Warum denn?«

Sie guckte im Zimmer umher. »Weißt du, mir ist einfach nicht klar, was aus uns jetzt werden soll.« Sie klang viel sanfter als vorher. »Theoretisch sind wir Stiefbruder und Stiefschwester. Aber ...«

»Das heißt gar nichts.«

»Doch.«

»Wenn du es als Vorwand benutzen willst, um Schluss zu machen, okay. Aber es ist ein Vorwand.«

»Nein, Peter. Wir *sind* Stiefgeschwister und ...«

»Hör auf, Leslie, okay? Wir sind das, was wir sein wollen.«
Sie drehte sich weg. »Und wenn ich nicht weiß, was ich will?«
Ich zögerte. »Tut mir Leid, dass ich so zugenommen hab.«
Ich hatte gehofft, sie würde sagen: ›Oh, das ist mir gar nicht aufgefallen‹, aber sie fragte einfach: »Warum?«
»Weiß nicht. Ich esse gern.« Manchmal könnte ich sie hassen.
Sie wirkte verwirrt. »Hast du überhaupt keine Willenskraft?«
»Nein.«
Sie machte jetzt kein so böses Gesicht mehr. »Peter, ich habe einfach ... Ich weiß nicht, aber manchmal ... lass uns einfach Stiefschwester und Stiefbruder sein. Wir können zusammen reden. Sonst wird alles so kompliziert. Und es wird auch so schon ein hartes Jahr für uns beide, mit dem College und allem.«
Tatsächlich war ich fast ihrer Meinung. Aber ich war verletzt und aggressiv und hätte gewünscht, dass das eine gemeinsame Entscheidung gewesen wäre. So schien es wie eine Ausrede dafür, dass sie zu mir keine körperliche Beziehung mehr haben wollte. Ich sah kurz in den Spiegel an der Tür zum Bad. Es war ein Schlag ins Gesicht. Ich war ekelhaft fett.
»Vielleicht nimmst du ab«, sagte sie unsicher. »Nelson hat erzählt, er wird mit dir Squash spielen. Da verbraucht man einen Haufen Kalorien.«
»Dein Vater ist auch dick«, sagte ich.
Leslie lächelte nachsichtig. »Ich weiß. Armer Daddy. Er ist

so hoffnungslos unsportlich.« So liebevoll, wie sie das sagte, klang es wie ein Kompliment.

»In seinem Alter macht das wohl nichts mehr«, sagte ich.

»Vielleicht will er noch mal heiraten. Er ist so lieb. Es muss doch Millionen von Frauen geben, die ihn gerne heiraten würden.«

Ich hörte die Haustür. Leslies Vater rief rüber, dass das Essen angekommen sei. Wir aßen im Wohnzimmer am Kaffeetisch. Leslies Vater hatte einen Berg Essen gekauft, so fünf Hauptgerichte, Suppen und Reis. »Das ist kein richtiges Essen«, sagte er, »so köstlich es auch ist. Alles nur Gemüse.«

»Daddy, Peter versucht abzunehmen«, sagte Leslie. »Du hättest nicht so viel holen sollen.«

Er schaute mich überrascht an. »Nun gut, aber chinesisches Essen wird ihm nicht schaden. Er braucht nur ein bisschen Bewegung.«

»Ich hasse Bewegung«, sagte ich und nahm mir von den gebratenen Rippchen.

»Genau wie ich«, sagte Leslies Vater. »Gott sei Dank habe ich all diese absurden, unnützen Sorgen über meine äußere Erscheinung hinter mir gelassen. Und Gott sei Dank sind nicht alle Frauen mit Oberflächlichkeiten beschäftigt.«

Leslie lag auf dem Boden auf einem Kissen. Sie trug einen roten Rock und rote Strumpfhosen und einen schwarzen Rollkragen, der ihre Figur ziemlich deutlich erkennen ließ. Ich musste meine Fantasie bremsen. *Wir sind Stiefbruder und Stiefschwester und überhaupt ist sie bescheuert und ihre Brüste sind zu klein, und wer braucht sie?*

»Meinst du, Elizabeth Barrett Browning war Feministin?«, fragte sie ihren Vater.

»In welchem Sinne, Schätzchen?«

»Na ja, sie hat den Namen Browning angenommen.«

»Das war damals so üblich. Und was heißt das schon? Sie war eine äußerst interessante Persönlichkeit. Man musste mutig sein, um das zu tun, was sie tat, mit ihrem Vater zu brechen und mit Browning davonzulaufen.«

Leslie schmiss ihre Gabel runter. »Warum hat sie nicht mir die Elizabeth gegeben? Ich wäre so gut gewesen! Ich weiß es!«

»Du wirst dieser Bryna Hissler die Schau stehlen«, sagte ihr Vater. »Hast du Leslie schon mal auf der Bühne gesehen, Peter?«

Ich schüttelte den Kopf. Will ich auch gar nicht, dachte ich.

»Sie glüht vor Ausdruckskraft«, erklärte er. »Es ist unmöglich, sie nicht anzuschauen. Selbst wenn sie nicht spricht, ist sie derartig präsent, selbst in der unbedeutendsten Rolle ...«

»Daddy, bitte«, protestierte Leslie halbherzig.

»Nichts da, ›Daddy, bitte‹. Das ist die ungeschminkte Wahrheit.« Zu mir sagte er: »Sehe ich aus wie ein Mann, der, unter welchen Umständen auch immer, etwas anderes als die reine, ungeschminkte Wahrheit sagen würde?«

»Keineswegs«, sagte ich.

»Warte, bis du sie gesehen hast«, sagte er. »Es wird das Erlebnis deines Lebens sein.«

»Ich mag Theaterstücke nicht so besonders«, sagte ich.

Leslies Vater wirkte wie vor den Kopf gestoßen. »Du magst keine Theaterstücke? Wie kann das sein?«

»Die meisten sind so verlogen und gekünstelt. Kein Mensch spricht wie die Leute in den Stücken. Man merkt sofort, dass alles nur Theater ist.«

»Wenn du damit eine künstlerische Erhöhung der Realität meinst, dann lass dir gesagt sein, dass dies jede künstlerische Ausdrucksform betrifft. Und: Was ist Realität? Jeder hat seine eigene Vorstellung davon.«

»Wenn ich sehen will, wie Menschen spielen, gehe ich lieber ins Kino.«

»Sei nicht so spießig«, sagte Leslie. »Filme sind idiotisch.«

So viel Dummheit muss wehtun. Unfassbar, dass ich sie jemals gemocht habe, abgesehen von allem anderen. Vielleicht hatte mich die Sommersonne blind gemacht.

Auf der Rückfahrt im Zug fantasierte ich mir eine Szene zurecht, in der ein Mädchen schmachtend auf mich wartete. Sie sah ein bisschen aus wie eine, die mich in der siebten Klasse gemocht hatte und dann nach Pittsburgh gezogen war: Josie Gutman. Sie war etwas mollig gewesen und hatte alles, was ich sagte, umwerfend komisch gefunden. Sie lachte dann immer und bekam wunderbar rote Backen und quiekte: ›Nein, Peter, bitte, hör auf.‹

Mom war zu Hause. Sie saß vorm Fernseher. »Wie war's?«, fragte sie.

»Langweilig.« Ich setzte mich neben sie, um zu sehen, was lief. Sah wie ein alter Kriegsfilm aus.

»Ich sollte Preston anrufen. Hatte ich schon länger vor. Geht's ihm gut?«

Ich nickte.

»Vielleicht sollten wir ihn und Leslie mal zum Abendessen einladen. Was meinst du?«

»Leslie ist unerträglich.«

Sie war überrascht. »Ich dachte immer, ihr zwei kommt gut klar.«

»Als wir klein waren, vielleicht. Jetzt redet sie nur noch von sich, ihrem Theaterstück und so. Sie ist eingebildet.«

Mom guckte in den Fernseher. »Das tut mir Leid«, sagte sie. »Vielleicht ist das der Einfluss von Aline. Trotzdem. Leslie war immer so ganz anders als sie.«

Ich ging in mein Zimmer und suchte was zum Lesen.

Kurz danach schaute Mom rein. »Muriel hat sich übrigens heute gemeldet«, sagte sie. »Sie würde sich freuen, wenn ich am College angenommen werde und zu ihr nach Chicago kä ne. Sie hat zwei Schlafzimmer, das eine benutzt sie kaum, und sie sagt, es gäbe momentan keinen Mann in ihrem Leben. Es wird bestimmt lustig, so wie früher, als wir zusammengewohnt haben.«

»Das hört sich doch toll an«, sagte ich ohne großes Interesse.

»Das einzige Problem ist, dass du ein Halbjahr bei Nelson und Aline wohnen müsstest, ab Januar. Das würde dir doch nichts ausmachen, oder?«

»Wie bitte?« Ich starrte sie ungläubig an.

»Deine bisherigen Prüfungen werden bestimmt anerkannt, und wenn du die vorgezogene Harvard-Zulassung kriegst, wird man dir auch Sonderrechte einräumen. Du bist doch so ein hervorragender Schüler. Vielleicht kannst du an einem eigenständigen Projekt arbeiten.«

Ich war mir wirklich nicht mehr sicher, ob ich sie für verrückt halten sollte oder nicht. »Mom, hör zu«, sagte ich.

»Ich werde hier bleiben und allein leben. In die Stadt zieh ich nicht. Das steht fest.«
»Was soll das heißen, hier alleine wohnen? Ich verkaufe das Haus. Darum geht's doch. Ich brauche das Geld. Wovon soll ich leben, bis ich meinen Abschluss habe? Peter, sei nicht kindisch. Aline und Nelson haben ein riesiges Appartement. Da ist viel Platz für dich.«
»Der Platz interessiert mich nicht. Eher ziehe ich in ein Jugendheim.«
Mom kam auf mich zu. Sie wirkte genervt. »Ins Jugendheim! Was redest du? Und ich dachte, du wärst der Vernünftige von uns beiden. Warum in aller Welt willst du ins Jugendheim?«
»Ich will nicht mit ihnen zusammenwohnen.«
»Kannst du mir auch nur einen vernünftigen Grund nennen?«
Das konnte ich nicht. Die Vorstellung, mit Leslie unter einem Dach zu leben – die dauernde erotische Verlockung, und Leslie dabei so rotzig und kühl –, war einfach grauenhaft. Aber ich war unfähig mir eine andere Begründung einfallen zu lassen.
Mom wurde ruhiger. »Es ist lieb von dir, dass du dich auf meine Seite stellst«, sagte sie. »Falls das der Grund sein sollte. Aber glaub mir, es wäre kein Verrat, wenn du mit ihnen leben würdest. Du musst sie nicht mögen oder gar lieben, weder als Paar noch als Einzelpersonen. Aber ich würde verrückt werden vor Sorgen, wenn ich wüsste, dass du irgendwo alleine lebst. Stell dir einfach vor, du würdest bei ihnen zur Untermiete wohnen.«
»Hast du sie schon gefragt?«

»Nein. Aber Nelson hat ein derart schlechtes Gewissen, dass er alles tun wird, was ich verlange.«
Sie biss sich auf die Lippe und seufzte. »Peter, vielleicht kannst du mich nicht verstehen. Aber ich spüre, dass ich gerade jetzt etwas Antriebskraft habe, und die möchte ich nutzen. Das ist nur eine schwache Regung, und wenn ich ein paar Monate warte, verfalle ich vielleicht wieder in diese Bewegungsunfähigkeit und komme nie wieder raus. Davor habe ich Angst!« Ihre Stimme zitterte.
»Ich versteh dich ja«, gab ich nach.
»Kannst du dich an die Geschichte der Frau erinnern, die vor ein paar Monaten auf den Eisenbahnschienen gefunden wurde? Ich hab's in der Zeitung gelesen. Ihr Mann hatte sie verlassen und sie hatte solche Zukunftsangst, dass sie eines Morgens einfach ...« Ihre Stimme kippte weg.
Ich ging rüber und legte den Arm um sie. »Mom, so bist du nicht.«
»Ich weiß. Ich *weiß*, dass ich nicht so bin. Aber ist doch sonderbar. Das war lange bevor ich offiziell über die Affäre zwischen Nelson und Aline unterrichtet wurde ... aber schon damals, als ich diese Geschichte las, konnte ich spüren, wie ein dunkler Schatten mich streifte.«
Ich versuchte mich zusammenzureißen. »Na ja, weißt du, ich werd die paar Monate mit ihnen schon aushalten. Mach dir deswegen keine Sorgen.«
»Aline, sie ist nicht ... ich meine, sie kann hinterhältig sein, wenn sie etwas will, das dir gehört. Ich glaube, sie würde über Leichen gehen, um an einen Job oder an einen Mann heranzukommen, aber es gibt keinen Grund, warum sie keine liebenswürdige Stiefmutter sein sollte.

Vielleicht wirst du dich wahnsinnig in sie verlieben.« Sie lachte gequält.
Ich musste mitlachen. »Nicht sehr wahrscheinlich.«
Mom küsste mich. »Du bist mir eine solche Hilfe, Schatz. Aber ich habe Angst. Ich meine, wenn wir zusammen sind, benutze ich dich irgendwie, vertraue dir zu viel an, belaste dich zu sehr. Dein Leben fängt gerade erst an.«
»Deins vielleicht auch«, sagte ich.
Ihr Gesicht hellte sich auf. »Meinst du? Vielleicht. Doch, wir wollen's hoffen.«

Fehlbesetzung

Wir hatten das ganze Stück durchgespielt und jetzt, zweimal in der Woche, probten wir einzelne Szenen. Ein paar Mal habe ich Bryna und Vladimir zugeschaut und sie *ist* gut. *Er* ist das Problem, so stocksteif, wie er ist. In schauspielerischer Hinsicht ist Mel als Vater vermutlich der Beste. Seltsam, Mel ist klein und der Vater ist ein harter, autoritärer Typ, der über die Seinen herrscht und ihr Leben kaputtmacht. Ich hatte ihn mir groß und kräftig vorgestellt, aber als wir die lange Szene probten, in der Mel mich mit Captain Cook erwischt, zur Rede stellt und mir verbietet ihn wieder zu sehen, kriegte ich wirklich Angst. Er packte mich an der Hand und hielt sie so fest, dass ich mich kaum bewegen konnte. An einer Stelle im Text sage ich: »Bedeutet es dir denn nichts, dass ich dich hassen werde, hassen bis ans Ende meiner Tage?«, und er antwortet: »Nichts. Weniger als nichts.« Er presste das so kühl und abschätzig heraus, dass mir das Blut gefror.

»Herrlich!«, schrie Brandemour. »Das ist ein Kampf auf Leben und Tod, Kinder, nichts weniger. Diese Menschen machen keine Scherze! In dieser repressiven Gesellschaft brodeln unterdrückte Gefühle unter der Oberfläche, und wenn sie hervorbrechen, ist das eine Explosion! Wie dein Hass, Leslie! Er ist stark. Lass alles raus!«

Ich habe meine Schwierigkeiten damit, jemanden darzustellen, der offen rebelliert. Ich würde gerne so sein, aber ich pack es nicht. Deshalb habe ich immer Menschen wie Mira gemocht, die ihre Gefühle offen zeigen. Mira hat mir erzählt, dass sie sich mit ihrer Mutter schon regelrechte Schlägereien geliefert hat, bei denen sie sich auf dem Boden wälzen und sich an den Haaren zerren. Sie schreien sich an: »Du widerliche Hexe!«, aber gleich danach können sie ganz lieb zueinander sein. Sie verbringen das ganze Wochenende zusammen, backen Kekse, gehen in alte Filme, reden über Männer und Sex. Aline und ich würden nie so von einem Extrem ins andere fallen. Zwischen uns herrscht an der Oberfläche kühle Feindschaft oder kühle Höflichkeit. Selbst mit Daddy, den ich wirklich liebe, rede ich nicht offen über meine Gefühle.

Nach der Szene mit Mel ging ich auf die Toilette. Petra Garland, die die Arabella spielt, und Bryna waren da und kämmten sich die Haare. Petra ist lesbisch. Letztes Jahr hat sie einen großen Skandal verursacht, als sie Hand in Hand mit ihrer Freundin über den Schulhof gegangen ist. Sie trägt Hüte mit Schleiern in der Schule, hochhackige Schuhe und knallenge Jeans. Sie können ihr nicht viel anhaben, weil sie eine der Besten des Jahrgangs ist.

»Ich glaube, er ist ein Kind«, sagte Bryna. Sie machte sich Zöpfe.

»Na ja, jedenfalls hat er Erektionen«, sagte Petra kichernd.

»Wer?«, fragte ich und ging in eine der Kabinen. Ich hatte mal wieder meine Tage gekriegt und war verkrampft und schlapp.

»Mel«, sagte Petra.

»Woher willst du das wissen?«

»Wir haben heute die Szene geprobt, wo ich auf seinem Schoß sitze, und es war absolut eindeutig, Kleines.«

Bryna gab einen Kreischer von sich. »Gott, du bist unmöglich. Was hast du gemacht?«

»Überhaupt nichts«, sagte Petra in ihrer lockeren Art. »Er ist doch bloß ein geiler Idiot, genau wie die anderen auch. Was kann ich dafür, wenn ich so atemberaubend sexy bin?«

Ich kam aus der Kabine. Bryna sagte gerade: »Ihr beiden habt's gut. Mir sind diese Liebesszenen so peinlich, dass ich im Boden versinken könnte.« Sie setzte sich in Pose. *»Oh, Robert, ich liebe dich zu sehr, um mit ansehen zu können, wie du deine Zeit an diesen blassen Abklatsch einer Frau vergeudest.«*

»Wie du deine Manneskraft vergeudest«, korrigierte ich. Verdammt, ich hatte die Rolle wirklich drin.

Petra baute sich wie Browning auf. *»Hältst du mich für einen kleinen Jungen, der seine Schritte von plötzlichen Gefühlsregungen lenken lässt, oder für einen sentimentalen Träumer ohne Sinn für Realitäten?«*

Bryna kicherte. »Ich halte dich für einen Idioten.«

Petra schaute mich an. »Was, bin ich nicht besser als dieser bescheuerte Russe? *Ich* hätte Browning spielen sollen. Ich bin für die Rolle wie geschaffen. Ich habe mehr Gefühl in meinem großen Zeh als dieser Vollidiot in seinem ganzen Körper.«

»Petra, lass doch«, sagte Bryna. »Vladimir ist süß.«

Petra schüttelte den Kopf. »Wäre ich nicht besser gewesen?«, fragte sie mich. »Sei ehrlich.«

Die Idee war so grotesk, dass ich nichts sagen konnte als: »Ich kann mir keine Frau in dieser Rolle vorstellen.«

»Und warum? Sarah Bernhardt hat den Hamlet gespielt … Ich wäre großartig gewesen als Browning, aber Brandemour lässt mich stattdessen diese widerliche kleine Nutte mit der Babysprache spielen. Ich könnte sie umbringen.«
»Was meinst du, wie es mir geht?«, platzte ich heraus. »Meinst du, ich wollte Henrietta sein?« Eigentlich hatte ich das nicht sagen wollen, weil doch Bryna dabei war.
Bryna war es wohl peinlich. »Sie besetzt gern gegen den Strich. Aber ich glaube, ich komme langsam mit Elizabeth zurecht. Die Beziehung zu ihrem Vater ist der Knackpunkt, nicht Browning.«
Mir fiel ein, was Brandemour über Bryna und ihren Vater gesagt hatte. Ich konnte mich an eine Geschichte erinnern, die Bryna in Englisch mal vorgelesen hatte. Es war ein Dialog zwischen einem Vater und einer Tochter, in der der Vater die Tochter mit Worten quälte, sie verhöhnte. Manchmal frage ich mich, ob Brandemour wohl sadistisch veranlagt ist. Petra, die lesbisch ist, lässt sie eine Sexbombe spielen, mich, obwohl ich so schüchtern bin, eine aufgedonnerte Mätresse, und Bryna, die schon an schwierigen Geländetouren teilgenommen hat und fast jedes Wochenende Ski fährt, eine kränkliche Dichterin, die ihr Zimmer nicht verlässt.

Es war mein Besuchstag bei Daddy, also nahm ich die U-Bahn. Manchmal, wenn ich in Gedanken bin, setze ich mich nach der Schule in diesen Zug. Es ist, als ob irgendetwas in mir nicht wahrhaben will, dass es jemals eine Scheidung gegeben hat.
Die Woche über ist Daddy kein großer Feinschmecker. Er

kauft Steaks oder Koteletts und wärmt tiefgefrorenes Gemüse auf. Wenn noch was dran ist, überlässt er den Knochen immer mir. Es hat so etwas Beruhigendes, einen Knochen abzunagen, bis auch die letzten Fleischreste weg sind. Nur wenn ich Nachspeise will, muss ich mich gedulden, weil er keine Süßigkeiten im Haus ertragen kann.

»Meinst du, dass du dich ans Alleine-Leben gewöhnst?«, fragte ich.

»Ich war immer alleine«, sagte er.

»Nein, ich meine …«

»Dich vermisse ich. Sonst hat mich die Scheidung nicht getroffen. Was die Gefühle anbetrifft, ist Aline schon vor Jahren ausgezogen.«

Ich nahm einen Schluck Wasser. »Hat dir das nichts ausgemacht?«

»Nun, für die meisten ist das der Sinn der Ehe. Man hat eine gemeinsame Wohnung, bleibt wegen der Kinder zusammen. Wenn man noch mehr braucht, holt man sich seinen Trost irgendwo anders.«

»Was meinst du mit Trost?«

»Eine Geliebte, einen Geliebten, je nachdem, was man bevorzugt.«

Ich starrte ihn an. »Aber du hast doch nie …«

»Nun, es hat gelegentliche Begegnungen gegeben. Nichts Ernsthaftes, Freundschaften eben, die manchmal etwas weiter gingen.«

Ich war sprachlos. Daddy hätte ich nie eine Affäre zugetraut. Nicht weil er so uninteressant wäre. Ich kann mir schon vorstellen, dass eine Frau ihn mag, aber er hat immer einen so selbstgenügsamen Eindruck gemacht. »Und, wirst du eine von ihnen heiraten?«

»Sie sind alle schon verheiratet ... sogar ziemlich glücklich. Zumindest werden sie nicht verprügelt. Es herrscht nur der übliche Gefühlsschwund. Außerdem frage ich mich, ob mich eine von ihnen überhaupt haben wollte. Ich bin auch nicht sicher, ob es nötig ist. Ich habe die Freuden des Ehelebens dreiundzwanzig Jahre lang genossen. Meinst du nicht, das genügt?«

Mein Magen krampfte sich zu einem Klumpen zusammen. Dabei wusste ich nicht mal, warum. Weil Daddy andere Frauen geliebt hatte? Aus Eifersucht? Oder weil er so zynisch über menschliche Beziehungen sprach? »Und wird es mir genauso gehen?«, fragte ich so überlegen und leichthin wie möglich.

»Natürlich nicht«, sagte er.

»Warum sollte es bei mir anders sein? Wenn es um menschliche Beziehungen so mies steht – wieso soll dann gerade ich eine Ausnahme sein?«

»Weil du ein wunderbarer, sensibler Mensch bist.« Er guckte mich hingebungsvoll an.

Ich sagte nichts.

Daddy stand auf, kam rüber und streichelte meine Schulter. »Ich stecke dich mit meiner Melancholie noch an. Verdammte Melancholie! Von dannen!«

»Ich befürchte, dass du Recht hast«, sagte ich. »Ich kenne niemanden, dessen Eltern noch glücklich zusammenleben. Scheint selten zu sein.«

»Es *ist* selten«, sagte Daddy. »Alles Gute im Leben ist selten, man muss vorsichtig damit umgehen. Du bist etwas Seltenes, deshalb bist du mir ja auch so kostbar.«

Er ging in die Küche, um Kaffee zu kochen, dann stellte er irgendwelche Kammermusik an, während ich meine Französisch-Hausaufgaben rausholte. Er brachte mir eine Tasse Kaffee und setzte sich zu mir. »Guter Kaffee ist auch selten«, sagte er, »Komponisten wie Mozart sind selten, Offenheit ist selten.«

Ich wurde von seiner witzigen Laune angesteckt. »Es gibt Leute«, sagte ich, »die sind selten blöd.«

»Etwas Seltenes kann manchmal blöd sein und trotzdem kostbar«, sagte Daddy. »Das ist nur scheinbar ein Widerspruch.«

Seit diesem schrecklichen Tag vor drei Wochen, als Peter in die Ausstellung gekommen war, hatte ich nicht sonderlich viel an ihn gedacht. Ich konnte mir sein Benehmen seit dem Sommer nicht erklären. Einerseits ist er wie ich, er behält alles für sich. Aber es sieht so aus, als ob das, was ich an ihm noch nie gemocht habe, diese Ich-bin-ein-einsames-Genie-Haltung, völlig von ihm Besitz ergriffen hätte. Egal was ich gesagt habe, er hat mich überheblich angeschaut, den ganzen Nachmittag über. Wenn wir nur nie miteinander geschlafen hätten. Nicht dass ich es bereue, meine Unschuld verloren zu haben, aber ich hätte auf jemanden warten sollen, der mehr Erfahrung hat und lockerer ist. Peter ist innerlich regelrecht verknöchert. Außerdem sieht er furchtbar aus, nicht nur dass er zugenommen hat, er ist so vergammelt. Er läuft rum wie ein alter Penner. Seine Haare waren fettig, sein Mantel sah aus, als ob eine Katze draufgekotzt hätte. Warum achtet er nicht auf sein Aussehen?

Aber wenigstens war er in sicherer Entfernung, in Westport. Jedenfalls war er das bis zum nächsten Abend, als Nelson sagte: »Sieht aus, als solltest du einen Bruder bekommen, Leslie.«

Ich schaute von ihm zu Mom hinüber. Erst dachte ich, sie wäre schwanger und wüsste von einer Voruntersuchung, dass es ein Junge wird. Sie ist vierzig, aber sie hat noch ihre Periode, theoretisch wäre es also möglich.

»Glückwunsch«, sagte ich und hob unbeholfen mein Glas.

»Les, sei nicht albern«, sagte Mom. »Ich bin ein paar Hundert Jahre zu alt für ein Baby. Nicht mal Morddrohungen könnten mich dazu bringen, ein Kind zu kriegen. Nelson hat gemeint, dass Peter zu uns zieht, gleich nach Weihnachten.«

»Wie bitte?«

»Hope will wohl einen neuen Anfang versuchen. Zieht nach Chicago, um ihren Abschluss in Kunstgeschichte zu machen. Das Haus ist zum Verkauf angeboten.«

»Und was ist mit der Schule? Peter kann nicht jeden Tag bis nach Westport fahren.«

»Er hat die Zulassung für Harvard«, sagte Nelson. »Man hält ihn für ausreichend qualifiziert. Vielleicht kann ich ihm einen Job im Labor besorgen am Einstein-Institut für Medizin. Ein Freund von mir arbeitet da und Peter will sich sowieso auf Naturwissenschaften spezialisieren.«

Ich war außer mir. »Kann seine Mutter nicht bleiben, bis das Schuljahr rum ist?«, fragte ich. »Nur noch sechs Monate.«

»Hope kann sehr energisch werden, wenn sie sich erst mal was in den Kopf gesetzt hat«, sagte Nelson trocken.

»Sie will ein neues Leben anfangen«, sagte Mom. »Und warum nicht? Ich gönne es ihr. Und für Peter wird es das Beste sein. Er betet dich an, Les. Du kannst ihn mit deinen Freunden bekannt machen und mit ihm tanzen gehen, ihn ein bisschen auf Trab bringen.«

»Mom, Peter und ich sind grundverschieden. Ich werde ihn niemandem vorstellen. Dieses Jahr ist sowieso schon schwer für mich und das ist mehr, als ich ertragen kann.«

»Das mit Peter geht okay«, sagte Nelson. »Mach dir seinetwegen keine Sorgen, Ali.«

»Die mache ich mir auch nicht, Schatz. Ganz im Gegenteil. Ich freue mich auf ihn. Ich hatte nie einen Sohn.«

Nelson seufzte. »Er ist in einer katastrophalen Verfassung. Man kann Leslie keinen Vorwurf machen. Warum sollte sie ihn zu ihrem Sozialfall machen?«

»Wir werden ihm eine Diät verpassen«, sagte Mom fröhlich. »Peter könnte glänzend aussehen, wenn er zehn, zwanzig Pfund abnehmen würde.«

»Wir haben jede Diät dieser Welt mit ihm ausprobiert«, sagte Nelson ungeduldig. »Aber nachts steht er auf und stopft sich mit allem voll, was er nur finden kann.«

»Vielleicht hat er sexuelle Probleme«, sagte Mom. »Wenn er eine Freundin hätte oder …«

Es ist seltsam. Eigentlich stimmte ich ihnen ja zu, aber ich hasste die Art, wie sie über ihn redeten. Es machte mich richtig wütend. »*So* dick ist er nun auch wieder nicht«, sagte ich.

»Natürlich nicht«, sagte Mom. »Er lässt sich nur etwas gehen. Genau wie Hope. Es ist eine Frage des Willens. Wenn

ich nicht jeden Tag Gymnastik machen würde, wäre ich auch eine Katastrophe.«
Sie strahlten sich an. Das machte mich ganz krank.
Als ich wieder in meinem Zimmer war, kam ich mit meinen Hausaufgaben nicht voran. Das war alles so unglaublich unfair. Das Jahr war schlimm genug gewesen. Erst die Scheidung, dann das Zusammenleben mit Nelson. Und jetzt auch noch Peter. Und dazu unser Theaterstück und die Vorstellungsgespräche bei den Colleges. Ich ging wieder ins Wohnzimmer, wo Nelson und Mom saßen und lasen.
»Warum kann er nicht ins Hotel?«, fragte ich. »Oder zu einem Freund? Warum zu uns?«
Mom guckte ungehalten hoch. »Schatz, hör auf. Du machst eine Mücke zum Elefanten. Peter ist dein Stiefbruder. Er ist erst siebzehn und braucht ein Zuhause. Er kriegt sein eigenes Zimmer. Du brauchst ihn überhaupt nicht zu beachten, wenn du nicht willst.«
»So, brauche ich nicht?« Ich warf ihr einen bösen Blick zu. »Vor ein paar Minuten hast du noch gesagt, ich müsste ihn meinen Freunden vorstellen. Und mit ihm tanzen gehen. Und ...«
»Nun, da bin ich von der offensichtlich falschen Annahme ausgegangen, dass ihr euch gut verstehen würdet. Wenn dem nicht so ist, dann bitte schön, geh du deiner Wege, er wird seinen eigenen Weg gehen. New York ist ziemlich groß. Peter wird schon eine Beschäftigung finden. Ich verstehe nur nicht, wie du so egoistisch sein kannst.«
Mom kann mich mehr aufregen als sonst jemand auf der Welt. »Das habe ich vermutlich geerbt«, fauchte ich und ging in mein Zimmer.

Am nächsten Tag habe ich bei den Proben alles vermasselt. Ich habe ständig meinen Text vergessen und so schlecht gespielt, dass ich Angst hatte, Brandemour würde mich aus dem Stück nehmen. Stattdessen sagte sie am Schluss: »Leslie, vielleicht steigerst du dich im Moment zu sehr rein. Lebendigkeit darf nicht mit Hysterie verwechselt werden. Du bist einfach ein junges Mädchen mit natürlicher Wärme und Lebendigkeit. Zwing es nicht so. Es ist da. Du musst es nur kommen lassen.«

Gleich nach den Proben hatte ich meine zweite Verabredung mit meiner Studienberaterin. Sie pries die Universität von Chicago, die sie selbst besucht hatte, in den höchsten Tönen. Es wäre ein interessanter, anregender Ort, gerade richtig für einen Stadtmenschen wie mich. Die anderen Colleges, an die ich mich bewerben will – Wesleyan und Haverford –, sind eher ländlich und abgelegen. Wenn ich nur die Matheprüfung nicht so verhauen hätte, sähe es viel besser aus. Mira hat achthundert Punkte in Englisch geholt und siebenhundertundsiebzig in Mathe. Das ist wirklich kaum zu fassen. Sie sagt, das hieße noch lange nicht, dass sie ein Genie wäre, nur ein guter Prüfungstyp. Aber immerhin.

Ich habe diese Nacht bei ihr geschlafen. Als wir in unseren Schlafanzügen waren, hüllte ich mich in eine Steppdecke. »Ich hasse dieses Jahr«, sagte ich grimmig. »Ich werde es nicht schaffen, in ein vernünftiges College zu kommen, ich versaue das Stück und jetzt wird auch noch Peter bei uns wohnen.«

Mira war überrascht. »Und ich dachte, du magst ihn.«

»Als Kinder haben wir zusammen gespielt. Mehr nicht.«

»Hast du nicht gesagt, du würdest gern mal mit ihm ausgehen?« Mira vergisst nichts. Normalerweise mag ich das an ihr.

»Hab ich nicht«, schrie ich. »Er ist fett und gammelig und überheblich. Warum sollte ich mit so einem ausgehen?«

Mira schwieg. Es ist klar, sie hat ein Gespür dafür, wenn ich lüge. Ich schaute sie von der Seite an. »Also, ich habe mit ihm geschlafen«, sagte ich.

»Mit *Peter*?« Sie lachte. »Wann?«

»Im Sommer. Aber es ... ach, ich weiß nicht. Beim ersten Mal waren wir beide high, es ist einfach passiert. Aber nach und nach dachte ich, dass ich ihn wirklich mag.«

»Und, was ist seit dem Sommer gelaufen?«

Ich zog die Knie ans Kinn. »Er benimmt sich merkwürdig seit der Scheidung. Vielleicht weil wir jetzt theoretisch miteinander verwandt sind. Aber ich glaub nicht, dass es das ist. Er ist einfach unglaublich fett geworden und die beiden Male, die ich ihn gesehen habe, war er so überheblich. Als ob er das größte Genie des Universums wäre und über allem schwebte.«

Mira runzelte die Stirn. »Komisch, dass du es getan hast ohne auch nur einen Ton davon zu sagen. Ich würde es dir sofort erzählen.«

»Hätte ich auch, wenn was draus geworden wäre. Jetzt komme ich mir wie der letzte Idiot vor.«

»Dann lass ihn einfach links liegen«, sagte sie.

»Das geht nicht. Ich weiß auch nicht, wieso. Aber Peter ... selbst wenn er nichts sagt, bringt er einen dazu, ihn zu beachten. Ganz egal ob er auf Mitleid aus ist oder auf Bewunderung. Er *lässt* sich nicht ignorieren.«

Ich hatte nicht das Gefühl, diesen Punkt richtig erklärt zu haben. Hätten wir uns im Sommer nicht verliebt und wäre er bei der Scheidung nicht so teilnahmsvoll gewesen, hätte ich sein Benehmen besser verstehen können, vor allem hätte es mich nicht so verletzt. Ich würde sein Verhalten gerne damit entschuldigen, dass er schüchtern ist und wenig Erfahrung mit Mädchen hat und nur darauf wartet, dass ich die Initiative ergreife, so wie am Anfang. Aber wäre es nicht an der Zeit, dass auch er einmal aktiv wird? Er müsste wissen, dass ich ihn mag. Manchmal kommt es mir vor, als wäre er in Gedanken schon auf dem College. Und ich bin nur noch ein Teil seiner Vergangenheit, ein Mädchen, mit dem er es getrieben hat, damit er mitreden kann, wenn sich seine Freunde über Sex unterhalten. Die Vorstellung, dass alle Jungen so cool sind, wenn es um ihre sexuellen Erfahrungen geht, ist mir zuwider, aber vielleicht ist es einfach so. Es kommt mir vor, als würden wir Mädchen sehr viel mehr an Gefühl investieren, ob wir's nun zeigen oder nicht.
Aber ich bin immer noch eine gute Schauspielerin und ich werde die Monate, die er bei uns lebt, schon überleben. Ich werde kühl und höflich sein und immer viel zu tun haben, ich werde ihm aus dem Weg gehen. Er soll den nächsten Schritt tun. Wenn nicht, dann ist das eben Pech. Ich werde jedenfalls nichts unternehmen.

Peter zog erst nach Weihnachten bei uns ein. Seine Mutter hatte das Haus noch nicht verkauft, aber sie hatte einen Makler beauftragt. Peter brachte ein paar Kisten mit, packte sie aber nicht mal aus, sondern stopfte sie im Gästezimmer in den Schrank. Das Gästezimmer ist jetzt sein Zimmer.

Ich wartete, bis Mom und Nelson am Abend weggingen, dann sprach ich mit ihm. »Das Beste wird sein, wenn wir uns aus dem Weg gehen«, sagte ich.

»Anstatt was?«, fragte er kühl.

»Anstatt hier eine Schau abzuziehen so mit Bruder-und-Schwester-wir-lieben-uns-so. Wir sollten uns so verhalten, wie wir tatsächlich empfinden.«

»Das mach ich immer.« Er stellte sein Radio auf den Tisch.

Ich drehte mich weg. »Okay.« Ich hatte die Nase so voll, dass ich mit ihm nicht mal mehr reden wollte.

Er kam mir hinterher in den Flur. »Letzten Sommer warst du ein richtiger Mensch, mit dem man reden konnte. Jetzt verhältst du dich wie eine dumme, ätzende Ziege.«

Ich lachte. »Sexistische Seitenhiebe? Na, na, na!«

»Dann vergiss das ätzend.«

»Wieso denn? Noch irgendwelche Beleidigungen fällig oder kann ich in mein Zimmer gehen und lernen?«

Peter war verlegen. »Du kannst auch die Ziege streichen. Ich wollte nur sagen ...«

»Peter, nur damit du Bescheid weißt: Für mich bist du ein verklemmter, eingebildeter Provinzschlaumeier, der aussieht wie sein Zerrbild aus dem Spiegelkabinett auf dem Jahrmarkt. Du darfst mich ätzend finden, sooft du willst.«

»Ich hab es nicht so gemeint.« Er machte wieder sein klägliches Gesicht. »Ich wollte nur sagen, dass du so selbstzufrieden wirkst. Als ob es eine schreckliche Last wäre, mit mir in einem Haus zu leben.«

Ich fuhr zu ihm herum. »Das ist es auch, kapiert? Ich versteh das Ganze nicht. Warum konnte deine Mutter nicht bis zum Frühjahr bleiben?«

»Sie wollte nicht. Meinst du, mir macht es Spaß, mitten im Schuljahr umzuziehen? Ich hasse New York, ich hasse es, hier wohnen zu müssen, ich hasse alles.«

Sein Ausbruch verwirrte mich. »Okay«, sagte ich. »Du hast diesen so genannten Job, also kannst du dich damit beschäftigen, und ich gehe in die Schule und …«

Peter richtete den Finger auf mich. »Genau das meine ich. Ich hab einen Job. Einen richtigen Job. Wieso redest du von ›diesem so genannten Job‹?«

»Ich dachte, Nelson hätte das nur arrangiert, damit du nicht bis Juni hier rumhängst.« Ich war durcheinander, weil ich mir meiner Sache nicht so ganz sicher war.

»Das stimmt, aber zufälligerweise arbeite ich mit jemandem zusammen, der in ein paar Jahren wahrscheinlich den Nobelpreis kriegen wird. Und er hat mich genommen, weil er mich hoch begabt findet, auch wenn dich das wundern sollte. Er macht das nicht aus Nächstenliebe.«

»Toll«, sagte ich sarkastisch. »Noch eine Auszeichnung. Vorgezogene Harvard-Zulassung und Nobelpreisträger, während wir normalen Sterblichen uns auf unseren dornigen Pfaden abstrampeln.«

»Gott, du machst mich krank«, sagte er.

»Und du mich«, schrie ich.

Damit gab ich es auf. Ein unbeteiligtes Schweigen war der einzige Weg, die nächsten Monate zu überleben.

III

Ein ewiges Auf und Ab

»Ich hätte dich ja mitgenommen nach Chicago«, sagte Mom weinerlich. »Vielleicht hätte Muriel einen Job für dich gewusst. Aber ihre Wohnung ist so klein.«
»Mom, es ist okay«, sagte ich. »Ich mag meinen Job hier. Er bringt mir was.«
Ihr Flug sollte in ein paar Minuten gehen. Mom war dick eingepackt, mit Stiefeln und dicker Wolljacke, ihre Nasenspitze war rot. »Wirst du mich besuchen?«, fragte sie. »Ich schicke dir ein Flugticket, sobald ich alles geregelt habe.«
»Klar, ich komme.« Ich hasse Abschiedsszenen und Moms Nervosität machte es noch schlimmer.
»Läuft es gut mit Nelson, Aline und Leslie?« Sie putzte sich die Nase.
»Alles bestens«, sagte ich. »Eigentlich schlaf ich ja auch nur dort. Meistens bin ich im Labor.«
»Arbeite nicht zu viel«, sagte sie. »Du hast die Schule so gut geschafft. Ruh dich aus. Genieß das Leben. Geh tanzen. Geh mit Mädchen aus.«
O Mann. Immer die alte Leier. »Mach ich«, sagte ich, weil das die einfachste Antwort war.
»Ich bin so stolz auf dich«, sagte sie. »Ich will, dass du auch auf mich stolz sein kannst.«
»Na klar«, sagte ich. »Versteh ich.«

Der Flug wurde aufgerufen. Während Mom durch das Gate rannte und sich dabei noch mal umdrehte, die Tasche krampfhaft an sich gepresst, stand ich da. Dann nahm ich ein Taxi und fuhr zur Wohnung. Nach dem Essen ging ich ins Institut.

Dieser Job hat mir das Leben gerettet. Er ist großartig. In Harvard wird er als Ersatz für das letzte Halbjahr anerkannt. Der Typ, mit dem ich arbeite, heißt Rex Rosenblum. Als ich ihn das erste Mal sah, kam er mir extrem durchgedreht vor. Er wippte mit den Knien und ließ die Blicke kreuz und quer durch den Raum schweifen, während er sich Notizen machte. »Ich halte nichts von solchen Praktika«, sagte er. »Was kannst du in einem Halbjahr schon machen? Nicht viel. Aber es wird dich packen. Dieses Westinghouse-Projekt von dir hat mir gefallen. Gute Arbeit.«

»Muss ich gleich einen Vertrag unterschreiben?«, fragte ich. »Ich bin nicht so sicher, ob ich in die Forschung will.«

Er grinste. »Du wirst. Du wirst. Aber nein, geh ruhig zum Zirkus oder wohin auch immer. Ich glaube nur, dass dein Entschluss nach ein paar Monaten hier feststeht.«

»Mein Vater meint, Medizin sei vielleicht besser.«

»Dein Vater.« Er zuckte mit den Schultern. »Was weiß der denn? Dein Vater ist Schauspieler. Auch wenn er einer meiner besten Freunde ist – du solltest nie auf ihn hören. Niemand sollte jemals das tun, was sein Vater sagt.«

»Passiert mir auch nur selten«, gab ich zu.

Er wühlte in irgendwelchen Papierbergen. »Nun, wie hast du dir das vorgestellt? Wir arbeiten hier vierundzwanzig Stunden am Tag. Deshalb sind wir alle durchgedreht und geschieden. Unsere Frauen hassen uns, unsere Freundinnen schreien uns an, unsere Kinder kennen uns nicht. Ich hoffe doch, du hast nicht vor nebenbei ein Privatleben zu führen. Wenn doch, dann kannst du es vergessen. Entweder du arbeitest Tag und Nacht für die Wissenschaft oder du lässt es ganz.«

Ich zögerte. »Ich will's versuchen.« Ich schaute ihn an. Er hatte wirklich dicke, dunkle Tränensäcke unter den Augen und sah doppelt so alt aus wie mein Vater, obwohl die beiden ungefähr gleich alt sind. »Meinen Sie, dass Sie den Nobelpreis bekommen werden? Mein Vater sagte, dass ...«

»Dein Vater! Verteilt dein Vater neuerdings Nobelpreise? Was willst du wissen? Ob ich ihn verdient habe oder ob ich ihn bekomme?«

»Beides.«

»Ja, ich hätte ihn verdient. Halbwegs jedenfalls. Du arbeitest Tag und Nacht und ein paar Sachen klappen. Aber nie so, wie du dir das gedacht hast. Es heißt immer, in der Wissenschaft wäre alles rational. Nie im Leben! Es ist ein ewiges Auf und Ab, alles liegt an den völlig unerwarteten Zufällen. Du musst warten, bis sie eintreten.« Dann beschrieb er kurz das Projekt, mit dem ich mich beschäftigen sollte. Es ging um Gen-Mutationen.

Außer Rex arbeiten noch drei Leute in dieser Abteilung. Eine Indianerin, die kaum etwas sagt, eine Schwangere, die eine laute Lache hat und im Mai Zwillinge erwartet, und ein schwuler Engländer, der ständig in die Oper rennt. Ihm gegenüber bin ich befangen. Schwule glauben nämlich oft, dass ich auch schwul bin. Ich weiß nicht so recht, warum. Vielleicht wegen meiner Figur, weil ich aussehe, als ob ich bei Mädchen keine Chance hätte. Außerdem

kann ich gut zuhören und da glauben sie vielleicht, ich würde sie mögen.
Aber wichtig ist vor allem, dass ich im Institut ganz selbstverständlich dazugehöre. Ich habe nicht das Gefühl, jemandem etwas vormachen zu müssen. Manchmal sage ich den ganzen Tag kein Wort und niemand kümmert das. Es ist eine Freiheit, die ich sonst nirgends finde. Der zweite große Vorteil an der Sache ist, dass ich das letzte Halbjahr Schule ausfallen lassen kann. Ich hatte wirklich keinen Bock mehr auf Abschlussfeiern und Kurse, die sowieso nichts mehr gebracht hätten. Die Schule hat das auch eingesehen und wird mir mein Zeugnis zuschicken.
Seit sechs Wochen lebe ich jetzt in New York. Zwischen Leslie und mir herrscht Waffenstillstand, aber die Stimmung ist ziemlich feindselig. Bei den Mahlzeiten sprechen wir so wenig wie möglich. Einmal bin ich wirklich in Wut geraten. Ich hatte gehört, wie ihre Mutter zu ihr sagte: »Gib dir wenigstens Mühe, ein bisschen nett zu ihm zu sein. Er hat keine Freunde. Er ist ganz allein.« Als ob ich ein bolivianisches Waisenkind wäre, das vom Kinderschutzbund vermittelt werden soll. Leslie antwortete in etwa: »Ich bin so nett zu ihm wie er zu mir, Mom.«
Beim Abendessen fragte Leslies Mutter, oder Aline, wie ich sie nennen soll: »Wie wär's mit dem Tanz am Freitag?«
Leslie schaute mürrisch auf. »Was soll damit sein?«
»Oh, ich dachte nur ... vielleicht hätte Peter doch Lust ...«
»Nein«, sagten wir wie aus einem Munde.
Aline sah uns verständnislos an. »Es sind sehr nette Veranstaltungen«, sagte sie zu mir. »Jeder tanzt, wie er will. Man muss nicht mehr Paare bilden wie zu unserer Zeit.«

»Peter kennt keinen da«, sagte Leslie und guckte mich kurz von der Seite an. »Ich glaube nicht, dass ihm das viel Spaß machen würde.«
»Das kannst du nicht wissen«, sagte Aline. »Man weiß nie, wann oder wo man jemandem begegnet. So habe ich Preston kennen gelernt, auf einer Party, auf die ich erst gar nicht hatte gehen wollen. Meine Zimmernachbarin musste mich mitschleppen.«
Leslie schaute mich voll an. »Willst du hin?«
»Nicht so sehr.«
Triumphierend wandte sie sich an ihre Mutter. »Er will nicht. Also, ich muss Mira anrufen. Darf ich mich entschuldigen?« Ohne eine Antwort abzuwarten verschwand sie.
Aline lächelte mir zu. »Tut mir Leid, Peter. Leslie kann sehr rechthaberisch sein, vor allem dem anderen Geschlecht gegenüber. Nimm's nicht persönlich.«
Das war mir peinlich. »Na ja, klar ...«
»Allerdings«, sagte mein Vater, »ist Peter selbst kein großer Experte auf diesem Gebiet.«
»Oh« – Aline schenkte mir ein herzliches Lächeln – »im College wird das schon. Männer sind meistens etwas später dran als Frauen, das ist alles.«
Ich mag sie. Es ist gut, dass ich sie mit Aline anreden soll; Mutter wäre komisch bei so einem unmütterlichen Typ. Es liegt nicht nur daran, dass sie jünger aussieht und flotter ist als sonst Frauen in ihrem Alter. Was soll ich drumrum reden? Sie ist sexy. Ich weiß nicht, wieso mir das so bewusst geworden ist, vielleicht weil ich sie jetzt so oft mit Dad zusammen sehe. Er und meine Mutter haben sich immer wie Eltern verhalten, nie wie Liebende oder Freunde.

Jetzt komme ich manchmal heim und finde Dad mit Aline im Wohnzimmer, wo sie reden, Musik hören und Händchen halten, oder sie hat den Kopf auf seinen Schoß gelegt. Wenn er reinkommt, kriegt sie so ein Glänzen in die Augen.

Er zeigt es nicht so sehr wie sie, aber es reicht, ich könnte platzen vor Neid. Er ist siebenundvierzig. Hat er nicht langsam seinen Teil gehabt? Was ist mit mir?

Nach dem Essen las ich einen Brief von Mom, der am Morgen gekommen war. Es scheint ganz gut zu laufen, auch wenn sie schreibt, dass ihr die Kurse sehr schwer fallen.

Als ich an Leslies Zimmer vorbeikam, hörte ich, wie sie ihre Rolle auswendig lernte. Ich gestehe, dass ich mir manchmal vorstelle, wie sie am Premierenabend alles vermasselt und ihren Text vergisst. Am Freitag ging ich ins Kino. Das ist eine Sache, die ich an New York mag. Überall gibt es Filme zu sehen, Hunderte, vor allem alte. Im *Regency* gab es ein großartiges Double-Feature: *Berüchtigt* und *Ich kämpfe um dich*. Als ich um Mitternacht wieder rausging, regnete es. Es machte mir nichts. Ich fühlte mich super. Ich frage mich, ob Menschen wie Ingrid Bergman noch existieren. Vielleicht hat es sie nie gegeben. Vielleicht war sie in Wirklichkeit eine eingebildete Kuh, aber Gott, in einigen dieser Szenen, wenn sie ihr langes, dichtes Haar zurückstreicht und mit dieser warmen, rauen Stimme spricht ... Jesus.

Als ich in die Wohnung kam, war Leslie im Wohnzimmer auf dem Sofa, und zwar mit einem Kerl. Er war groß und gut aussehend, ein düsterer Typ wie Heathcliff aus Brontës *Sturmhöhe*. Sie sahen aus, als ob ich sie beim Knutschen erwischt hätte. »Oh, hi, Peter«, sagte Leslie und sprang errötend auf. »Das ist Vladimir. Er geht auf die Windsor-Schule. Spielt auch in dem Stück mit. Vlad, das ist mein Stiefbruder Peter.«

»Hi, Peter«, sagte Vlad.

Dann schwiegen wir alle.

»Wie kommt's, dass du so spät noch unterwegs bist?«, fragte Leslie dann. Sie trug Jeans und einen flauschigen lila Pullover.

»Ich war im Kino.«

»Was lief?«

Ich hab's ihr erzählt. Komisch, plötzlich schien sie interessiert, nachdem sie sechs Wochen lang den Mund verzogen hatte, wenn ich nur in ihre Nähe gekommen war.

»Ist *Berüchtigt* nicht der mit Claude Rains als Nazi? Wo er diese gemeine alte Mutter hat?«, fragte sie.

»Ja. Die, die auch in *Eine Dame verschwindet* mitgespielt hat. Kennst du die Szene, wo sie im Zug auftaucht?«

»Ja, die finde ich toll«, sagte sie. »Das ist einer meiner Lieblingsfilme. Hast du ihn gesehen, Vlad?«

Vladimir schien nicht viel mitzukriegen. »Was?«, fragte er. Sah so aus, als wäre er sauer, weil ich sie unterbrochen hatte.

Leslie sah mich an. »Hast du Lust, was zu rauchen? Wir haben grade.«

»Klar«, sagte ich. Es kam mir vor, als wären wir irgendwie verbündet gegen Vladimir, vielleicht weil wir beide hier wohnten. Leslie schaute ihn jedenfalls gelangweilt und spöttisch an. Als sie mir den Joint gab, berührten sich unsere Hände.

Vladimir gähnte. »Vielleicht sollte ich wirklich gehen«, sagte er und schaute mich verunsichert an. Vielleicht hatte er gehofft, ich würde in mein Zimmer verschwinden.

»Stimmt. Es ist schon spät«, sagte Leslie und guckte auf die Uhr.

Vladimir sah wieder zu mir rüber. »Du hast nie erzählt, dass du einen Bruder hast.«

»Einen Stiefbruder«, sagte sie und lehnte sich träge zurück. »Unsere Eltern haben erst im Herbst geheiratet. Meine Mutter seinen Vater.«

Vladimir lachte. »Scharf.«

»Ja, das war ziemlich scharf«, sagte Leslie. »Aber wir haben uns daran gewöhnt.« Sie blinzelte mich an. »Oder?«

Ich wurde schon breit von dem Dope. »Klar«, sagte ich. »Leslie ist 'ne nette kleine Schwester.«

»Kleine Schwester! Ich bin zwei Monate älter als du. Etwas Respekt, Kleiner.«

»Bist du ... wo gehst du zur Schule?«, fragte Vladimir.

Bevor ich antworten konnte, sagte Leslie: »Oh, er ist ein Genie. Sie haben ihn vorzeitig gehen lassen und jetzt arbeitet er in einem Institut mit einem künftigen Nobelpreisträger. Lass dich bloß nicht auf Diskussionen mit ihm ein. Er ist uns normalen Sterblichen um Lichtjahre voraus.«

Das war typisch Leslie. Sich über mich lustig zu machen und gleichzeitig mit mir anzugeben. »Damit überbrücke ich bloß die Zeit bis Juni«, sagte ich.

»Hört sich großartig an«, sagte Vladimir. »Mir kommt es vor, als ob ich Zeit vertrödle. Ich hab die vorgezogene Harvard-Zulassung und in der Schule gibt es nichts mehr zu lernen.«

»He, genau wie Peter!«, rief Leslie. »Zwei Genies! Wow. Zwei in einem Raum. Vielleicht könnt ihr zusammenziehen oder so.« Sie schüttelte den Kopf. »Ich glaube, ich werd langsam breit.«

Vladimir schaute sie an. »Ich hab dir ja gesagt, dass das Zeug ziemlich stark ist.«

Leslie lächelte flüchtig. »Ich weiß schon, was ich abkann.« Dann schaute sie wieder zu mir. »Spürst du's schon?«

»Ein bisschen.« Ich wünschte, Vladimir wäre gegangen. Er stand einfach dumm rum.

»Was ist jetzt?«, fragte ihn Leslie. »Gehst du nun oder nicht? Uns ist es egal. Aber steh nicht ...«

»Ich hab doch gesagt, dass ich gehe«, sagte er gereizt.

Leslie sprang auf und holte seine Jacke. »Nett dich getroffen zu haben, Peter«, sagte er noch.

»Danke, gleichfalls«, brummte ich und schloss die Augen. Ich fühlte mich zufrieden und schläfrig. Vielleicht bin ich sogar einen Moment weggesackt, jedenfalls, als ich wieder da war, stand Leslie vor mir und sagte: »Schlaf nicht ein.«

»Nein, nein.« Ich sah ihr zu, wie sie sich am anderen Ende der Couch niederließ. »Wer war das?«

»Hab ich doch erzählt. Er spielt in dem Stück mit.«

»Sah aus wie ein ziemlicher Vollidiot.« Ich holte mir den Joint und nahm einen Zug.

Für einen Moment schaute sie nur in die Luft. »Ist er auch«, sagte sie kategorisch. »Er ist ein gemeiner, dummer Idiot. Ich hasse ihn.«

»Warum hast du ihn dann eingeladen?«

»Ich bin schon immer auf ihn abgefahren. Er sieht toll aus. Aber als wir mittendrin waren, meinte er, er würde die

Wette wohl gewinnen. Er hatte mit ein paar anderen gewettet, ob ich es im richtigen Leben so wie auf der Bühne bringen würde.« Sie sah mich herausfordernd an. »Wer bin ich denn? Als ob ich es mit jedem treiben würde! Warum machen Jungens solche Sachen?«

Merkwürdigerweise hatte ich ein wenig das Gefühl, wir wären in einem Stück. Leslie war so bestürzt und aufgeregt wie eine Schauspielerin auf der Bühne. »Was für Sachen?« Meine Stimme klang sanft und beruhigend, wie die eines Psychiaters, nur dass ich derjenige war, der auf der Couch lag.

»Sie versuchen mit deinen Gefühlen zu spielen. Sie sind so cool und unberührt von allem.« Sie sah mich anklagend an.

»Ich bin nicht so.«

»Du auch. Genau *so*. Im Moment bist du gar nicht wirklich hier. Als ob ich allein hier im Zimmer säße. Du bist nur körperlich anwesend. Wenn ich aus dem Fenster springen würde, würdest du liegen bleiben.«

Ich setzte mich nervös auf. »Les, das würde ich nicht.«

»Daddy ist genauso. Er liebt mich, sagt er jedenfalls, aber er redet so kalt und zynisch über Frauen. Warum? Warum bloß? Warum sind Männer so? Weil sie einen Schwanz haben?«

»Ich kann dir nicht zustimmen. Männer sind nicht so.«

Sie ließ sich nicht stören. »Vielleicht hängt es mit den Hormonen zusammen. Frauen und Mädchen reden offen über ihre Gefühle. Diesen ganzen Manipulations-Scheiß von wegen irgendetwas aus jemandem rauskriegen gibt es nicht. Was meinst du, wie ich mich gefühlt habe? Es war grausam. Ich küsse ihn und denke, er mag mich, und mittendrin sagt er, dass er es wegen einer Wette macht.«

»Wenigstens habt ihr es nicht getan«, sagte ich mit einem schiefen Lächeln. Ich zog eine perverse Befriedigung daraus, dass dieser Kerl Leslie reingelegt hatte, und gleichzeitig tat sie mir Leid, weil sie so fertig war.

Sie starrte mich an. »Was meinst du mit ›getan‹?«

»Also, wenn ihr wirklich gebumst hättet – wäre es nicht noch viel schlimmer gewesen, wenn er's dir *dann* erzählt hätte?«

Leslie lief rot an. »Ich wäre nie mit ihm ins Bett gegangen. Gott, was für eine Vorstellung!«

Wir schwiegen beide.

»Tut mir Leid«, sagte ich.

»Na klar«, sagte Leslie bitter. »Und wie!«

»Doch, ehrlich«, sagte ich. Meine Stimme eierte etwas, wie wenn man eine Platte mit der falschen Geschwindigkeit laufen lässt.

»Peter!«, schrie sie. »Bitte! Du sitzt hier und strahlst nur so vor Schadenfreude. Du wartest bloß darauf, dass ich auf die Knie falle und dich anflehe mit mir zu schlafen. Nichts tut dir Leid.«

Ich lachte nervös. »Ich glaube nicht, dass ich schadenfroh bin.«

Plötzlich kniete sie sich vor mich, lehnte sich rüber und küsste mich. »Du bist schadenfroh«, flüsterte sie. »Gib's wenigstens zu. Schadenfroh. Hämisch.«

Wahrscheinlich reagiert jeder anders auf Hasch. Ich fühlte mich wie in einem interessanten, etwas merkwürdigen Stück, dessen Darsteller sonderbare Dinge sagten und taten. Ich versuchte alles zu erfassen und zu analysieren, wie ich das immer mache, aber es war schwer. Etwa ein Drittel konnte ich aufnehmen, dann verschwand wieder alles. Ich schaute Leslies Gesicht, das meinem so nahe war, hingerissen an. »Ich war eifersüchtig auf den Kerl. Mensch, siehst du gut aus, wenn du stoned bist.«

Leslie küsste mich vorsichtig auf die Augenlider. »Wenn du stoned bist, meinst du wohl. Deine Wahrnehmung der Realität verändert sich.«

Ich war so gespannt, dass mein Körper zu zittern begann. »Meine Wahrnehmung der Realität ist, dass wir …«

»Aber wir sind Geschwister«, sagte sie leise, kicherte, küsste mich wieder.

»Wer ist was? Bin ich der Bruder?«

»Das ist alles anatomisch bedingt.« Sie legte die Hand auf meinen Schwanz. »Sieht so aus, als ob du der Bruder wärst.«

»Was ist mit den Eltern? Sie könnten heimkommen.«

»Richtig. Lass uns in unseren Quartieren Schutz suchen.«

Leslie nahm meine Hand. Wir gingen küssend durch den Flur zu meinem Zimmer. »Dein Zimmer ist ein Saustall«, stellte sie fest.

»Stimmt«, sagte ich.

Im Zimmer zog sie sich ohne ein weiteres Wort aus und warf sich aufs Bett. Ich schlüpfte zu ihr und umarmte sie. Ihre Haut war weich und kühl.

»Wir sind nicht wirklich Geschwister«, hauchte sie. »Wir sind die, die wir immer waren, wie vorher.«

Ich sah die Worte ›Die wir immer waren‹ als Leuchtschrift über uns schweben und alle Wörter und Zusammenhänge verschwanden. Ich war nicht mehr ich, Leslie nicht mehr Leslie. Alles war ruhig und gut. Mein Körper war so, wie ich ihn mir immer gewünscht hatte, stark, gelenkig und anmutig. Es war der größte Augenblick in meinem bisherigen Leben.

Danach lag Leslie an mich geschmiegt. »Es nutzt sich langsam ein wenig ab«, sagte sie leise.
»Es war wunderbar«, sagte ich.
»Bist du noch so schadenfroh?«
»War ich doch nie.«
»Er hat mich gelinkt«, sagte sie – aber ruhig, ohne die Wut von vorhin.
»Hast du es deshalb mit mir getan? Aus Rache?«
»Nein.« Sie zögerte. »Es war ... Plötzlich war es, als ob du Angst vor mir hättest, und mir wurde klar, dass du gar nicht so cool und unbeteiligt bist.«
»Bin ich auch nicht«, gab ich zu.
Sie seufzte. »Aber jetzt verblasst alles um mich herum. Ich weiß gar nichts mehr genau.«
»Les, lass uns heiraten«, sagte ich zu meiner eigenen Überraschung. Ich fühlte mich völlig sicher.
»Unmöglich«, sagte Leslie. »Dafür sind wir Millionen Jahre zu jung. Ich werde nicht heiraten, bevor ich nicht mindestens dreißig bin.«
»Ich auch nicht«, sagte ich. »Und vielleicht nie.«
»Ich weiß auch nicht, ob wir so gut zueinander passen«, sagte sie. »Wir sind uns zu ähnlich. Und manchmal hasse ich dich, und zwar nicht zu knapp.«
»Ja, das kenne ich.«

»Aber ich hab's versucht«, sagte Leslie. »Ich hab versucht nett zu sein.«

Ich streichelte ihren Arm. »Das ist nett. Das hast du noch nie versucht.«

»Das ist Begierde«, sagte sie streng. »Oder so was Ähnliches.«

»Ich mag Begierde, glaub ich«, sagte ich. »Vielleicht ist das unsere Stärke.«

Leslie setzte sich halb auf. »Komischerweise weiß ich nicht mal genau, ob ich Sex mag. Ich glaube manchmal, dass ich wie Ms Brandemour werde, ehelos und intellektuell und engagiert, und dass ich wie verrückt verdrängen und mir Ersatzbefriedigungen verschaffen werde.«

»Das hier ist besser«, sagte ich und strich über ihre Brüste. »Lass uns …«

Da hörten wir die Wohnungstür. Wir hörten die Stimmen von Dad und Aline. »O Gott«, flüsterte Leslie. »Sie werden uns umbringen.«

»Schnell. Unter die Decke und beweg dich nicht. Geht das?«

Ohne zu antworten rutschte sie unter die Decken. Ich lag da, den Arm über den Augen, und versuchte mich vorzubereiten. Kurz darauf öffnete Dad die Tür. »Peter?«

»Ja?«

»Schläfst du?«

»Nicht ganz.«

Er kam ins Zimmer. »Es riecht, als ob jemand Haschisch im Wohnzimmer geraucht hätte. Warst du das?«

»Ja«, sagte ich.

»Du hast den Joint nicht ausgemacht. Das ist gefährlich, wie du weißt.«

»Oh, tut mir Leid, Dad. Hab ich vergessen.«

»Ich wusste nicht, dass du Drogen nimmst. Ist das eine neue Entwicklung?«

»Nein, es ... ich hatte noch was von der Schule und heute war ein ziemlich anstrengender Tag.«

»Ach so.« Er zögerte. »In letzter Zeit hattest du es nicht immer leicht. Nicht dass ich das als Entschuldigung gelten lassen will. Aber mir ist es lieber, du gibst dich hier im Haus dem Rausch hin anstatt dich heimlich fortzuschleichen. Das ist wenigstens etwas.«

»Das hatte ich mir gedacht«, sagte ich. Ich konnte Leslies Atem an meinem Knie spüren. Ich betete, dass er rausgehen und uns allein lassen würde.

»Hast du eine Ahnung, wo Leslie stecken könnte? Es ist nach eins.«

»Ach ja, richtig. Hab ich vergessen. Äh – sie hat angerufen und gesagt, dass sie bei ihrer Freundin schlafen würde.«

»Mira?«

»Ich weiß nicht mehr. Jedenfalls war sie sich noch nicht sicher. Wir sollten aber nicht warten, mit ihr wäre alles okay.«

»Das nächste Mal legst du einen Zettel hin.«

»Bestimmt, Dad.«

Er ging wieder zur Tür. »Also, schlaf gut, Peter. Bis morgen.«

Als er die Tür schloss, rutschte Leslie hoch und guckte unter der Decke hervor. »Gott, ich hatte solche Angst, dass ich gleich niesen müsste. Was soll ich jetzt machen?«

»Wart einen Moment, bis sie im Bett liegen.«
»Ich muss aber auf die Toilette. Meinst du, das geht?«
»Sicher.«
Was hätte mein Vater wohl gesagt, wenn er uns wirklich dabei erwischt hätte? Nicht dass ich mir das tatsächlich wünsche, aber irgendwie wäre es mir ganz recht, wenn er wüsste, dass ich ein Mädchen kriegen kann. Vielleicht werd ich mir einen Vorrat an Hasch zulegen müssen, wenn das Zeug so auf Leslie wirkt. So ist sie nämlich noch nie gewesen und morgen ist sie vielleicht wieder wie vorher.
Als es in der Wohnung wieder still war, kroch sie aus dem Bett, kniete sich hin und küsste mich. »Wir machen einfach alles so, wie wir gerade Lust haben«, flüsterte sie.
»Ja«, sagte ich. Allerdings war mir nicht klar, was das bedeuten würde.

Die Flügel ausprobieren

Es ist erst das dritte Mal, dass ich mit Nelson Squash gespielt habe, und ich habe ihn geschlagen. Als wir fertig waren, hatte ich dermaßen Herzklopfen, dass ich kaum sprechen konnte. Ich war in Schweiß gebadet. Er lachte und legte den Arm um mich. »Leslie, du bist unglaublich. Mein Gott, was für eine Körperbeherrschung. Ich kann's kaum fassen.«

»Hast du mich gewinnen lassen?«

»Machst du Scherze? Ich bin der schlechteste Verlierer der Welt. Du bist einfach zu schnell.«

Ich grinste ihn an. »Ich fühle mich irre gut.«

Er drückte meinen Arm. »Was für eine Tochter! Du bist gut, irre gut. Wir sollten uns für die Clubmeisterschaft anmelden, für das Vater-Tochter-Doppel. Willst du?«

»Klar. Warum nicht? Aber vielleicht war das nur Anfängerglück.«

Ich ging duschen. Wir spielten in einem Club in der Innenstadt, der auch Turnhallen und Duschen für Frauen und eine Sauna hat. Ich war unglaublich aufgedreht. Bei Squash muss man wirklich schnell sein, aber aus irgendwelchen Gründen kann ich es besser als Tennis. Beim ersten Mal dachte ich, es geht mir zu schnell, aber beim nächsten Mal habe ich alles gegeben. Zu dumm, dass Peter Squash nicht mag. Er hat es mal probiert und sagt, es wäre schwachsinnig, in einem kleinen Raum rumzurennen und zu versuchen seinen Partner umzubringen. Und obwohl ich es nicht gerne zugebe, mag ich beim Spiel die unterschwelligen Flirts mit Nelson. Ist bestimmt eine hochneurotische Ödipus-Geschichte. Natürlich liebe ich Daddy, aber sein Körper ist genauso hoffnungslos wie der von Peter. Nelson dagegen ist topfit und er macht einen an. Ständig grabscht er an mir rum, angeblich nur freundschaftlich, aber ich glaube, er kennt seine Wirkung auf Frauen und setzt sie fast unbewusst ein.

»Nun, ganz so ehrgeizig bin ich nicht«, sagte Mom beim Essen. »Ich mag Squash, aber irgendwie ist es auch mörderisch.«

Nelson grinste mich an. »Das ist ja gerade der Spaß dabei. Du hättest Les sehen müssen. Sie ist dämonisch.«

Mom schaute mich kühl und abschätzig an. »Sie hat viel Energie«, sagte sie, als ob ich gar nicht vorhanden wäre.

Peter und ich hatten schweigend dagesessen, wie immer, aber auch er wirkte gereizt. Wie soll man auch dieses völlig wahnsinnige Vergnügen eines knallharten sportlichen Wettkampfes nachvollziehen können, wenn man es nie erlebt hat? Ich fühlte mich wahnsinnig gut.

Seit dieser Nacht vor zwei Wochen wissen wir beide nicht, wie wir miteinander umgehen sollen. Diese feindliche Spannung ist weg, aber was soll jetzt aus uns werden? Liebende? Freunde? Ich wollte die Mauer zwischen uns durchbrechen, weil ich es schrecklich fand, wie wir uns benommen haben. Aber ich habe auch wieder Angst, mich kopfüber in eine Beziehung zu stürzen. Ich habe Angst, dass ich wieder so verwundbar werde wie im Som-

mer, will aber auch nicht riskieren, dass er sich wieder abwendet. Er sagt, er hätte nur auf mein Verhalten reagiert. Und mein Verhalten hängt mit meinem Selbstbewusstsein zusammen. Bin ich sicher, dann kann ich offen sein ohne mir über seine Reaktion den Kopf zu zerbrechen. Aber wenn ich, wie nur allzu oft, unsicher bin, klappt das nicht. Ich will, dass er auch mal etwas tut, aber dazu scheint er unfähig. So ist er nun mal; ich glaube, ich kann das theoretisch sogar akzeptieren, aber es fällt mir schwer, damit umzugehen.
Trotz allem hilft es mir, ihn einfach nur um mich zu haben. Peter merkt und versteht so viel, auch wenn er kaum etwas sagt. Ich schaue ihn an und weiß, dass ich einen Verbündeten habe. Ich bin nicht mehr so einsam wie vorher. Komisch, wie Vladimirs Besuch dazu geführt hat, dass ich mit Peter geschlafen habe. Es war nicht nur das Hasch, obwohl es geholfen hat. Nachdem ich mich so in Vladimir verknallt hatte und dann aus der Nähe sehen konnte, was für ein Arsch er tatsächlich ist, so eingebildet und an Mädchen nur wegen dieser bescheuerten Erfolgsbilanz interessiert – nach dieser Geschichte kam mir Peter, der nicht halb so gut aussieht, ganz wunderbar vor. Bei Peter gibt es eine ehrliche Grundlage. Auch wenn er seine Gefühle nicht so gut und oft zeigt, sind sie wenigstens echt. Wenn es nur nicht so schwer wäre, an sie ranzukommen.
Ich schaute kurz zu ihm rüber und versuchte seine Reaktion darauf, dass ich mit seinem Vater Squash gespielt hatte, abzuschätzen. Aber er aß nur schweigsam, die Augen halb geschlossen.

»Leslie und ich werden uns an den Clubmeisterschaften beteiligen«, sagte Nelson. »Beim Vater-Tochter-Doppel.«
»Wie das?«, fragte Peter. »Du bist nicht ihr Vater.«
Nelson schaute irritiert auf. »Wie meinst du das? Ist meine Heirat mit Aline nicht legal?«
»Sie ist deine Stieftochter«, sagte Peter kühl.
»Hör mit dieser spitzfindigen Logik auf«, fuhr Nelson ihn an. »Ich habe nie zuvor eine Tochter gehabt und diese eine will ich genießen.«
Mom schaute zu Peter rüber. »Was hältst du davon, Peter? Vielleicht sollten wir uns auch an etwas gemeinsam beteiligen. Auch ich hatte nie einen Sohn.«
»Es ist schon erstaunlich«, fuhr Nelson fort. »Ich habe drei Söhne und zwei von ihnen achten auf ihre Gesundheit, ihr Gewicht, ihre Erscheinung. Nur du nicht. Du bist jung. Warum achtest du nicht auf das, was du von dir zeigst?«
»Ich bin lieber stolz auf andere Dinge«, sagte Peter. »Auf meine Kopfarbeit zum Beispiel.«
»Das ist keine Entschuldigung. Nimm dir an Leslie ein Beispiel, wo wir doch jetzt ein Jahr lang alle zusammen sind. Sie achtet auf ihre Ernährung, sie lässt sich nicht gehen.«
Warum konnte Nelson nicht endlich den Mund halten? Ich konnte regelrecht sehen, wie Peters Hass aus seinen verwundeten Augen und seinem zusammengepressten Mund herausbrach. Schließlich stand er einfach auf und ging.
»Du solltest nicht so auf ihm herumhacken«, sagte Mom. »Er ist so sensibel.«
Diesmal musste ich ihr Recht geben.

»Er ist einfach unmöglich«, sagte Nelson. »Warum nur habe ich Hope nicht dazu gebracht, ihn mit nach Chicago zu nehmen? Er hätte auch da einen Job gefunden. Warum muss er unser erstes gemeinsames Jahr versauen?«

»Das tut er doch gar nicht«, sagte Mom. »Es ist ein wunderschönes Jahr.«

»Das ist es nicht«, sagte Nelson.

Mom wurde blass. »Ich ... ich weiß nicht, wie du das sagen kannst. Für mich ist es wunderschön.« Sie drehte sich zu mir. »Bist du denn nicht glücklich, Leslie?«

»Klar doch«, stotterte ich, erschrocken darüber, wie erschüttert sie wirkte.

»Ich war noch nie so glücklich«, sagte sie und ihre Stimme zitterte. »Wie meinst du das?«

»Ich bin einfach übermüdet«, sagte Nelson und schaute weg.

»Du kannst nicht erwarten, dass dir alles in den Schoß fällt«, sagte Mom. »Auch für das Glück muss man arbeiten. Es kommt nicht von selbst.«

Es herrschte gespanntes Schweigen.

»Ich glaub, ich werd den Nachtisch später essen«, sagte ich.

Ich ging in mein Zimmer. Obwohl ich die Tür zugemacht hatte, konnte ich ihre Stimmen noch hören, den tiefen Tonfall von Nelson und Moms Stimme, die schrill und abgehackt klang. Das erinnerte mich an die Streitigkeiten zwischen Mom und Daddy, als ich noch klein war. Damals haben sie sich angeschrien und Türen geschlagen. Ich konnte mich nie entscheiden, ob ich die Tür offen lassen sollte oder schließen. Ich wollte sie gerne zumachen, um die beiden nicht hören zu müssen, aber dann hatte ich Angst, ein Räuber würde bei uns einbrechen und mich umbringen, und niemand würde etwas davon hören. Dann müssen die Streitereien seltener geworden sein. Mom und Daddy gingen getrennte Wege. Es gab lange Phasen des Schweigens und dann wieder einen kühlen Schlagabtausch wie zwischen zwei Anwälten.

Die einzige Art der Eheführung, die ich mir jemals vorstellen könnte, ist die, in der beide Partner eine eigene Wohnung haben und sich am Wochenende sehen oder mal für ein paar Tage zwischendurch. Aber vielleicht ist das schwer, wenn man Kinder hat. Mom tat mir Leid, weil ich wusste, dass sie Nelson wirklich liebte und kaputtgehen würde, wenn er sie verließe. Nicht dass es schon so weit war, aber er schien nicht mehr so ununterbrochen herzlich und liebevoll wie am Anfang.

Ich nahm ein langes heißes Bad und fühlte mich besser. Als ich ins Bett gehen wollte, kam Mom rein und schloss die Tür hinter sich. Sie wirkte immer noch ganz aufgelöst.

»Du darfst nicht wieder damit anfangen, Leslie.«

»Womit anfangen?« Ich war verwirrt.

»Dich auf meine Kosten bei Nelson einzuschmeicheln, wie du es schon bei Preston getan hast. Verstanden?«

»Nein.« Und obwohl ich sie tatsächlich nicht verstanden hatte, fühlte ich mich sofort schuldig.

»Nelson und ich lieben uns, wir lieben uns sehr, und wir wollten Peter und dich aufnehmen, um euch an unserem Glück teilhaben zu lassen. Wenn ...«

Es war unglaublich, was sie da sagte. »Mom, wovon redest du überhaupt? Weil ich mit ihm Squash gespielt habe? Ich werde es lassen, wenn es dir nicht recht ist. Ich werde mich auch nicht an diesem bescheuerten Vater-Tochter-Ding beteiligen. Es war seine Idee.«

»Warum beschäftigst du dich nicht mit Jungen in deinem Alter?«, fragte sie. »Was du da tust, mag dir im Augenblick einfacher erscheinen, aber dem ist nicht so. Auf lange Sicht wird es dich nur unglücklich machen.«

Mir wurde ganz schlecht. Ihr Gesicht war wie eine Maske, wutverzerrt. Alle drei Wochen lässt sie sich ihr Haar rotblond nachtönen und normalerweise ist sie perfekt geschminkt. Aber plötzlich sah sie alt und müde aus und sie tat mir Leid. »Ich kann zu Daddy ziehen«, sagte ich. »Wenn du willst.«

»Preston kann nicht ... ich glaube nicht, dass das funktionieren würde. Alles, was ich von dir verlange, ist eine gewisse Rücksichtnahme.«

Als sie weg war, lag ich im Dunkeln. Mir war so elend, wie ich mich seit dem Tag, an dem sie mir von der Trennung erzählt hatte, nicht mehr gefühlt hatte. Was sie über Daddy und mich gesagt hat, dürfte stimmen. Wir waren uns sehr nahe und vielleicht fühlte sie sich ausgeschlossen und verletzt, mehr, als ich dachte. Aber das ging von Daddy aus. Das war schon so, als ich noch klein war, und hat sich immer weiter entwickelt. Nicht dass ich das unschuldige Opfer gewesen wäre, aber es ging mir nie darum, Mom bewusst zu verletzen. Vielleicht hat sie das etwas hypersensibel für mein Verhalten Nelson gegenüber gemacht. Und vielleicht bändle ich tatsächlich mit ihm an, mehr vielleicht, als ich es selbst merke.

Einschlafen konnte ich nicht. Nachts um zwei lag ich immer noch wach, wälzte mich hin und her und versuchte mich von Schuld freizusprechen. Endlich stand ich auf, ging in Peters Zimmer und schloss vorsichtig die Tür. Es hörte sich an, als ob er schlief. Ich wusste gar nicht genau, was ich wollte. Ich legte mich einfach neben ihn und fühlte mich gleich besser, einfach weil er da war, warm und weich. Ich nickte sogar ein, bis ich ihn flüstern hörte:

»Les?«

»Ja?«

»Wie kommst du hierher?«

»Ich ... mir ging's beschissen.« Ich lag mit dem Gesicht so dicht an ihm dran, dass meine Stimme gedämpft klang.

Er drehte sich um und legte die Arme um mich. »Das Abendessen war schrecklich.«

»Und nicht nur das.« Ich wollte ihm von der Szene erzählen, die ich danach mit Mutter gehabt hatte, aber mittendrin musste ich weinen.

»He, Les. Nicht weinen«, sagte er leise. »Du kannst nichts dafür. Vielleicht ist sie nur deshalb so bestürzt, weil sie gemerkt hat, dass es ein großer Fehler war, ihn zu heiraten. Dein Vater ist viel besser.«

»Sie hat Daddy nie geliebt«, sagte ich und versuchte mit dem Heulen aufzuhören. »Nie. Aber vielleicht habe ich mit deinem Vater wirklich angebändelt. Hab ich das getan? Glaubst du?«

»Ach, so ist er nun mal«, sagte Peter. »Er benutzt einfach jeden. Gott, ich hasse ihn.«

»Ich hasse es, wie er dich behandelt.«

Peter sagte nichts.

»Ich liebe dich«, sagte ich. Wollte ich eigentlich gar nicht. Es kam einfach nur so raus.
»Ich liebe *dich*. Pass auf. In ein paar Monaten sind wir hier weg und können tun und lassen, was wir wollen.«
»Ich weiß«, sagte ich. Obwohl ich ganz aufgeregt war wegen dieser gegenseitigen Liebeserklärung, fühlte ich mich doch unsicher, weil Peter, der sonst immer so verschlossen ist, ausgesprochen hatte, was er für mich empfindet. »Vielleicht sollte ich lieber in mein Zimmer gehen«, sagte ich. »Danke, dass ich hier sein durfte.«
Er küsste mich auf die Nase. »Wann immer du willst. Ich dachte erst, ich träume. Ich stelle mir oft vor, dass du nachts einfach hier liegst.«
Ich lief rot an. »Na ja, wenn ich mal wieder unter Schlaflosigkeit leide ...«
Den ganzen nächsten Tag hab ich über Mom nachgedacht. Ich hatte immer geglaubt, dass wir uns nicht so verstehen, weil ich nicht so bin wie sie in meinem Alter, schön, überall beliebt, sportlich. Aber vielleicht ist es genau andersrum und sie sieht von alldem sehr viel mehr in mir als ich selbst.
Als ich am Samstag Daddy traf, versuchte ich darüber zu reden. Von meiner Befürchtung, dass ich mit Nelson genauso geflirtet hatte wie meine ganze Kindheit hindurch mit ihm, wollte ich aber lieber nichts sagen. Das Thema war mir zu heikel. Stattdessen brachte ich die Rede auf Mom, dass sie angespannt und traurig schiene.
»Sie ist eine Königin, der die Untertanen weglaufen«, sagte er.
»Was meinst du?«

»Aline verliert ihre Macht – ihr Aussehen, ihre Wirkung auf Männer, vielleicht auch Konzentrationsfähigkeit bei der Arbeit. Wie du weißt, kommt das in einem bestimmten Alter auf uns alle zu, aber Aline trifft es wohl besonders. Du stehst in der vollen Blüte deiner Jugend, während sie verwelkt.«

»Ich blühe nicht«, knurrte ich. »Warum sagen die Leute so was? Haben sie keine Ahnung mehr, wie es wirklich war? Es ist *schwer*, sechzehn zu sein. Es ist nicht so, dass Horden von Jungens um mich rumschwirren. In der Schule halten mich alle für exzentrisch. Wenn Peter nicht wäre …« Das war mir rausgerutscht. Ich brach ab.

»Wenn Peter nicht wäre – was wäre dann?«, fragte Daddy. Wie Mira entgeht ihm nichts.

»Ach, ich meine nur, es ist einfacher, weil er auch da ist. Nelson schreit *ihn* an, Mutter *mich*. Das gleicht sich aus.«

»Hättest du Lust, hier bei mir zu wohnen? Es würde mich sehr freuen, wie du weißt.«

Wenn Peter nicht wäre, hätte mich das gereizt. Ich hatte es mir schon tausendmal überlegt, aber jetzt wäre es mir so vorgekommen, als würde ich Peter im Stich lassen. »Ich komm schon durch«, sagte ich. »Peter und ich wollen nach Chicago fliegen, für mein Vorstellungsgespräch. Wir können bei seiner Mutter schlafen.«

»Grüß sie von mir«, sagte Daddy. »Ich mag sie sehr.«

Meine Fantasie baute sich einen neuen Schluss für diese ganze Geschichte zurecht: Daddy heiratet Peters Mutter und lebt glücklich und zufrieden mit ihr, während Mutter und Nelson … Na ja, ich ließ meiner Fantasie nicht allzu freien Lauf, teils weil es nicht sonderlich wahrscheinlich war, teils weil es mir zu gemein vorkam, mir zu wünschen, Moms neue Ehe würde zerbrechen.

Anfang März machten Peter und ich uns für die Reise nach Chicago fertig. Ich war froh wegzukommen, raus aus der Spannung zu Hause – und ich freute mich, mit Peter zusammen ein bisschen Zeit zu haben.

»Hat Hope Platz für euch zwei?«, fragte Mom. Sie war in mein Zimmer gekommen, während ich packte.

»Sie hat ein Klappsofa und Peter nimmt seinen Schlafsack mit.«

»Hoffentlich belastet ihr sie nicht zu sehr«, sagte Mom. Sie trug ihre Wochenend-Jeans und einen blassblauen Kaschmirpullover.

»Sie will, dass wir kommen. Hat sie gesagt.«

»Es ist nett von Peter, dass er mit dir kommt«, sagte Mom.

»Er wollte Hope sowieso besuchen«, erklärte ich. »Ich glaube, sie vermisst ihn sehr.«

Jetzt, wo Mom und ich so eine gespannte Beziehung haben, scheint alles, was ich sage, zwei Bedeutungen zu haben. Das hatte etwa so geklungen: Sie vermisst ihn und dir wäre es scheißegal, wenn ich ginge.

»Ja, Hope hat sich schon an ihn geklammert, als er noch ein Baby war«, sagte Mom. »Sicherlich ist das die Wurzel seiner Gewichtsprobleme und seiner Minderwertigkeitskomplexe.«

Die Art, wie Nelson ihn behandelt, hatte bestimmt auch einen Teil beigetragen, aber das sagte ich nicht. »Natürlich, die Mütter sind an allem schuld«, fuhr Mom fort. »Entweder wir lieben zu sehr oder zu wenig. In jedem Fall liegen wir falsch. Ich jedenfalls habe mein eigenes Leben geführt. Ich weiß, wer ich bin. Nelson sagt, dass er das an mir so mag.« Sie sah mich fast flehend an, wollte wohl, dass ich ihr bestätige, was für eine gute Mutter sie immer gewesen war. Ich hätte das gerne getan, hätte ihr sogar am liebsten erklärt, was zwischen Daddy und mir vorgegangen war und dass es mir Leid tat, sie damals ausgeschlossen zu haben. Aber es ging nicht.

Peter lugte ins Zimmer. »Fertig?« Um zwei Uhr nachmittags sollte es losgehen.

»Fast fertig.« Da fiel mir ein, dass mein Kosmetik-Koffer nur halb gepackt war und die Anti-Baby-Pillen noch in der Schublade lagen. Ich holte sie zusammen mit ein paar Tüchern raus, die ich unter meine Jeans stopfte.

»Nehmt ihr etwas Elegantes mit?«, fragte Mom. »Hope lädt euch vielleicht zum Essen ein.«

»Ich nehme mein schwarzes Kleid mit.« Ich hatte mir ein schwarzes Kleid im Katalog ausgesucht. Es lässt den Rücken frei; das ist wohl die einzige Möglichkeit, sexy auszusehen, wenn man vornerum nicht viel hat. Dazu trage ich immer eine echte Perlenkette, die mir Daddy zum letzten Geburtstag geschenkt hat. Dann habe ich so ziemlich die Eleganz erreicht, die bei mir möglich ist.

Nelson war nicht da, als wir aufbrachen, und Mom wollte gerade weggehen. Peter und ich warteten zusammen, während der Portier uns ein Taxi besorgte. »Scheiße. Ich hab mein Nachthemd vergessen«, sagte ich plötzlich.

Peter lächelte. »Na ja, vielleicht kannst du von Mom eins leihen.«

Es schien mir nicht so wahrscheinlich, dass wir es in der Wohnung seiner Mutter zusammen machen würden, ich war auch nicht sicher, ob ich das wollte. Außerdem war ich nervös wegen der Vorstellung am College. In Wesleyan hatte ich mich beim Vorstellungsgespräch wirklich bescheuert benommen, wie eines dieser verlogenen Mädchen auf unserer Schule, die ich hasse. Als man mich fragte, welchen Autor ich besonders mag, sagte ich ›Kafka‹. Das stimmt gar nicht, aber ich plapperte immer weiter von der Verwandlung in einen Käfer und wie gut ich mich in diese Situation einfühlen könnte.

»Du hast es gut«, sagte ich zu Peter, als wir im Taxi saßen. »Für dich ist alles klar. Du bist in einem guten College.«

»Ich bin auch froh«, sagte er. »Mensch, ich hoffe, College ist besser als High School. Hoffentlich sind die Leute netter.«

»Bestimmt gibt es mehr unterschiedliche Typen«, sagte ich. Darüber mache ich mir auch Sorgen. In der Schule kennt man mich wenigstens. Man hält mich für klug und weiß, dass ich Schauspieltalent habe. Mir graut davor, völlig neu anzufangen, mich erst beweisen zu müssen. Ich fasste ihn bei der Hand. »Ach, wäre ich bloß so gescheit, um nach Harvard zu können.«

»Na, wenn du dich im ersten Jahr anstrengst, kannst du vielleicht wechseln«, sagte Peter.

Wir schauten uns aufgeregt an. Darüber hatte ich nie nachgedacht. Dabei wechseln viele nach ihrem ersten Jahr. Wenn ich wirklich fleißig bin und als eine der Besten abschneide, zählt mein mäßiger Schulabschluss nicht mehr so. Aber dann fragte ich mich, ob es wirklich so toll sein würde, auf dem gleichen College zu sein wie Peter. Im College soll man neue Leute kennen lernen, die Flügel ausprobieren. Es könnte beengend werden, wenn Peter immer um mich rum ist. »Lass mich erst mal überhaupt ein College finden«, sagte ich, lehnte mich zurück und schloss die Augen.

Freundschaft zwischen den Geschlechtern

»Muriel hat eine Freundin, die Aufnahmeanträge bearbeitet«, sagte Mutter. »Vielleicht könnte sie …«

»Les ist nicht dumm, Mom«, sagte ich. »Sie wird's schaffen.«

Leslie hatte gerade ihr Vorstellungsgespräch; wir saßen solange in einer Cafeteria und warteten auf sie.

»Aber sie war so besorgt wegen ihrer Abschlussnoten«, sagte Mom. »Ich kann das verstehen, ich war früher wie gelähmt vor Angst, wenn ich solche Prüfungen hatte. Dabei hat das gar nichts zu sagen. Viele hoch talentierte Menschen versagen in Prüfungen. Schau dir nur Onkel Morgan an.«

Mom schien sich kaum verändert zu haben. Jedenfalls ging es ihr nicht schlechter. Die Wohnung, in der sie mit ihrer Freundin Muriel lebt, macht nicht viel her, wenn man sie an Dads und Alines Maßstäben misst, aber sie ist okay. Jede hat ein Zimmer, außerdem gibt es ein Wohn- und Esszimmer, da schlafen Leslie und ich. Eins ist witzig: Wenn Leslie offiziell meine Freundin wäre, hätte Mom sie garantiert in einem anderen Raum untergebracht. So aber hat Mom das Sofa auseinander geklappt, ich hab meinen Schlafsack genommen, sie hat ›Schlaft gut, Kinder‹ gesagt und die Tür zugezogen.

Wir haben aber gar nichts gemacht, diese Nacht, wir waren beide reichlich müde und haben nur eine Weile Händchen gehalten und rumgeknutscht. Irgendwie würde ich gern das ganze nächste Jahr einfach nur mit Leslie im Bett liegen und das College und den Job im Institut und alles vergessen. Sie scheint da viel wechselhafter zu sein. Mal ist sie warm und leidenschaftlich und dann ist sie plötzlich wieder ganz woanders und hat tausend andere Sachen im Kopf. Es wäre toll, wenn sie mehr wie ich wäre, wenn ihr Sex auch so viel bedeuten würde.

Mom sagte: »Ich glaube, du hast etwas abgenommen, Schatz. Oder?«

»Etwas.« Ich habe mir vorgenommen bis Juni wirklich dünn zu sein. Vielleicht werde ich einmal die Woche fasten. Bis jetzt hat es nämlich nicht so überragend geklappt.

»Ich hab auch abgenommen«, sagte Mom. »Aber nur, weil ich mir so viel Sorgen mache. Peter, diese Kurse sind so schwer! Ich bin geistig nicht mehr auf der Höhe. Jahrelang habe ich außer Briefen an Freunde nichts geschrieben und plötzlich soll ich fünfundzwanzig Seiten über die französischen Impressionisten zusammenkriegen. Furchtbar. Aber andrerseits ist es auch gut, dass ich gefordert werde.«

»Was wirst du machen, wenn du den Abschluss hast?«, fragte ich. »Ich hab gehört, dass es für Lehrer gar nicht so leicht ist, eine Stelle zu kriegen.«

»Ich weiß. Aber ich kann ja hinziehen, wo ich will, jetzt wo du erwachsen wirst. Und es gibt auch Stellen in Museen. Ich weiß nicht. Ich sollte vielleicht in Panik geraten, weil alles so ungewiss ist, aber stattdessen finde ich es aufregend. Wer weiß, in zehn Jahren bin ich vielleicht dankbar dafür, dass Nelson …« – sie verzog das Gesicht – »… mich emanzipiert hat.« Sie sah mich besorgt an. »Und du? Geht alles klar?«

»Na klar, alles okay. Es gibt eine Menge Spannungen, aber meistens bin ich ja nicht da.«

Mom setzte die Kaffeetasse ab. »Was für Spannungen?«

Ich zögerte. »Hauptsächlich zwischen Leslie und ihrer Mutter, aber auch … ich hab mehr und mehr das Gefühl, sie hätten uns lieber nicht bei sich.«

»Na ja«, sagte Mom. »Die Rolle des treusorgenden Familienvaters war nie Nelsons Stärke. Über Aline weiß ich natürlich nicht so Bescheid, aber sie schien immer sehr berufsbesessen zu sein. Was soll ich sagen? Insgeheim wünsche ich mir ja, dass es ihnen schlecht geht, und ich hasse mich selbst, weil ich so gemein bin.«

»Ich glaub auch nicht«, sagte ich, »dass sie so glücklich sind. Aber man kann's aushalten, da hattest du Recht.«

Mom schaute mich sehr mütterlich an. »Und hast du Freundschaften? Gehst du aus?«

Ich lachte. »Mit wem?«

»Hat dir Leslie nicht ein paar ihrer Freunde vorgestellt?«

»Mom, mach dir keine Sorgen. Ich komme schon klar.«

»Das weiß ich«, sagte sie schnell. »Vor allem weiß ich, dass mit dir alles gut enden wird. Die Frau, die dich einmal heiratet, hat Glück. Ich meine nur, dass es vielleicht … wenn du jemanden hättest, ein Mädchen … na ja, es ist ja auch so was wie eine Bestätigung. Das ist wichtig.«

Ich wurde rot. »Ich weiß.« Ein paar kurze Bettszenen mit

Leslie schossen mir durch den Kopf. In diesem Augenblick sah ich sie kommen.
Mom drehte sich zu ihr hin und schaute sie an. »Und, wie war's?«
Leslie setzte sich neben mich. Sie war rot vor Aufregung. »Ich glaube, es ist gut gelaufen. Sah ganz so aus, als ob er mich mag. Er hat auch mal auf der Bühne gestanden. Zwar musste er die Schauspielerei aufgeben, als es ans Geldverdienen ging, aber er kennt die *Barretts*. Hat das Stück mal gesehen. Wir haben uns so gut unterhalten.«
»Wie wunderbar«, sagte Mom. »Würdest du denn gerne nach Chicago kommen?«
»Jetzt schon«, sagte Leslie. »Hier werden offenbar viele gute Seminare angeboten.«
»Muriel hat hier studiert. Sie kann dir alles erzählen.«
Später sind wir essen gegangen, in ein Fisch-Restaurant. Ich ging in Anzug und Krawatte. Leslie trug dieses aufreizende schwarze Kleid. Ihre gute Laune vom Vorstellungsgespräch hielt immer noch vor. Muriel, Moms Freundin, ist klein und rund und hat krauses, graues Haar. »Ach, ihr zwei, ihr habt's gut«, sagte sie, nachdem wir bestellt hatten. »Ich hatte noch vier Schwestern, aber ich hab mir immer einen Bruder gewünscht, mit dem ich über alles reden könnte. Und Dorothy, meine arme Tochter, ist ein Einzelkind. Hatte auch nie einen Bruder.«
»Dorothy ist in Harvard«, sagte Mom. Sie saß neben Muriel, Leslie und mir gegenüber. »Im zweiten Jahr.«
»Du musst dich mal mit ihr verabreden«, sagte Muriel zu mir. »Ich hab ihr von dir erzählt, Peter. Sie will ihren Doktor in Biologie machen. Ich könnte mir vorstellen, dass ihr

beide viel Gemeinsames habt. Oh, Moment – ich glaub, ich hab ein Foto von ihr.« Sie wühlte in ihrer Handtasche, zog einen Schnappschuss hervor und gab ihn mir. Dorothy ist, mal vorsichtig ausgedrückt, eine Wahnsinnsfrau. Sie hat schulterlange, blonde Haare und einen weichen, fast lasziven Zug, ein bisschen so wie Ingrid Bergman.
»Sie trägt jetzt Kontaktlinsen. Also, ich finde, so sieht sie viel besser aus«, sagte Muriel. »Oder?«
»Na klar«, sagte ich. »Sie ist prächtig.« Das meinte ich ganz ehrlich.
Leslie riss mir das Foto aus der Hand. »Na ja«, sagte sie. »Sie sieht gesund aus.«
»Gesund ist sie leider nicht«, sagte Muriel. »Sie ist so oft krank gewesen. Ich bin jedenfalls froh, dass du ihr Äußeres magst, Peter. Nicht dass es so wichtig wäre, aber es hat schon seine Bedeutung.«
Les starrte mich immer noch böse an. »Und ich dachte, du magst keine Blonden?«
»Wer, ich? Nein, ich bin kein …« Kostverächter, hätte ich fast gesagt, änderte es aber lieber in »Dogmatiker in diesen Dingen«.
»Das höre ich zum ersten Mal«, fauchte Leslie.
»Dorothy hatte einen sehr netten Freund, aber sie haben sich grade getrennt«, fuhr Muriel fort. »Wisst ihr, sie konzentriert sich so auf ihr Studium und sie findet, dass sie einen Freund braucht, der das versteht. Ich dachte mir, jemand, der sich auch mit Naturwissenschaften beschäftigt, könnte das verstehen.«
Sie guckten mich alle drei an. »Sicher, das hört sich gut an. Ich arbeite auch ziemlich intensiv.«

»Dorothy muss unglaublich klug sein, sonst wäre sie in Harvard nicht angenommen worden«, sagte Mom. »Ich hab gehört, dass die Auswahl bei Frauen noch viel strenger ist als bei Männern.«

»Oh, sie ist so intelligent«, rief Muriel. »Wenn sie nicht so attraktiv wäre, hätte ihr das Probleme bereitet.«

»Diese Zeiten müssten doch vorbei sein«, sagte Mom, »dass Männer von intelligenten Frauen abgeschreckt sind.«

»Jetzt sind sie nur noch abgeschreckt. Punkt, aus«, sagte Leslie.

Mom lächelte. »Hoffentlich nicht alle.«

Leslie nippte an ihrem Weißwein. »Die, die ich getroffen habe, schon«, sagte sie abschätzig.

Offenbar war ich auch gemeint. Bei ihrer Stimmung blickte ich nicht ganz durch. Am Nachmittag war sie so locker gewesen.

»Auf der High School ist es nicht leicht«, sagte Muriel. »Im College wirst du sicherlich jemanden treffen, der mehr ... Meinst du nicht, Hope?«

»Aber sicher«, sagte Mom herzlich. »Du wirst Scharen von Verehrern haben. Ich finde, dass Leslie dieser Schauspielerin ähnlich sieht, die wir neulich gesehen haben. Wie hieß sie doch gleich? Nastassja Kinski?«

»Das haben schon mehrere gesagt«, sagte Leslie.

»Findest du nicht, Peter?«, fragte Mom. »Vor allem ihre Augen.«

»Doch, schon.« Ich versuchte diplomatisch zu bleiben.

Leslie schnaubte.

»Aber wisst ihr«, sagte Muriel, »lassen wir mal die romantischen Dinge beiseite. Ich finde Freundschaften zwischen den Geschlechtern so wichtig. Vor allem in eurem Alter. Meinst du nicht, Hope? Und ihr beiden habt eine solche Freundschaft.«

Leslie und ich sahen uns an. Ich hob mein Glas. »Auf die Freundschaft«, sagte ich spöttisch.

Leslie stieß mit mir an. »Auf das Geschlechtsleben«, sagte sie herausfordernd. »Scheiß-Freundschaft.«

Mom und Muriel lachten nervös. »Na ja, von beidem etwas ist die beste Mischung, wenn ihr mich fragt«, sagte Muriel. »Wenn du schon glaubst, dass es für dich schwer ist, dann versuch dir mal vorzustellen, wie das in unserem Alter ist.«

»Jemand wollte mich mit einem Mann meines Alters zusammenbringen, der noch nie verheiratet war«, sagte Mom. »Er hat sich den ganzen Abend hinter einer Topfpflanze versteckt, weil er das so beleidigend fand. Offensichtlich sollen wir ab vierzig ins Kloster gehen.«

»Früher habe ich immer versucht solche Männer zu ändern«, sagte Muriel. »Wollte sie zur Einsicht bringen. Jetzt hab ich's aufgegeben.«

Ich hatte einen Riesen-Hummer bestellt. Er war erstklassig. Ich beschloss mich aufs Essen zu konzentrieren und Leslie und ihre Launen zu vergessen. Danach hab ich mir mit Mutter einen Käsekuchen mit Schokolade geteilt. Der war ebenfalls köstlich.

Als wir zur Wohnung zurückkamen, war es fast elf. Muriel und Mom wollten gleich ins Bett, Leslie und ich gingen ins Wohnzimmer und machten die Tür zu.

»Für dich ist ja dann die nächsten Jahre bestens gesorgt«, sagte Leslie. »Wie vorprogrammiert. Hört sich toll an.«

»Was?«
»Vergiss es.« Sie kickte die Schuhe weg.
»Du warst so gut drauf heute Nachmittag.« Ich sah zu ihr rüber. »Was ist passiert?«
»Du hast dich wie ein Ferkel aufgeführt«, sagte sie. »Es war ekelhaft.«
»Warum darf ich keinen Käsekuchen essen, wenn mir danach ist?«, fragte ich und ließ mich verteidigungsbereit auf die Couch fallen. »Mit Schokolade mag ich ihn am liebsten.«
»Ich rede nicht von Käsekuchen, das weißt du ganz genau«, sagte sie. »Ich rede davon, wie du dieses bescheuerte Foto angeglotzt hast.«
»Ich habe einfach versucht höflich zu sein. Wahrscheinlich werde ich sie sowieso nicht kennen lernen.«
»Ach ja? Ich dachte, das Aufgebot sei schon bestellt.«
Plötzlich kam mir die Idee, Leslie könnte eifersüchtig sein. Es schien mir unwahrscheinlich, vor allem wo ich das Mädchen noch nie gesehen hatte und mich auch überhaupt nicht um sie scherte. »Bist du eifersüchtig?«, fragte ich vorsichtig.
»Auf wen? Wieso? Wir sollten uns nichts vormachen. College, das ist für uns beide ein neuer Anfang. Wir werden neue Leute kennen lernen.«
»Das heißt aber nicht, dass wir uns nicht sehen werden.« Ich ging rüber und setzte mich neben sie. »Ich liebe dich doch.« Leslie hat gesagt, dass sie nie weiß, wie ich zu ihr stehe. Das kann ich kaum glauben. Ich bin davon ausgegangen, dass es schon fast lächerlich war, wie offensichtlich meine Gefühle waren, aber das schien nicht zu stim-

men. Also hab ich versucht das, was ich empfinde, mehr mit Worten auszudrücken. Das ist schwer.
»Zwei Einzelgänger, für das andere Geschlecht offensichtlich uninteressant, treiben es ein paar Mal zusammen und nennen es Liebe, um sich von aller Schuld reinzuwaschen.«
»Das ist zynisch.«
»Komm, wir waren ein paar Mal zusammen im Bett. Dafür müssen wir uns doch nicht schämen.«
»Wer schämt sich denn? Mir ging's doch nur darum, mit jemandem ins Bett zu kommen. Das war alles.«
Plötzlich änderte sich ihr Ausdruck. Sie sah mich prüfend an. »Bin ich gemein?«
»Absolut.«
»Habe ich dich verletzt?«
»Natürlich.«
Sie legte den Kopf auf meine Schulter. »Tut mir Leid. Es ist nur, weißt du, ich will im letzten Schuljahr nicht zu so einer perversen Sexsüchtigen werden.«
»Wirst du auch nicht«, sagte ich, unglaublich beruhigt, weil sich ihre Stimmung noch mal geändert hatte.
»Also, ich halte Sex schon für wichtig«, sagte Leslie, »aber er verwirrt mich auch. Ich bin noch nicht dahinter gekommen, was ich davon halten soll.«
»Du solltest nicht so viel nachdenken.« Ich lehnte mich rüber und küsste sie. Es war ein langer, zärtlicher Kuss.
»Bin ich zu klug?«, fragte Leslie sofort, nachdem sich unsere Lippen wieder getrennt hatten. »Schüchtere ich dich ein?«
»Vierhundert Punkte in der letzten Matheprüfung? Sehe

ich so aus, als ob man mich leicht einschüchtern könnte?«
Leslie lachte. »Küss mich noch mal.«
Dieser Kuss dauerte noch viel länger. Als wir uns wieder voneinander lösten, schaute ich auf und sah Mom in der Tür stehen. Es gab eine lange, schreckliche Stille.
»Ich wollte nur sagen ... ich hatte gedacht, wir könnten morgen ins Museum gehen«, sagte Mom. »Es macht um zehn auf. Wir könnten dort frühstücken.«
Mir wurde schwach. »Toll«, sagte ich.
»Schlaft gut«, sagte sie und schloss die Tür.
Leslie fiel über mich her. »Auch das noch! Deine Mutter hat mich immer gemocht. Aber jetzt wird sie mich für eine verdorbene Schlampe halten, wie meine Mutter.«
»Mom ist nicht so«, sagte ich, obwohl ich selbst unsicher war. »Und deine Mutter ist keine Schlampe.«
»Du bist mein Stiefbruder«, heulte sie auf. »Wer schläft denn mit seinem Stiefbruder?«
Ich legte den Arm um sie. »Leslie, das ist eine rein formale Sache. Was können wir dafür?«
»Ich weiß nicht, Peter. Ich denke schon, dass wir irgendeine Kontrolle haben sollten über unsere ...«
»Niederen Triebe?« Ich versuchte sie wieder zu küssen.
»Peter, bitte bleib ernst. Was, wenn deine Mutter deinen Vater anruft und ihm davon erzählt?«
»Machst du Witze? Sie reden praktisch nicht mehr miteinander.«
»Ja, aber sie könnte es doch versuchen. Um ihm einzureden, er sei schuld.«
Leslie versteht es hervorragend, mir Angst zu machen.

Aber ich versuchte immer noch mich an das Wahrscheinliche zu halten.

»Krieg dich wieder ein, Les. Okay? Mom ist in Ordnung. Vielleicht hat sie gar nicht gesehen, wie wir uns geküsst haben. Wenn sie ihre Kontaktlinsen nicht trägt, ist sie so gut wie blind.«

»Daran hatte ich nicht gedacht. Meinst du, sie hatte sie schon rausgenommen?«

»Wahrscheinlich. Mach dich nicht verrückt. Okay?«

»Okay.« Wir zogen die Couch auseinander und putzten uns die Zähne. Die Tür zu Moms Zimmer war zu. Als wir im Bett waren, sagte Leslie: »Ich weiß nicht, ob mir danach ist.«

»Wir können ja einfach ein bisschen Fingerübungen machen«, sagte ich und griff unter ihr Nachthemd, das sie sich von Mom geliehen hatte.

»Meinst du wirklich, dass ich Nastassja Kinski überhaupt nicht ähnlich sehe? Nicht mal ein bisschen?«

»Du siehst ihr ziemlich ähnlich.« Ich liebe Leslies Brustwarzen, sie sind so rund und weich.

»Beim Essen hast du was anderes gesagt.«

»Ach, da hab ich gar nicht richtig zugehört.« Ich begann ihren Hals zu küssen.

»Peter, du lenkst mich total ab. Du machst mich ganz heiß. Es war nur von Fingerübungen die Rede.«

»Na also. Hier ist mein Finger.«

»Das soll dein Finger sein?«

Wir haben uns geliebt und nach einer Weile merkte ich, wie Leslie ihr Gehirn abschaltete und mit der Grübelei aufhörte. Komisch. Es war, als ob ich in ihrem Kopf säße und richtig sehen könnte, wie sie loslässt, wie jemand, der vom Seil springt und sich in den freien Raum fallen lässt.

Mom sagte nichts über Leslie und mich am nächsten Morgen. Vermutlich hatte sie wirklich nichts gesehen und dachte, wir hätten uns intensiv unterhalten. Wahrscheinlich sehen die Menschen meistenteils sowieso nur das, was sie sehen wollen.

Als wir im Museum frühstückten, wurde Leslie von Muriel und Mom über das Stück ausgefragt und ob sie gerne mitspielte, und sie hat alles noch mal erzählt, wie gern sie die Elizabeth Barrett Browning gespielt hätte. »Aber na ja«, sagte sie, »ein Mädchen von uns ist lesbisch und die wollte den Browning spielen, also hat wohl keiner seine Lieblingsrolle bekommen.«

»Vielleicht fliegen Hope und ich rüber, um es uns anzusehen«, sagte Muriel. »Ich will Dorothy im Frühjahr besuchen.«

»Also, mich könnten keine zehn Pferde auf eine Bühne kriegen«, sagte Mutter. »Ich habe Nelson und Morgan immer so bewundert, Morgan vor allem. Einmal hat er den Hamlet gespielt und am selben Tag auch noch den Ernest in dem Stück von Oscar Wilde. Er hat ein so unglaubliches Repertoire.«

»Wie geht es ihm?«, fragte Leslie.

Mom schaute weg. »Nicht so gut. Ich weiß nicht, wie viel Zeit ihm noch bleibt.«

Ich musste an den Sommer denken, an Leslie und ihren Vater und wie er mit Onkel Morgan und Mutter Scrabble gespielt hatte. Vielleicht war es sein letzter Sommer gewesen.

Im Museum haben wir uns eine Picasso-Retrospektive angeschaut, aber ich habe mich nicht so auf die Bilder konzentriert. Ich musste über gestern Abend nachdenken, darüber, wie schnell Leslie von einer Stimmung in die andere rutschen kann. Es macht mir manchmal Angst, weil es ohne Vorwarnung passiert. Jedes Mal wenn wir etwas geklärt haben, denke ich, dass es jetzt gut laufen müsste, und ein paar Tage später dreht sie aus irgendeinem Anlass wieder völlig durch. Aber während wir durch die Ausstellung liefen, sprach sie mit meiner Mutter und ihr Gesicht war ruhig und gelöst.

Studien zur Frauenbewegung

Nach dem Vorstellungsgespräch in Chicago war ich schon zuversichtlicher, was das College angeht. Ich glaube, es ist gut gelaufen. Sie werden mich wohl nehmen. Natürlich ist die Vorstellung von einer New-England-Uni in traumhafter Lage reizvoll, aber ich würde die Stadt-Atmosphäre vermissen. Chicago macht keinen so aufregenden Eindruck wie New York, ist aber doch ähnlich genug, dass ich mich dort heimisch fühlen kann.

Dieses Semester habe ich einen Kurs belegt, der sich *Studien zur Frauenbewegung* nennt. Unsere Lehrerin, Annie Mason, ist jung und lebendig, frisch vom College. Sie trägt eine Brille ohne Fassung oder Bügel. Sie hat uns gesagt, wir sollten sie beim Vornamen nennen. Trotzdem habe ich mich heute im Unterricht unwohl gefühlt, vor allem gegen Ende. Es begann damit, dass wir definieren sollten, was eine Feministin ist, und jeder hatte eine andere Meinung. Petra behauptete, Gloria Steinem wäre keine ›echte Feministin‹ gewesen, weil sie sich geschminkt und sich Strähnen ins Haar gefärbt hat.

»Das ist doch oberflächlich«, sagte Mira. »Es gibt tausend andere Gründe, sich zu schminken. Nicht nur den, Männern gefallen zu wollen.«

»Zum Beispiel?«, wollte Petra wissen.

»Es ist wie Theaterspielen«, sagte Mira. »Weißt du, manchmal wache ich morgens auf und will wie einer der drei Musketiere aussehen oder wie die Garbo oder sonst wer. Sich schminken heißt doch auch, mit der eigenen Identität zu spielen. Ich glaube gar nicht mal, dass Männer davon so viel mitbekommen.«

Ich war froh, als Mira das sagte, denn ich liebe Make-up, vor allem um die Augen rum. ›Natürlich aussehen‹ ist eine feine Sache, wenn man sich über seine Erscheinung sicher ist. Bin ich aber nicht, und mit geschminkten Augen sehe ich viel besser aus. Annie erzählte von einer ihrer Schwestern, die Nonne geworden ist. Die hat erzählt, dass sich selbst die Frauen im Kloster um ihr Äußeres sorgen, obwohl sie mit Christus vermählt sind. »Für viele Frauen ist es eine Möglichkeit, sich selbst darzustellen«, sagte Annie.

»Wenn sie sich ohne Make-up minderwertig fühlen, dann deshalb, weil die Gesellschaft ihnen einredet, dass sie der letzte Dreck sind. Mehr ist die Frau in unserer Gesellschaft doch nicht. Frauen untereinander lieben sich wegen ihrer Persönlichkeit.« Petra sah uns herausfordernd an.

Das Komische dabei ist, dass uns die meisten Jungens bestimmt schon alle für hartgesottene Emanzen halten, aber für Petra gingen wir nicht weit genug, um echte Feministinnen zu sein. Es war aber nicht der Streit ums Make-up, der mich so beschäftigt hat. Das fing erst an, als jemand eine Definition für Feminismus vorschlug: Emanzipiert ist eine Frau, wenn sie nicht sexuell von Männern abhängig ist.

»Was heißt nicht abhängig?«, fragte ich verstört. »Muss man dafür lesbisch sein?«

Dazu konnte Petra natürlich Ja sagen, aber Alida Hirsch meinte, man könne mit einem Mann eine sexuelle Beziehung haben ohne von ihm abhängig zu werden.
»Kannst du erklären, wie du das meinst?«, fragte Annie.
Alida ist eine Lange mit schwarzen Locken und Hamsterzähnen. »Na ja, mal angenommen, ich hab einen Freund und wir schlafen zusammen und alles, aber ich würde nicht kaputtgehen, wenn er Schluss macht. Also, ich mein das so: Wir mögen uns, Sex ist uns beiden wichtig, aber ich muss nicht unterwürfig werden und mich erniedrigen.«
Annie machte uns immer Mut, auch ganz persönliche Dinge von uns zu erzählen, wenn sie wichtig sind, aber mir fällt das schwer.
»Und wie willst du den Unterschied bemerken?«, fragte ich, als ob mich die Frage gar nicht berühren würde. »Woran merkst du, dass du abhängig bist?«
Bryna meldete sich. »Wenn's dir schlecht geht, weil er sich nicht meldet, wenn die Welt untergeht, wenn du ihn mit einem anderen Mädchen siehst. Wenn du dir vorstellst mit ihm zu schlafen, während du eigentlich Mathe-Hausaufgaben machen wolltest.«
Alles lachte.
»Das scheint ein weit verbreitetes Problem zu sein, wenn man euch so zuhört«, sagte Annie. »Stimmt das?«
Es war wie meistens in den Kursen zur Frauenfrage: Die Diskussion war interessant, aber kein Problem konnte gelöst werden. Bestimmt hat jeder seine eigene Definition von Feminismus, und wer gerne emanzipiert sein möchte, biegt sich seine Definition so zurecht, dass sie passt. Aber ich *hasse* es, von Peter so abhängig zu sein. Ich hasse es, wie

ich am Wochenende auf diese Dorothy eifersüchtig geworden bin. Peter behauptet, ihm ginge es genau wie mir, ich hätte ihn in der Hand und es würde ihn mitnehmen, wenn ich wütend bin, ob er's nun zeigt oder nicht. Aber das ist es ja. Er zeigt es nie. Er behält alles für sich und das gibt ihm eine Art Überlegenheit.
Ich frage mich, was es mit Sex auf sich hat. Ist das hormonell bedingt oder wie? Du machst es, diesen Akt, und dann wird es etwas ungeheuer Wichtiges. Manchmal sitze ich in der Klasse und merke, dass ich an Peter denke und mir vorstelle mit ihm im Bett zu sein. Nachts träume ich sogar richtig von ihm. Zu Mira habe ich doch auch eine enge Beziehung. Wir haben über mehr Dinge geredet, als ich je mit Peter besprochen habe, aber wenn sie nicht mehr meine Freundin wäre, würde die Welt noch lange nicht untergehen. Mir ist das alles so zuwider.
Ich sollte mich nicht verrückt machen, sagte Mira auf dem Nachhauseweg. Dieses Gefühl der Abhängigkeit wäre ganz normal und Petra sei viel zu dogmatisch. »Sag mal, wann lerne ich Peter eigentlich mal kennen?«, fragte sie. Seit sie wusste, dass wir miteinander schlafen, wollte sie ihn kennen lernen.
»Wie wär's mit diesem Wochenende?«
Wir verabredeten uns für Samstag zum Abendessen. Wir wollten einfach zu dritt rumsitzen und reden oder ins Kino gehen, wie wir gerade Lust hätten.
Als Mira am Samstag erschien, versuchte ich mich an das zu erinnern, was sie über Make-up gesagt hatte, dass es einfach witzig wäre und nicht nur dafür da, Typen zu gefallen. Ich achte nicht mehr so darauf, wie Mira aus-

sieht, vielleicht weil ich mich schon so an sie gewöhnt habe oder weil sie sich für die Schule nicht so rausputzt. Aber für diesen Abend hatte sie tonnenweise graugrünen Lidschatten aufgetragen, trug einen großen Schlapphut, knallenge Jeans, einen wahnsinnigen Samtpulli in Türkis, der gerade mal ihre Hüften streifte, und Stiefel mit superhohen Absätzen. Als ich die Tür öffnete, zwinkerte sie mir zu. »Ich bin auf Beute aus«, sagte sie und lachte.

Es sah ganz so aus, als ob sie schon ein paar Drinks gehabt hätte. Mira sagt, dass ihre Mutter eine ›ziemliche‹ Trinkerin sei, und manchmal trinkt Mira mit, um ihr Gesellschaft zu leisten. Sie behauptet, sie könnten beide viel vertragen, und das stimmt auch. Mira war schon blau in der Schule, aber das weiß ich nur, weil sie es mir erzählt hat – sonst hätte ich nichts gemerkt. Allerdings wird sie betrunken noch theatralischer als sonst; das ist das Einzige, was ich daran nicht mag. Ich hatte mir den Abend so vorgestellt, dass wir drei einfach rumsitzen würden, also trug ich nur Jeans und Pullover, nichts Schickes. Ich nahm Miras Jacke und sie fegte an mir vorbei in die Küche.

Peter war drin und bereitete Muschelsoße für die Spaghetti zu.

»Hallo, Peter«, sagte Mira. »Ich bin die fantastische Mira, von der du schon so viel gehört hast.«

»Magst du Muschelsoße?«, fragte Peter, der unerschütterlich weiterhackte.

»Klar, ich esse alles«, sagte Mira und steckte einen Finger in die Schüssel.

Peter lächelte sie an. »Sehr gut. Das Essen wird nämlich

toll, wenn ich mal in aller Bescheidenheit eine Prognose geben darf.«

Beim Essen haben wir dann derbe reingehauen, Spaghetti, Knoblauchbrot, Rotwein, Salat mit Käsesoße. »Du bist also eine Art Wissenschaftler?«, fragte Mira. Sie trug immer noch ihren Hut, den sie verführerisch ins Gesicht gezogen hatte.

Peter erklärte das Experiment, an dem er arbeitete, irgendwas mit Gen-Forschung. »Ich versuche immer noch, die DNS zu isolieren«, sagte er. »Ein reichlich komplizierter Vorgang.«

»Heißt das, dass du am Ende so was auch mit Menschen machst?«, fragte Mira. »Ist das nicht gefährlich oder moralisch bedenklich oder so?«

»Nein«, sagte Peter geduldig. »Ich arbeite nur mit Taufliegen. Kann sein, dass diese Sachen einmal auch mit Menschen gemacht werden, aber das ist noch lange hin.«

»Ja, aber darum geht es doch gerade«, sagte Mira. »Sollte man über Sachen, die noch lange hin sind, nicht schon heute nachdenken? Denk mal an die Leute, die die Atombombe konstruiert haben. Die haben sich vielleicht dasselbe gesagt. Alles halb so schlimm. Und bevor sie's richtig gemerkt hatten, wurden ein paar Millionen Menschen umgebracht.«

Peter schüttete sich Wein nach. »Jedes Wissen kann missbraucht werden«, sagte er. »Es gäbe gar keine Wissenschaft, wenn alle nur Angst hätten, wo das hinführen kann.«

»Mein Vater war Wissenschaftler«, sagte Mira. »Kann sein, dass ich deshalb Vorurteile habe. Er war so ein verklemmter, gemeiner, gefühlloser Schweinehund. Du siehst aber ganz nett aus.«

Peter lächelte ironisch. »Danke.«

»Na ja«, sagte Mira. »Verglichen mit einigen der Gestalten, mit denen dieses Mädchen hier zu tun hatte, hast du den Nobelpreis verdient.«

»Ich höre«, sagte Peter lächelnd.

»Hör auf, Mira«, sagte ich. Jetzt hatte sie zu alldem, was sie ohnehin schon drinhatte, noch eine drittel Flasche Wein in sich reingeschüttet.

»Ich denke nur an diesen bescheuerten Lehrer, den wir vor zwei Jahren hatten. Er sagte, Les erinnere ihn an ein präraffaelitisches Gemälde. Das war, bevor sie ihre Haare abschnitt. Und dann dieser Kerl beim Tanz. Weißt du noch, Les? Der mit dem Schnurrbart. Der dachte, *Swept Away* wäre der geilste Film aller Zeiten. Oder – warte – kennst du noch den, der …«

»Wann wirst du diesen Hut absetzen?«, fragte ich sie. Ich war wirklich sauer. Wenn ich die Typen aufgezählt hätte, mit denen sich Mira schon eingelassen hatte, hätten wir ein paar geruhsame Abende verbringen können.

»Was hast du gegen meinen Hut?«, fragte Mira. »Du, Peter, magst du meinen Hut?«

»Ist ein toller Hut«, sagte Peter ernst. Er starrte sie an.

»Na also!«, trumpfte Mira auf und schwang ihren Hut. »Toller Hut, tolles Mädchen.«

»Ich dachte, du würdest dich für dich selbst schön machen, nicht für Männer«, bemerkte ich schnippisch.

Mira lachte. »Ist dies ein Kurs zu Frauenfragen oder das, was beschönigend das ›richtige Leben‹ genannt wird?« Sie ging zum Spiegel im Flur. »Mira, Mira, an der Wand, wer ist die Schönste im ganzen Land?«

Ich lief hinter ihr her. »Mira. Es reicht.«

Mira nahm ihren Hut ab und gab ihn mir. Sie schüttelte den Kopf und ihr taillenlanges blondes Haar fiel herab. »Zufrieden?« Zu Peter sagte sie: »Mein Leben ist hauptsächlich darauf ausgerichtet, dieses Mädchen glücklich zu machen. Und sie ist schwer zufrieden zu stellen.«

»Erzähl mir davon«, sagte Peter.

»Sie ist dermaßen kritisch«, sagte Mira und folgte ihm in die Küche. »Es gibt Tage, an denen ich tun kann, was ich will – sie glotzt mich immer böse an.« Mira machte nach, wie ich sie anglotzte.

»Ein Glück, dass ich dich getroffen habe«, sagte Peter. »Ich dachte immer, das liegt an mir. Ich dachte, dass …«

»Nein«, unterbrach ihn Mira. »Dieses Mädchen ist manchmal eine Hexe, aber sie ist es aus Liebe. Sie liebt uns genauso, wie wir sie lieben, stimmt's, Les?«

»Nein!«, schrie ich. »Falsch. Ihr beide benehmt euch idiotisch. Mir wär's am liebsten, wenn ihr heimgehen würdet.«

Peter schaute mich kläglich an. »Ich bin hier zu Hause.«

Mira umarmte ihn. »Was für ein süßer Kerl! Peter, ist Leslie deine erste große Liebe? Komm, erzähl uns von deinem Liebesleben in … wo war das noch? Westport? Gibt es so was in Westport?«

»Mira, hörst du jetzt auf?«, sagte ich verzweifelt. Peter ist so was von verschlossen – ich war sicher, er würde gleich aus dem Zimmer gehen.

»Leslie ist die Erste«, sagte Peter und setzte das Kaffeewasser auf. »Ich habe nie mit Mädchen … Kontakt gehabt.«

»Mensch«, sagte Mira gedankenverloren. »Erste Liebe. Das kenn ich. Das haut rein. Weißt du noch, die Geschichte mit Jacques?«, fragte sie mich.
»Nein«, sagte ich gehässig. »Wer war das?«
Aber Mira wandte sich einfach wieder Peter zu. »Mit fünfzehn war ich mit dem Schüleraustausch im Ausland und habe dort einen Franzosen kennen gelernt. Er war so alt wie ich. Besser gesagt, er war der Sohn meiner Gastfamilie. Es war ganz gut eingerichtet, seine Eltern schliefen nämlich im ersten Stock und wir im zweiten. Also bin ich eines Nachts mehr oder weniger auf ihn draufgesprungen, ganz still und schüchtern. Und, na jedenfalls, es war ein Wahnsinns-Sommer.«
»Mit fünfzehn«, sagte Peter und pfiff anerkennend. »Doch, das ist eindrucksvoll. Mit fünfzehn hab ich noch Modellbausätze zusammengebaut.«
Mira lächelte verträumt und spielte mit ihrem Haar. »Ich lebe nach dem Lustprinzip«, sagte sie. »Ich krieg nie genug. Ich mache, was ich will, damit tue ich wenigstens mir einen Gefallen. Immer noch besser als meine Mutter, die ihr Leben damit verschissen hat, andere Leute glücklich zu machen.«
»Du machst einen so offenen Eindruck«, sagte Peter und schaute sie verklärt an.
»Das bin ich auch«, sagte Mira. »Ich sage und tue das, was ich will. Dieses Mädchen hier hingegen behält alles für sich, außer auf der Bühne.«
»Was bist du für eine Angeberin, Mira«, sagte ich wütend. Warum nannte sie mich ständig ›dieses Mädchen‹?
Mira schaute Peter unschuldig an. »Ist mein Verhalten un-

angenehm? Sag's mir. Denn wenn es so wäre, würde ich auf der Stelle gehen.«

»Du bist wunderbar«, sagte Peter. »Hi, Les, warum trinkst du deinen Wein nicht aus? Er wird noch schlecht.« Er nuschelte langsam vor sich hin.

»Wir trinken gleich Kaffee«, sagte ich. »Ich will keinen Wein. Ich will nicht so betrunken werden wie ihr zwei.«

»Sie hält uns für betrunken«, sagte Mira. »Ich bin nicht betrunken. Du etwa, Peter?«

»Oh, vielleicht ein bisschen«, sagte Peter. »Aber ich habe mich noch in der Gewalt.« Er kam zu mir rüber. »He, Les. Sag was. Bist du okay?«

Ich drehte mich weg. Die beiden hatten mich so verletzt. Mir war zum Heulen.

»Sie glaubt, dass ich mit dir flirte«, sagte Mira. »Das stimmt nicht. Oder flirte ich mit dir, Peter?«

»Nein«, sagte Peter. »Aber selbst wenn, würde es nichts machen. Denn unsere Absichten sind … rein.«

»Na also«, sagte Mira. »Er liebt dich, Les, und du liebst ihn. Was will dieses Kind noch?«

»Ich will, dass ihr beiden tot umfallt!«, schrie ich, rannte in mein Zimmer und knallte die Tür zu.

Es war furchtbar. Ich hatte einen sitzen, alles schien vergröbert und verzerrt, aber leider hatte ich nicht das Stadium des Suffs erreicht, in dem einem alles egal ist. Hätte ich Mira nur nie von Peter erzählt. Wer weiß, vielleicht knutschen sie sich da drinnen schon ab. Toll! Sollen sie doch. Ich beschloss, einfach zu schlafen, bis alles vorbei war.

Es klopfte an meine Tür. »Les?« Es war Peter. Ich antwortete nicht. Er kam herein. »Wir haben gedacht, du wolltest

vielleicht etwas Kaffee«, sagte er in seiner vorsichtigen, ernsten Art. »Es gibt auch Kuchen. Und frische Erdbeeren.«
Ich drehte mich weg. Ich lag in meinem Bett im Dunkeln. »Ich hab keinen Hunger.«
Er legte die Arme um mich. »Wir wollen uns nicht ohne dich voll fressen, ganz allein.«
Ich setzte mich auf und schaute ihn böse an. »Und warum hast du dich dann so benommen? Es war bescheuert.«
»Ich weiß«, sagte Peter reuevoll. »Aber wir wollten nicht ... Komm wieder rein. Bitte.«
Wir gingen wieder ins Esszimmer. Mira saß am Tisch und tunkte Erdbeeren in saure Sahne. Sie trug wieder ihren Hut. »Ich war daneben«, sagte sie. »Tut mir Leid.«
»Ich wollte, dass ihr beiden euch mögt«, sagte ich ein bisschen zittrig und setzte mich.
»Das tun wir doch auch«, sagte Peter.
»Aber nicht auf eine tiefe, unvergleichlich sinnliche Art«, ergänzte Mira. »Peter hält mich für umwerfend, weil ich das bin. Würde er mich nicht für einmalig halten, wäre er ein Trottel, und ich halte ihn für einen süßen Kerl, weil er nämlich einer ist, aber das hat nichts mit ...«
»In Ordnung«, sagte ich. »Hab's kapiert.«
Ich kannte Mira schon lange genug, vor Jungen führte sie sich immer so auf. Sie behauptet, das läge an ihrem Vater, weil der so früh abgehauen ist, als sie noch klein war. Deshalb könne sie sich bei Männern nicht normal verhalten. Sie kann sie nur verführen. Sie behauptet, sie könne nichts dagegen tun, selbst wenn sie merkt, dass sie sich danebenbenimmt, und es spielt auch keine Rolle, ob der Kerl eine Flasche ist. Außerdem wusste ich natürlich, dass

Peter absolut nicht Miras Typ war und dass sie unmöglich hinter ihm her sein konnte. Mira steht mehr auf diese aufregenden, schillernden, dramatischen Typen, solche, die mir eher unehrlich und unzuverlässig vorkommen.

Dass Peter mit einer anderen geflirtet hatte, ging mir gegen den Strich. Ich hatte das noch nie erlebt, aber ich musste mir eingestehen, dass er nur die Stichwörter aufgegriffen hatte, die Mira ihm gab. Also habe ich mich wieder beruhigt und war fest entschlossen den Rest des Abends auch ruhig zu bleiben.

Als Mom und Nelson heimkamen, saßen wir immer noch da und aßen Erdbeeren. Nelson lächelte Mira und mich an. »Na, ihr Mädchen? Hallo, Peter. Netter Abend?«

»Mom«, sagte ich eilig und sprang auf, »die Küche ist ein Saustall. Wir machen gleich Ordnung.«

Mom warf einen Blick in die Küche. »Ich will, dass alles genauso aussieht wie vorher. Töpfe, Pfannen, alles. Du lieber Gott, wie viel Knoblauch habt ihr genommen? Die ganze Wohnung stinkt.«

»Das kommt von meinem Knoblauchbrot«, sagte Peter. »Ein spezielles Rezept.«

Sie verschwanden in ihren Teil der Wohnung. Mira schaute hinterher. »Was ist denn mit deiner Mutter?«

Ich zuckte die Schultern. »Was treibt er? Macht er's mit anderen Frauen oder wie?«

»Nein! Mira, sei still. Sie haben gerade erst vor ein paar Monaten geheiratet.«

»Das ist einer, der es nie lassen kann«, sagte Mira. Dann sah sie zu Peter rüber. »Oh, tut mir Leid, Peter. Ist trotz allem dein Vater, oder?«

»Theoretisch.«
»Was willst du damit sagen? Hatte deine Mutter einen Geliebten? Bist du ein *außereheliches* Kind?«
»Ich wollte nur sagen, dass ich keine besondere Beziehung zu ihm habe, die sich auf irgendwelche verwandtschaftlichen Gefühle gründen würde«, sagte Peter. »Er ist ein ziemliches Schwein in Gefühlsangelegenheiten.«
»Huh.« Mira wirkte ziemlich benommen. Sie strich sich die Haare zurück. »Warum hat deine Mutter ihn geheiratet?«, fragte sie mich. »Ist er gut im Bett?«
Ich schmiss eine Erdbeere nach ihr. »Woher soll *ich* das wissen? Ja, kann sein.«
Peter war entsetzt.
Dann warf Mira eine Erdbeere nach mir. »Ja, bei solchen Typen ist das meistens so. Ein Jammer. Na ja, jedenfalls springt dabei für sie was raus. Mom hat erzählt, dass bei meinem Vater alles innerhalb von Sekunden über die Bühne ging. Und außerdem – eigentlich verrückt, weil er doch so groß war – hatte er einen ganz winzigen Schwanz. Total winzig, sagt sie. Es heißt ja, dass die Größe nichts ausmacht, aber sie hat erzählt, man konnte ihn nicht mal spüren. Ist das nicht verrückt?«
Peter war dunkelrot angelaufen. Sah aus, als würde er alles dafür geben, um auf einen anderen Planeten geflogen zu werden.
Mira sah ihn überrascht an. »Hör zu. Ich will nicht sagen, dass ... Ich weiß nicht genug, um Vergleiche anstellen zu können. Es geht nicht um die Größe schlechthin ... aber sie konnte ihn nicht mal spüren!«
Ich lehnte mich vor. »Du, Mira. Könntest du ... Ich mei-

ne, sie sitzen nebenan und diese Wände sind hauchdünn.«

»Also, ich hoffe, deine Mutter ist glücklich. Hoffe ich echt. Und wenn dein Stiefvater ein guter Stecher ist, dann alles Gute. Also, ich werde bestimmt nicht den ersten Stein werfen, nur weil einer einen großen oder einen kleinen hat. Nimm das nicht persönlich, Peter. Wie immer deiner auch ist, er ist bestimmt großartig.«

»Ah … mir ist irgendwie komisch«, sagte Peter und trottete in sein Zimmer.

»Jetzt reicht es aber«, sagte ich, als er weg war. »Du hast ihn in tödliche Verlegenheit gebracht. Ging's dir darum?«

Mira drückte mich an sich. »Oh, er ist so süß. Hätte ich bloß auch so einen. Ob ich wohl jemals so jemanden finden werde?«

Ich wusste genau, dass sie betrunken war und sich nur deshalb in dieser sentimentalen Stimmung befand, und obwohl ich noch sauer war, habe ich die Umarmung erwidert. »Du findest bestimmt einen.«

Ich bin sogar mit runtergegangen und hab sie ins Taxi gesetzt.

Am nächsten Tag war Peter zurückgezogen und still und hockte den ganzen Nachmittag an seiner Schreibmaschine, um die Ergebnisse seines Experiments zusammenzufassen. Gegen vier ging ich in sein Zimmer, schloss die Tür und sagte: »He, mir war es genauso peinlich. Das ist dir hoffentlich klar.«

Peter fuhr mit seinem Schreibtischstuhl zu mir herum. »So redet ihr also über Männer. Penis-Größen. Ihr habt euch reichlich fachmännisch und abgebrüht angehört.«

»Nein! Mira hat bloß angegeben. Außerdem hast du die erste Hälfte des Abends damit verbracht, dich an ihrer Show aufzugeilen. Da dachte sie vielleicht, es könnte was laufen.«

Darauf ging Peter nicht ein. »Ich bin bisher nicht mal auf den Gedanken gekommen, mir über meine Anatomie den Kopf zu zerbrechen.«

»Ich dachte, Jungens machen das«, sagte ich. »Auf Klos und so, dass sie ihre Pimmel vergleichen und so.« Ich ging zu ihm und küsste seinen Nacken.

»Ich nicht«, sagte er düster. »Ich hab nicht mal darüber nachgedacht.«

»Wie auch immer. Sie wollte dich kennen lernen und du hast gesagt, du willst sie auch kennen lernen, und jetzt ist es vorbei und wir haben's beide überlebt.«

Er war still und niedergeschlagen. »Es geht einfach darum: Was auch immer zwischen uns passiert, soll nur uns beide was angehen. Ich will nicht, dass ihr zwei darüber tratscht.«

»Das machen wir nicht«, sagte ich. »Ich hab Mira zuerst nicht mal erzählt, dass wir zusammen geschlafen haben. Erst vor ein paar Monaten. Irgendjemandem musste ich es erzählen.«

»Warum?«

Ich sah ihn verwirrt an. »Ja, nur ... weil es wichtig ist. Und mit Mira hab ich immer über alles geredet. Sie hat mir auch von Jacques erzählt, nachdem es passiert war.«

»Ich hab's niemandem erzählt«, sagte Peter.

»In Ordnung! Also vielleicht ist das bei Jungen anders. Vielleicht musst du es nicht erzählen. Das macht dich keinen Deut besser oder moralisch überlegen.«

Peter sah immer noch grimmig und verkniffen aus. »Weißt du, wie ich mich fühle? Ich hab ein paar Sachen mit dir erlebt, die mir wirklich wichtig sind. Und jetzt können es die Spatzen von den Dächern pfeifen.«

»Peter! Ich hab Mira davon erzählt. Sonst niemandem. Und wir haben nie Details besprochen. Ich wollte nur irgendjemandem erzählen, wie ich mich fühle.«

Er seufzte. »Okay.«

Ich ging rüber und küsste ihm mit gespielter Demut die Hand. »Ist mir vergeben?«

»Sicher. Und tut mir Leid, dass ich mich gestern Abend so bescheuert benommen hab.«

Ich ließ ihn wieder tippen. Ich fühlte mich viel besser.

Ken

Ken ist wieder da. Ein ganzes Jahr ist er durch die Weltgeschichte gereist. Er ist kein großer Briefeschreiber, also hab ich bloß ein paar Karten von ihm gekriegt. Und dann, Ende März, hat er auf einmal vom Flughafen angerufen. Er sei unterwegs nach Chicago und wolle fragen, ob er das Wochenende mit uns in New York verbringen könnte. Mir wurde klar, dass er Aline und Dad nie als Paar erlebt hatte. Das ist alles passiert, während er weg war. Aber auch wenn er hier gewesen wäre, hätte es ihn bestimmt nicht so mitgenommen wie mich. Er hält sich aus allem raus, hat eine Unabhängigkeit, die ich bewundere. Was auch immer passiert, er akzeptiert es ohne sich wirklich einzumischen.

Als er in die Wohnung kam, hätte ich ihn fast nicht erkannt. Er hatte sich einen Bart wachsen lassen und der veränderte sein Gesicht total. In seinen Jeans und der Jacke sah er dünn und braun gebrannt aus. Sein ganzes Zeug war in einem Seesack, den er über der Schulter trug.

Aline kam raus und sagte Hallo. »Toll, dass du ein paar Tage bei uns bleibst, Ken.«

»Hallo«, sagte Leslie. »Ich bin Leslie. Weiß nicht, ob du dich noch an mich erinnern kannst. Ich ...«

Ken lächelte. »Klar kenn ich dich noch. Aber du warst noch ein Dreikäsehoch, damals. Hi, Dad. Wie geht's?«

»Ganz gut«, sagte Dad. Die beiden haben keine besonders enge Beziehung, aber sie streiten sich nicht. Ich glaube, Dad respektiert Ken, auch wenn sie ganz unterschiedliche Vorstellungen vom Leben haben.
Beim Essen hat Ken von seiner Reise erzählt und Fotos gezeigt. Er ist ein guter Fotograf, fast schon ein Profi.
»Wirst du jetzt deinen Magister in Chicago machen?«, fragte Aline.
»Unbedingt«, sagte Ken. »Aber ich habe diese Pause gebraucht. Mir ist einiges klar geworden. Jetzt kann ich wieder loslegen.«
»Soll Philosophie dein Hauptfach bleiben?«, fragte Dad.
Ken nickte. »Vielleicht mach ich sogar meinen Doktor, wenn ich Geld von einer Stiftung kriegen kann.«
»Aber was willst du später werden?«, fragte Dad. »Als Lehrer ist nichts mehr zu holen.«
»Ich werd schon was finden«, sagte Ken. »Und das mit Mom ist toll, dass sie wieder studiert. Ich bin richtig stolz auf sie. Und froh, dass sie sich Chicago ausgesucht hat. So kann ich sie oft sehen.«
Es gab eine betretene Stille. »Ja, ich vermute, sie kommt klar«, sagte Dad steif.
Am nächsten Tag nahm ich Ken ins Institut mit. Er hatte Physik als Hauptfach, bevor er auf Philosophie umgeschwenkt ist, also konnte er mein Experiment verstehen und schien interessiert. »Ist aber trotzdem schwer, auf das letzte Jahr verzichten zu müssen, oder?«, fragte er.
»Eigentlich nicht. Ich war heilfroh da rauszukommen. Das hier ist besser.«
Er spielte mit einem Kuli rum. »Ich wär beinahe zur Hoch-

zeit gekommen. Aber ich war in Indien und ... ich hatte reichlich gemischte Gefühle. Ist mit Mutter wirklich alles in Ordnung?«

»Klar.« Ich hab ihm erzählt, wie ich sie mit Leslie besucht habe. »Sie sagt, dass es am Ende vielleicht das Beste war, was ihr passieren konnte.«

Ken schaute aus dem Fenster. »Ich mach Dad keine Vorwürfe. Die Beziehung war schon lange kaputt. Aber ...«

»Ich hätte nie gedacht, dass sie so kaputt ist«, sagte ich.

»Kannst du dich nicht mehr an all die Auseinandersetzungen erinnern?«, fragte er. »Daran, wie oft Dad aus dem Haus gestürmt ist?«

»Doch, schon. Ich hab nur nicht so sehr darauf geachtet. Ich hab immer nur versucht Vater aus dem Weg zu gehen. Er tut so, als ob ich der totale Reinfall wäre, und nichts kann das ändern.«

Ken legte mir die Hand auf die Schulter. »Ich habe das Gefühl, dass es dir besser geht als bei meiner Abfahrt.«

Das wäre eine gute Möglichkeit gewesen, von mir und Leslie zu erzählen. Ich weiß noch, wie sie sagte ›Ich musste es jemandem erzählen‹, nachdem Mira da gewesen war. Einerseits will ich es der ganzen Welt erzählen, vor allem Dad und allen, die mich für einen fetten kleinen Trottel halten, der nie ein Mädchen kriegen wird. Aber im Grunde mag ich die Vorstellung, dass niemand davon weiß. Dass es meine intime Sache ist, die ich für mich alleine hab und die mich glücklich macht.

»Ich hab in Indien eine Frau kennen gelernt«, sagte Ken. »Und diesmal ist es was Ernstes. Aber ich hab Mom und Dad noch nichts gesagt.«

»Ist sie noch dort?« Auf der High School hatte Ken zwar einen ganzen Haufen Freundinnen, aber eine richtige Beziehung hatte er nie.
»Nein. Sie lebt in Chicago. Das ist auch ganz praktisch. Die Sache ist nur, dass sie erstens dreißig ist und zweitens drei Kinder hat. Ihr Mann hat sich vor ein paar Jahren von ihr getrennt.«
Ken ist gerade einundzwanzig. Mit einer zehn Jahre älteren Frau kann ich ihn mir nur schwer vorstellen. »Wie heißt sie?«
»Samantha. Wir wollen zusammenleben, wenn ich zurück bin. In ihrer Wohnung gibt's ein Gästezimmer und ich mag die Kinder. Drei Jungens, genau wie wir.«
Ich sah ihn an und versuchte mir die Sache vorzustellen. »Also, bist du dann … denkst du daran, sie … oder ist sie einfach eine Freundin?«
Ken lachte. »Sie ist genau die Richtige. Irgendwann passiert es. Ich hab mich schon gefragt, was eigentlich los ist.«
»Woher weißt du, dass sie die Richtige ist?«, fragte ich und dachte an Leslie.
»Ist mir halt klar geworden. Nicht plötzlich. Aber irgendwann weißt du's. Man braucht es gar nicht zu erklären. Es wird einfach. Sam sagt, ihr ist es genauso gegangen, obwohl sie ihrer besten Freundin geschworen hatte, dass sie sich nie wieder verlieben wird. Außerdem mag sie keine Männer mit Bärten. Als sie mich das erste Mal sah, hielt sie mich für einen übrig gebliebenen Hippie aus den Sechzigern, der seinen inneren Frieden sucht. Aber dann kam raus, dass sie aus dem gleichen Grund da war wie ich: um

etwas über die östlichen Kulturen zu erfahren. Es ist, als ob ich eine Schwester und eine Geliebte in einer Person gefunden hätte. Es ist wahnsinnig.«

Ich fühlte einen Stich in der Herzgegend. *Schwester und Geliebte in einer Person.* Klar, das kenn ich. Warum war ich nicht fähig ihm von Leslie und mir zu erzählen? »Ja, klingt toll«, sagte ich.

Auf dem Nachhauseweg fragte er, ob ich in die Forschung gehen wollte.

»Ich bin mir noch nicht sicher«, gab ich zu. »Man arbeitet Tag und Nacht und die meisten Leute werden nach ein paar Jahren rausgeschmissen, wenn sie keine Stipendien kriegen können.«

»Na ja, nichts ist mehr hundertprozentig sicher«, sagte Ken.

In der U-Bahn nach Hause ist uns etwas Witziges passiert. Die Bahn war nicht so voll, weil es erst drei war. Ich merkte, wie uns ein Mädchen anglotzte. Endlich kam sie rüber und sagte zu Ken: »Entschuldigung, das ist jetzt etwas unhöflich, aber ich und meine Freundin, wir haben uns gefragt, ob du der Wetteransager von Channel Four bist.«

Ken lachte und schüttelte den Kopf. »Ich bin das letzte Jahr durch die Welt gereist. Es müsste sich schon um einen eineiigen Zwilling handeln, aber soviel ich weiß, hab ich keinen.«

Das Mädchen starrte ihn weiter an. »Die Ähnlichkeit ist echt verblüffend.«

Ken schien verlegen. »Was es nicht alles gibt.«

»Arbeitest du in der Stadt?«

»Nein, ich bin nur auf der Durchreise ... Das ist Peter, mein Bruder.«

Das Mädchen gab mir die Hand. »Na ja, wir wollten nur sagen ... gut, das hört sich jetzt komisch an, aber wenn du Lust hast, mal mit uns zu essen, mit mir und meiner Freundin, wir würden uns freuen.«

Ken räusperte sich. »Das ist sehr nett von euch. Es ist nur – also, ich bleib nur noch einen Tag oder so in der Stadt und ich hab meine Familie fast ein Jahr nicht mehr gesehen.«

»Oh, natürlich. Ich verstehe«, sagte das Mädchen. »Na, wenn du mal mehr Zeit hast: Hier ist unsere Nummer. Ich bin Cheryl und meine Freundin heißt Dana.« Beim Weggehen wackelte sie mit dem Hintern.

Als wir aus der U-Bahn rauskamen, sah mich Ken an und lachte: »Wow! Hab ich mich so verändert oder ist das New York? So was ist mir noch nie passiert.«

»Mir auch nicht«, sagte ich.

»Vielleicht liegt's am Bart«, sagte er. »Manche Frauen haben es mit den Bärten. Entweder sie hassen sie oder sie lieben sie. Scheint da kein Zwischending zu geben. Sie war ziemlich scharf. Vielleicht solltest *du* sie mal besuchen, Peter.«

»Nein«, sagte ich hastig. »War nicht mein Typ.«

»Was ist dein Typ?«, fragte er in amüsierter Großer-Bruder-Manier.

»Ich weiß nicht«, sagte ich verlegen.

Dad und Aline waren abends auf einer Dinner-Party, also gingen Leslie, Ken und ich in eine Pizzeria um die Ecke. Als wir wieder zu Hause waren, hab ich ein paar neue

Scheiben ins Wohnzimmer geschleppt und sie Ken vorgespielt. Wir haben uns immer Platten zusammen angehört, bevor er weggezogen ist; er hat mir sogar ein paar geschenkt.

»Das ist die Lieblingsplatte von Peter und mir«, sagte Leslie. Sie war den ganzen Abend über ziemlich schweigsam gewesen, hatte meistens nur zugehört, wie Ken von seiner Reise erzählte.

»Schade, dass ich nicht mehr Zeit habe, dich kennen zu lernen, Leslie«, sagte Ken. »Vielleicht könnt ihr beiden mal nach Chicago kommen und mich besuchen.«

»Kann sein, dass ich da ins College gehe«, sagte Leslie. Sie erzählte von den anderen Colleges, bei denen sie sich beworben hatte. Dann streckte sie sich wie gedankenlos auf der Couch aus und legte die Füße in meinen Schoß. Normalerweise hätte ich sie gestreichelt, aber mit Ken wäre mir das unangenehm gewesen. »Hat dir Peter etwas erzählt?«, fragte sie Ken nach einer Weile.

»Wovon?«

Es gab eine kleine Pause.

»Er hat erzählt, dass er die vorgezogene Harvard-Zulassung hat«, sagte Ken.

»Ja, das stimmt«, sagte Leslie. Ihre Füße zappelten wie Fische auf meinem Schoß rum.

»Hast du das gemeint?« Ken schaute erst mich, dann Leslie an.

»Ich meinte mehr, dass wir zusammen schlafen«, sagte Leslie.

»Nein, davon wusste ich nichts«, sagte Ken ruhig.

»Angefangen hat es letzten Sommer«, sagte Leslie. »Es hat

nichts zu tun mit ... Es ist komisch für uns, obwohl wir wissen, dass wir nichts Schlechtes tun.« Sie sah mich an. »Warum sagst du keinen Ton?«

Ich hätte sie umbringen können. Es ist eine Sache für sich, wenn sie mit Mira über uns spricht, aber Ken ist mein Bruder. Wenn es ihm jemand erzählen sollte, dann ich.

»Ich freue mich«, sagte Ken. »Obwohl ich mir vorstellen kann, dass es kompliziert sein kann.«

»Peter, warum sagst du denn nichts?«, wiederholte Leslie etwas lauter.

»Was soll ich denn sagen?«

»Bist du wieder eingeschnappt?« Sie wandte sich Ken zu. »Wahrscheinlich sollte ich's nicht erzählen. Er findet, dass niemand davon wissen soll. Kapier ich nicht. Ich hab es zwei Leuten erzählt, das ist alles. Mira, meiner besten Freundin, und dir ... weil du so nett bist.«

»Ich bin froh, dass du's mir erzählt hast«, sagte Ken.

»Ich hasse es, wenn du so bist«, sagte Leslie und nahm die Füße von meinem Schoß. »Ich hasse es wirklich.«

»Wenn ich wie bin?«

»Er hat diesen Tick mit der moralischen Überlegenheit«, sagte Leslie zu Ken. »Als ob er das einsame Genie wäre und alle anderen bloß Würmer, die ohne Hoffnung im Dreck unter seinen Füßen rumkrabbeln.«

»Ich denke, dass Peter sehr verschlossen ist«, sagte Ken. »Aber nicht ...«

»Aber du bist sein Bruder«, rief Leslie. »Warum sollst du es nicht wissen?«

»Vielleicht wollte er's mir lieber selbst erzählen«, schlug Ken vorsichtig vor.

»Was ist?«, fragte mich Leslie. »Hattest du vor es ihm selbst zu erzählen?«
Ich hob die Schultern.
»Wir passen kein bisschen zusammen«, sagte Leslie. »Manchmal, zum Beispiel jetzt, hasse ich ihn. Und dann ist er plötzlich so nett. Ich blick da nicht durch.«
»Wenn du jemanden liebst, kann das ziemlich kompliziert werden«, sagte Ken. Er erzählte von Samantha, holte ein paar Fotos raus, die er von ihr und den Kindern gemacht hatte. »Sie ist der erste Mensch, für den ich so starke Gefühle entwickelt habe.«
»Du wirkst so offen«, sagte Leslie bewundernd. »Wie kommt es, dass du so anders bist als Peter?«
»Das bin ich nicht«, sagte Ken. »Wir sind uns eher ziemlich ähnlich.«
Das überraschte mich und schmeichelte mir. Plötzlich wurde mir klar, dass ich mich bescheuert benommen hatte. Vielleicht hatte Leslie Recht. Nicht dass ich gleich eine Pressekonferenz geben oder Mom und Dad davon erzählen wollte, aber ich war froh, dass Ken es wusste. Ich rückte rüber und legte den Arm auf die Lehne der Couch fast ohne Leslie zu berühren. Dann legte sie ihre Hand auf meine.
»Vor allem sind wir Freunde«, sagte Leslie. »Wir können über alles reden. Das hab ich noch nie mit einem Jungen erlebt.«
»Ich mach mir immer noch Sorgen«, sagte ich und hielt ihre Hand fest. »Was ist, wenn Dad oder Leslies Mutter dahinter kommen?«
Ken lächelte. »Keine Bange. Sie sind dermaßen mit sich selbst beschäftigt, dass sie nicht viel mitkriegen.«

Leslie beugte sich vor. »Meinst du, sie lieben sich? Was glaubst du?«

»Sicher.« Dann ergänzte er: »Bei Dad kann ich nie sagen, was er fühlt. Er bleibt auf Distanz zu uns.«

»Ich glaube, er mag mich«, sagte Leslie und lief rot an. »Vielleicht mag er Mädchen überhaupt mehr. Vielleicht hätte er Töchter haben sollen.«

Obwohl wir den Rest des Abends über andere Sachen geredet haben, war ich doch froh, dass Ken davon wusste und so problemlos damit umgehen konnte.

Ken wollte nicht vor dem Frühstück los, deshalb ging Dad am nächsten Morgen einkaufen. Er holte Brötchen, Räucherfisch und Frischkäse. Ich übte mich in Zurückhaltung, was wirklich bewundernswert war, weil diese Dinge nämlich zu meinen Lieblingsspeisen gehören.

»Wo wirst du wohnen?«, fragte Dad Ken. »Hat dein Stubenkamerad noch Platz für dich?«

»Er ist fertig mit dem Studium«, sagte Ken. »Nein, ich habe auf der Reise jemanden kennen gelernt, da kann ich für die nächste Zeit unterkommen.«

»Auch ein Student?«, forschte Dad weiter.

»Nein, sie *hat* studiert. Jetzt arbeitet sie als Klavierstimmerin.«

Dad lachte. »Kann man damit seinen Lebensunterhalt verdienen?«

»Sie kriegt für die Kinder Unterhalt von ihrem Ex-Mann«, sagte Ken verlegen.

»Wo sind ihre Kinder?«, fragte Aline.

»Bei ihr. Das Haus ist groß. Ich hab mein eigenes Zimmer.«

»Das ist zu hoffen«, sagte Dad. »Hört sich nach einer recht komplizierten Angelegenheit an. Wo liegen die Vorteile?«

Weil Ken uns schon von Samantha erzählt hatte, konnte ich mir vorstellen, wie unangenehm die Situation für ihn war, aber er versteckte das ganz gut. »Na ja, wie ich schon sagte, es ist ein großes Haus und ich mag ihre Kinder. Drei Jungens. Ich hab mit ihr abgemacht, dass ich mich manchmal nachmittags um sie kümmere und dafür weniger Miete zahle.«

»Wird sich das nicht auf dein Studium auswirken?«, fragte Dad. »Immerhin hast du ein Jahr ausgesetzt. Wird ohnehin schon schwer sein wieder Tritt zu fassen.«

»Wie alt ist sie?«, fragte Aline.

»Samantha?« Ken wurde nervös. Er legte eine Scheibe Räucherlachs zurück.

»Die Frau, bei der du einziehen wirst.«

»Och, na ja. Ich glaub, so Anfang dreißig rum.«

»Hat sie einen Partner?«, fuhr Aline fort.

Ken zögerte. »Ja ... ich glaube schon.«

Dad schüttelte den Kopf. »Ken, ich sage das nicht gerne, aber diese Idee hört sich unmöglich an. Eine geschiedene Frau mit Kindern und Geliebtem? Bist du nicht in der Lage, eine günstigere Unterkunft zu finden? Solche Frauen zählen kaum zu den zuverlässigsten und ...«

»Wie meinst du das?«, unterbrach ihn Aline. »Warum sollte sie nicht zuverlässig sein, nur weil sie geschieden ist?«

»So meine ich das nicht«, sagte Dad. »Aber wenn sie dabei ist, sich einen neuen Mann einzufangen, und drei Kinder großzieht und nebenbei noch Klaviere stimmt, dann ...«

»Dad, Klavierstimmen ist ihr Beruf, okay?«, sagte Ken. Er musste sich offensichtlich sehr zusammenreißen.
»Und wieso redest du davon, dass sie sich einen Mann einfängt?«, fragte Aline. »Sie hat eine Partnerschaft. Was hat das mit ›einfangen‹ zu tun?«
Es war wunderbar, wie sie beide auf Dad losgingen. Ich sah zu Leslie rüber, die sich krümmte und sich alle Mühe geben musste, um nicht loszulachen.
»Sieh mal, Schatz. Nicht dass ich etwas gegen geschiedene Frauen hätte, aber die meisten sind, bis sie einen Ersatz gefunden haben, erfüllt von Bitterkeit und Wut und bereit sich auf den Erstbesten zu stürzen. Vielleicht fühlst du dich sicher, Ken, weil sie älter ist, aber glaube mir: Diese Frauen sind gefährlich. Du kannst nie wissen, was passiert.«
Jetzt wurde Ken wütend. »Mein Privatleben geht dich einen Scheißdreck an. Ist deins so toll, dass du mir Ratschläge erteilen kannst? Samantha ist zufälligerweise der wunderbarste, einfühlsamste Mensch, den ich bis jetzt kennen gelernt habe. Ich bin dankbar, dass ich bei ihr wohnen darf.«
Dad hob die Hände. »Ich ergebe mich. Was gibt es da zu grinsen, Leslie? Ich würde auch gerne mitlachen. Was ist so witzig?«
»Nichts«, feuerte Leslie zurück. »Ich weiß bloß nicht, was mit älteren Frauen und jüngeren Männern nicht in Ordnung sein soll. Man verliebt sich in einen Menschen, nicht in ein Alter.«
»Na schön. Aber glaub mir, in einem bestimmten Alter braucht ein Mann eine Frau, durch die er sich jünger fühlt,

und keine grauhaarige, übergewichtige Matrone, die ihn an seine Mutter erinnert.«

»Wie kannst du bloß so chauvinistisch sein?«, fragte Leslie. »Von wegen Matrone!«

Aber Aline regte sich fast noch mehr auf. »Haargenau. Was für Klischees, Nelson. Seit wann sind alle älteren Frauen grauhaarig und unförmig? Und abgesehen davon: Ken wird bei dieser Frau wohnen, nicht mit ihr schlafen.«

Stille.

»Na ja, ich schlafe auch mit ihr, eigentlich«, sagte Ken mit einem schiefen Lächeln.

Dad seufzte. »Amen. Ich geb's auf.«

»Was gibt's da aufzugeben?«, fragte Aline. »Du hast veraltete, absurde Ansichten und ich freue mich, dass deine Söhne sie nicht teilen.« Und damit stand sie auf und verließ den Raum.

Ich schaute zu Dad rüber. Er machte ein Gesicht, wie ich mich manchmal fühle, wenn Leslie auf mich losgeht.

»Frauen«, sagte er zu Ken und mir.

Wir antworteten nicht.

»Ja, wir sind so rätselhafte, unergründliche kleine Wesen«, sagte Leslie. »Niemand kann wissen, was wir als Nächstes tun werden.«

»Schaut doch mich an«, sagte Dad zu uns dreien. »Aline ist ungefähr so alt wie ich. Ich habe nicht *alle* Frauen gemeint. Natürlich gibt es Frauen, die auf ihre Figur achten, und das wirkt sich sehr vorteilhaft aus. Aber das sind Ausnahmen.«

»Buh! Aufhören!«, schrie Leslie und schmiss ein Brötchen

nach ihm. »Du bist ein Ungeheuer! Ich weiß nicht, ob ich noch mal Squash mit dir spielen sollte.«
Dad faltete flehend die Hände. »Bitte, Les. Tu mir das nicht an. Ich werde mich bessern. Ich bin kein schlechter Kerl. Ich *liebe* Frauen ... ältere Frauen, jüngere. Frag, wen du willst.«
»Wen soll ich denn fragen?«, sagte Leslie aufreizend und sah ihn von der Seite an.
Die Art, wie sie mit ihm flirtete, machte mich langsam verrückt.
»Im Übrigen ist es für jedermann wichtig, in Form zu bleiben«, fuhr Dad fort, »nicht nur für Frauen. Sieh dir Peter an. Wenn er besser in Form wäre, vielleicht ...
»Er hat schwere Knochen«, sagte Leslie und schaute mich genau in dem Moment an, als ich mir noch ein Brötchen nahm. »Für seinen Körperbau ist er in bester Verfassung.«
»Les, ich bin nicht in bester Verfassung«, sagte ich.
Das ignorierte sie. »Ich kenne einen Haufen Mädchen, die Peter extrem sexy finden«, sagte sie zu Dad. »Mira hat gesagt, sie wäre überglücklich, wenn sie eines Tages jemanden finden könnte, der so einmalig intelligent und sensibel ist wie Peter.«
Dad lachte. »Nun ja, sieht so aus, als ob ich mich an allen Fronten geschlagen geben müsste. Entschuldigung allerseits. Und Ken: Wenn du dein Flugzeug kriegen willst, musst du los.«
Wir versprachen Ken, dass wir in Verbindung bleiben würden. »Du warst toll«, sagte er zu Leslie, als wir unten auf das Taxi warteten, das der Portier uns besorgen wollte.

»Vielleicht ist es für dich leichter, weil er nicht dein Vater ist. Aber bleib dran. Vielleicht ändert er sich.«
»Werd ich machen«, sagte Leslie. Wir hielten Händchen, als Kens Taxi davonfuhr. »Danke, dass du mich verteidigt hast«, sagte ich, als wir zurück ins Haus gingen.
»Du solltest dich selbst verteidigen«, sagte Leslie. »Er ist so schrecklich.«
»Und warum hast du dann mit ihm geflirtet?«
»Geflirtet? Mit deinem Vater? Bist du verrückt? Wie soll ich denn geflirtet haben?«
»Na, die ganze Zeit. Neckisches Lächeln, hochgezogene Augenbraue, mit Brötchen bewerfen …« Ich machte sie nach.
Leslie ließ meine Hand los. »Ich sag dir eins: Ich werde nie wieder mit dir schlafen. Lass mich in Ruhe.«
Ich sah, wie uns der Portier anglotzte. »Ich werde Mira anrufen«, versuchte ich zu scherzen.
»Nur zu«, sagte Leslie. »Und ich geh hoch und bumse mit deinem Vater, in Ordnung?«
Daraufhin öffnete sich die Fahrstuhltür. Zwei Frauen mittleren Alters kamen raus und schauten mich an. Leslie hat den Rest des Tages nicht mehr mit mir geredet.

IV

Wie weit man gehen darf

»Jedenfalls haben wir alles gegeben«, sagte Nelson. »Wir brauchen uns nicht zu schämen.« Er war noch immer außer Atem und gab mir das Tuch, mit dem er sich den Schweiß von der Stirn gewischt hatte.
Wir hatten die ersten zwei Runden des Vater-Tochter-Doppels überstanden und waren nun von einem drahtigen, unglaublich schnellen Team geschlagen worden.
»Das sind die Favoriten«, sagte Nelson. »Sie haben schon die letzten beiden Jahre gewonnen. Ich hatte gehofft, wir könnten ihnen bis zur letzten Runde aus dem Weg gehen.«
»Jedenfalls waren wir gut«, sagte ich. »Wenn man bedenkt, dass ich Squash erst vor zwei Monaten gelernt habe.«
»Du warst Spitze«, sagte Nelson und grinste. »Du bist eine echte Kämpfernatur. Hoffentlich machst du auf dem College damit weiter.«
»Das hab ich vor.«
In dem Moment sah ich, wie Nelson einer Frau zuwinkte, die oben in der Galerie den anderen Spielen zuguckte. Sie kam den Gang runter und ging mit uns zu den Duschen.
»Ich glaube, die waren eine Nummer zu gut«, sagte sie. Sie war groß, hübsch und hatte braune Haare mit einem Pony.

»Leslie, das ist Monica«, sagte Nelson. »Sie hat ein paar Werbespots mit mir gedreht. Das ist Leslie, meine Stieftochter.«

»Hallo«, sagte ich. »Ich wusste gar nicht, dass Frauen Werbespots machen.«

»Kommt auch nicht oft vor«, sagte Monica. »Aber es gibt ein paar Leute, die Frauen eine Chance geben. Trotzdem. Es ist schwer zu sagen, wie es weitergehen soll. Eines Tages möchte ich richtige Filme machen.«

»Sie ist ein Ass«, sagte Nelson. »Wirklich die Größte. Sie wird noch ein Star unter den Regisseuren werden.«

Monica schien geschmeichelt. »Danke, danke. Dein Vater ist selbst gar nicht so schlecht. Ich hab ihn eine Zeile vierzigmal wiederholen lassen und er hat's am Ende tatsächlich erstklassig gebracht.«

»Sie schindet uns zu Tode«, sagte Nelson mit gespieltem Schmollen. »Wenn sie nicht so gut aussehen würde ...«

Die beiden grinsten sich an. »Also, ruf mich an«, sagte Monica. »Ich glaub schon, dass der Mittwoch geht, aber vielleicht kommt was dazwischen.«

»Ich meld mich«, sagte Nelson.

Unter der Dusche fiel mir Mom ein, wie sie vor ihrem dreiteiligen Spiegel saß, die Haut um die Augen straffte und sagte: ›Ach, wenn ich Facelifting nur nicht für unmoralisch halten würde.‹ Ich musste an ihre Auseinandersetzungen denken und mir wurde schlagartig klar, dass zwischen Nelson und Monica was laufen könnte. Sie war so frisch und lebhaft.

Ich trank einen Orangensaft, nachdem wir geduscht hatten. Ich hätte Monica nicht wieder erwähnt, aber Nelson sagte: »Und außerdem spielt sie ausgezeichnet Squash. Genau wie du, Les, schnell, konzentriert und leistungsorientiert.«

»Ich hätte nicht gedacht, dass du Leistung bei Frauen schätzt.«

»Es ist eine tolle Sache. Ich habe immer Frauen gemocht, die in der Welt ihren Mann stehen, gut aussehen und hart kämpfen. Wo wären sie sonst?«

»Hat sie einen Freund?« Ich holte einen Eiswürfel aus meinem Glas und zerbiss ihn.

»Wer?«

»Monica.«

»Ja, natürlich hat sie ... sie ist sehr attraktiv. Sicherlich sind viele Männer ... Aber ich glaube, sie hat nichts Festes.« Er räusperte sich. »Das müsstest du sie schon selber fragen.«

Ich hatte das Gefühl, alles im Raum wäre hell und scharf.

»Ich will nicht, dass Mom verletzt wird«, sagte ich.

Nelson antwortete erst nicht. »Nein, natürlich nicht«, sagte er dann.

»Bitte, tu nichts, was sie verletzen würde.« Mein Herz schlug schmerzhaft.

Nelson guckte sein Glas an. »Ich bin nicht so«, sagte er. »Ich habe immer versucht so diskret wie möglich zu sein. Ich ...«

»Du meinst: Was sie nicht weiß, macht sie nicht heiß?«

Sein Gesicht wurde hart. »Ich meine, dass dich das nichts angeht. Ich mag dich sehr, Leslie, das weißt du, aber du solltest auch wissen, dass meine Beziehung zu deiner Mutter nicht deine Sache ist. Du wirst dein eigenes Leben einrichten müssen.«

»Sie ist meine Mutter«, sagte ich mit zittriger Stimme. »Es wäre schrecklich, wenn du sie betrügst, ob sie's nun weiß oder nicht. Und sie wüsste es! Und wenn du es zurzeit mit dieser Monica treibst, dann solltest du dich schämen. Wahnsinnig schämen!«

Er sah mich bloß an. »War's das?«

»Ja.«

Trotz allem kann ich spüren, dass da etwas ist, etwas Unterschwelliges, zwischen Nelson und mir, sogar wenn wir streiten. Das macht mich ganz fertig. Vielleicht ist er nur der Typ Mann, auf den Frauen ansprechen, und er reagiert darauf, ohne spezielle Absichten. Aber ich fand es schrecklich, dass er am Schluss der ganzen Szene die Oberhand behalten hatte.

Ich weiß nicht, vielleicht war das der Grund dafür, dass ich am nächsten Tag bei der Probe für die *Barretts* in einer sehr gespannten, emotionsgeladenen Szene, in der mich Mel wegen meiner Liebesaffäre verhört, am Ende in Tränen ausbrach. Der Vater, den Mel spielt, hat weder mit Nelson noch mit Daddy Ähnlichkeit. Er ist ein viktorianischer Vater, distanziert, streng, puritanisch, aber es ging mir mit ihm so, wie ich es oft mit Nelson oder Daddy erlebe: Es gab keinen Weg, um an ihn ranzukommen.

Danach riss ich mich zusammen und ging von der Bühne. Mira nahm mich in den Arm. »Das war toll«, sagte sie. »Aber – bist du okay?«

»Ich weiß nicht.« Ich fühlte mich immer noch etwas wacklig. »Kann ich mit zu dir nach Hause?«, fragte ich. »Vielleicht bei dir schlafen?«

»Na klar.« Mira wirkte besorgt, weil ich so niedergeschlagen war. »Wirklich alles okay?«
»Ja. Ich will nur jetzt nicht nach Hause.« Ich hätte Mom und Nelson nicht sehen können.
Wenn Mira und ihre Mutter miteinander klarkommen, bin ich gerne bei ihnen. Es geht viel formloser und ruhiger zu als bei uns. Mira und ihre Mutter sind fast wie Schwestern, necken sich, schreien sich an, aber es ist nie dieses Knistern in der Luft.
»Also, was ist mit Peter?«, fragte Mira, als wir in ihrem Zimmer Kaffee tranken. »Du hast ihn in letzter Zeit kaum erwähnt.«
»Ich weiß nicht«, sagte ich. »Es ist, als ob er immer im Institut wäre. Manchmal halte ich ihn für einen echten Neurotiker.«
»Wer ist das nicht?«, fragte Mira.
»In letzter Zeit klappt zu Hause überhaupt nichts mehr«, sagte ich. »Mom und Nelson haben Krach, Peter und sein Vater können sich nicht ausstehen ...«
»Aber was ist mit euch beiden?«
»Auch nicht grade rosig. Manchmal kommt es mir vor, als ob sich Peter nur für seine Studien interessiert. Vielleicht bin ich nur ein Experiment für ihn.« Mir war klar, dass ich mich in einen Rausch von Verzweiflung und Selbstmitleid fallen ließ, aber ich konnte mich nicht bremsen.
Mira seufzte. »Er hat auf mich schon einen abgehobenen Eindruck gemacht ... distanziert, aber nicht falsch. Ich hatte das Gefühl, du würdest ihm wirklich was bedeuten.«
»Aber wenn du mit jemandem schläfst, bist du verletzt, wenn er sich so benimmt«, sagte ich. »Beim Essen schaue

ich manchmal auf und er sitzt da und beobachtet mich mit wissenschaftlichem Interesse. Ist er denn so toll? Er hatte keine Freundin vorher. Er könnte ja auch mal dankbar sein.«

»Ich glaube, das ist er«, meinte Mira. »Das ist nur sein Charakter. Da kann er nicht gegen an.«

»Aber warum?«, rief ich. »Warum sind Männer so?«

Mira lachte. »Weiß ich? So ist es halt. Vielleicht, weil ihre Geschlechtsorgane außen am Körper hängen. Vielleicht, weil wir beim Sex immer Angst haben, schwanger zu werden. Weiß ich nicht. Ist halt so. Wenn du nicht lesbisch bist, musst du einen Weg suchen, musst du Männer finden, die tief drinnen etwas fühlen, auch wenn sie es nicht so gut zeigen. Ich glaube, Peter ist einer von ihnen.«

»Ja?« Mit wurde klar, dass sie Recht hatte. Bei Männern muss man viel zwischen den Zeilen lesen. Wenn es nur so direkt und offen zugehen könnte wie zwischen Mira und mir.

Meistens geht es mir hinterher besser, wenn ich mit Mira geredet habe. Diesmal lag ich da und konnte nicht einschlafen, nachdem das Licht aus war. Plötzlich machte ich mir Sorgen wegen dem Stück. Wir hatten noch sechs Wochen bis zur Aufführung und Peter und Nelson und Mom wollten kommen, mal ganz zu schweigen von Peters Mutter und Muriel. Wenn sie bloß nicht kommen würden! Natürlich werde ich sie nicht sehen, aber alleine zu wissen, dass sie im Publikum sitzen, wird schon ein Problem sein.

Als ich Daddy in der nächsten Woche sah, sagte ich: »Irgendwie wäre ich froh, wenn ich bei dir wohnen könnte.«

Er beugte sich vor. »Ist es so schlimm? Was ist passiert?«

Früher, als Mom und Dad noch verheiratet waren, konnte ich mit Daddy immer alles besprechen. Vielleicht nur, weil er dabei gewesen war, wenn es Krach mit Mom gegeben hatte, weil er davon wusste. Aber es fiel mir schwer, etwas über die gespannte Atmosphäre zu erzählen, die jetzt herrschte. Es kam mir unfair vor, Daddy in die Probleme hineinzuziehen, die sich aus Moms neuer Ehe ergaben. Gerade jetzt, wo er begann sein Leben ohne sie zu leben. Jetzt ist es mein Problem, nicht seins.

Stattdessen beschloss ich, mit ihm über Peter zu reden, aber so, dass er nicht merkte, um wen es dabei ging.

»Ich war in letzter Zeit mit einem Jungen zusammen«, sagte ich. »Es läuft aber nicht so gut.«

»Einer aus der Schule?«

»Ja.«

»Spielt er auch in dem Stück mit?«

»Ja.«

»Nun, es kann schwierig sein, jemanden jeden Tag zu sehen. Ich erinnere mich daran, dass ich einmal eine Beziehung zu einer Frau hatte, die im selben Haus wohnte wie ich. Ich kam frisch vom College, und nachdem wir uns getrennt hatten, sah ich sie zweimal täglich im Aufzug oder in der Eingangshalle. Es war eine Qual.«

Ich frage mich, was Daddy meinen würde, wenn er von den Problemen zwischen Mutter und Nelson wüsste. Er hat bestimmt keine Rachegefühle. Trotzdem wollte ich nichts sagen. »Nelson und ich haben im Squash-Club an den Meisterschaften teilgenommen, Vater-Tochter-Doppel«, sagte ich. »Wir sind in der dritten Runde ausgeschieden.«

»Ich platze vor Neid. Er muss topfit sein.«
»Geht so. Er hält sich für besser, als er ist.«
»Das ist wahrscheinlich eines der Geheimnisse des Erfolgs«, sagte Daddy. »Die Erkenntnis der eigenen Grenzen mag ein erster Schritt zu Weisheit und Reife sein, aber sie kann einen sehr bremsen.«

Als ich nach Hause kam, rannte Mom auf mich zu. Sie winkte mit zwei Briefen. Ich sah, dass einer aus Chicago kam, der andere aus Wesleyan. »Ich hab sie nicht aufgemacht«, sagte sie. »Ich schwöre!«
Ich nahm die Briefe mit in mein Zimmer, schloss die Tür und versuchte mich zu entscheiden, welchen ich zuerst öffnen sollte. Weil mir Chicago wichtiger war, öffnete ich den aus Wesleyan zuerst. Sie hatten mich auf die Warteliste gesetzt. Dann machte ich den Brief aus Chicago auf, mit geschlossenen Augen. Ich war aufgenommen! Ohne nachzudenken raste ich raus und umarmte Mom. »Ich bin drin!«, rief ich.
Sie nahm mir die Briefe ab, las sie und dann lächelte sie mich glücklich an. »Ich freu mich so, Les. Ich wusste, dass du's schaffst.«
»Mein Notendurchschnitt ist so mies. Ich hatte solche Angst, dass sie mich deshalb nicht nehmen würden.«
»So schlecht waren deine Noten gar nicht«, sagte Mom. »Bist du nicht auf über sechshundert Punkte in Englisch gekommen?«
»Es muss jedenfalls auf der Kippe gestanden haben.«
»Das müssen wir feiern«, sagte Mom. »Ich schau mal nach, ob wir Sekt haben.«

Normalerweise essen wir gegen halb acht, aber Nelson war noch nicht zu Hause. Also meinte Mom, wir sollten ohne ihn anfangen.
»Wo steckt er?«, fragte ich.
»Vielleicht arbeitet er länger«, sagte Mom. Unsere Blicke trafen sich, dann schaute sie weg.
Peter schien weit weg beim Essen. Er sagte, es sei toll, dass mich Chicago aufgenommen hatte, trank ein Glas Sekt und verkündete dann, er würde den Nachtisch ausfallen lassen, weil er noch etwas lesen müsste.
Wir aßen den Nachtisch allein. »Na ja, für jemanden, den Harvard genommen hat, ist Chicago wohl keine so tolle Sache«, sagte ich mit einem schiefen Lächeln.
»Genau wie sein Vater«, sagte Mom. »Er ist einfach launisch.«
Ich glaube nicht, dass Peter irgendwie Nelson ähnlich ist, aber ich sagte nichts.
»Vielleicht hätte er im Winter mit Hope nach Chicago gehen sollen«, sagte Mom. »Das soll kein Vorwurf sein, Les, du bist so beschäftigt mit der Schule und dem Stück und deinen Freunden. Aber er ist so alleine. Entweder geht er ins Institut oder er hockt in seinem Zimmer.«
»Na ja, so ist er halt«, sagte ich und spürte, wie mir der Sekt zu Kopfe stieg.
»Und Nelson ist keine große Hilfe«, fuhr Mom fort. »Ich glaube nicht, dass er seine Söhne sehr mag, außer wenn sie nicht da sind und er von ihnen sprechen kann. Dann könnte man glauben, dass es für ihn nichts Wichtigeres gibt.«
»Ich glaube, Peter kommt schon klar«, sagte ich.

»Bestimmt, das wird sich alles noch geben«, sagte Mom. »Es ist ein kompliziertes, oft schmerzhaftes Alter. Um nichts auf der Welt würde ich da noch mal durchwollen. Du hast wenigstens deine Schauspielerei. Als ich siebzehn war, bin ich nur hin und her gesprungen und hab getan, was ich geglaubt habe, dass meine Eltern wollten.«

Auf den Fotos aus der Zeit sieht Mom richtig kess und selbstbewusst aus. »Aber du hast doch bestimmt einen Haufen Verehrer gehabt, oder?«, fragte ich.

»Es war alles sehr oberflächlich«, sagte sie. »Sex war strikt untersagt, es war ein ewiges Hickhack, wie weit man gehen durfte. Und keine von uns hat jemals wirklich versucht mit einem Jungen zu reden. Obwohl wir uns nichts sehnlicher wünschten als so schnell wie möglich zu heiraten, hielten wir sie für unsere Feinde.«

»Sind sie das nicht?«, fragte ich.

Mom lachte. »Heute ist nicht der beste Tag mich das zu fragen.« Sie sah auf die Küchenuhr. »Wo ist Nelson? Hat er dir heute Morgen etwas gesagt?«

»Nein. Ich hab ihn nicht gesehen.«

»Manchmal verstehe ich ihn nicht«, sagte Mom. »Er behauptet, dass er Frauen verehrt, aber ich frage mich, ob er jemals länger als eine Sekunde lang treu war. Und jede neue Frau glaubt, dass sie über das Zaubermittel verfügt, ihn zu ändern.«

Ich hatte den Sekt etwas zu schnell getrunken, mir wurde heiß. »Bereust du, dass du ihn geheiratet hast?«

Mom machte ein verschlossenes, trauriges Gesicht. »Ich war unfassbar naiv. Wir haben uns so gut verstanden. Ich weiß nur nicht ...«

Wir saßen schweigend da und nippten am Sekt. Kurz darauf kam Nelson hereingefegt. »Es tut mir so Leid«, sagte er. »Ich wollte vor einer Stunde anrufen, aber es war besetzt.«
Mom schaute ihn nur an.
»Die Regisseurin hat uns alle fertig gemacht. Wir mussten jede Einstellung immer wieder von neuem drehen. Sie ist wirklich verrückt. Monica ... du hast sie ja kennen gelernt, Leslie, im Squash-Club. Ich bin sehr für Emanzipation, aber ...« Er bemerkte den Sekt. »He, was gibt's zu feiern?«
»Ich bin in Chicago aufgenommen worden«, sagte ich ruhig.
Er packte mich, hob mich in die Luft und küsste mich. »Mein Mädchen! Wunderbar! Noch was für mich übrig?« Er hob die Flasche.
»Ist schon etwas abgestanden«, stellte Mom trocken fest.
Nelson schenkte sich ein. »So? Na, mir ist alles recht. Abgestanden, nicht abgestanden.« Er stieß mit mir an. »Ich bin stolz auf dich. Schade, dass ich mir keinen Verdienst daran zuschreiben kann.«
»Na, Harvard ist schon was anderes«, sagte ich.
»Wo soll da der Unterschied liegen?«, fragte Nelson. »Chicago ist genauso gut. Wo ist Peter. Weiß er Bescheid?«
»Er ist drin und arbeitet«, sagte Mom. »Wir sind mit dem Essen seit einer halben Stunde fertig.«
Nelson küsste sie auf die Stirn. »Liebling – es tut mir so Leid. Glaub mir. Wenn es nach mir ginge, würde diese Frau morgen gefeuert werden. Für einen albernen Drei-Minuten-Spot haben wir zehn Stunden gebraucht.«
»Mir ist nur schleierhaft, wie du behaupten kannst, du hät-

test vor einer Stunde hier angerufen«, sagte Mom gereizt. »Da haben wir gerade gegessen. Niemand hat telefoniert.«

»Vielleicht hatte ich mich verwählt. Ich war mit den Nerven am Ende.«

»Hast du keinen Hunger?« Das Huhn stand immer noch auf dem Büfett.

»Ich hab im Studio was gegessen, ein Sandwich ... Ali. Bitte sei nicht so. Ich bin erschlagen. Ich bin hier. Leslie ist von einem erstklassigen College aufgenommen worden. Komm, lass uns glücklich sein. Schließlich sind wir eine glückliche Familie.«

»Auf die glückliche Familie«, sagte Mom verbittert und hob ihr leeres Glas.

Nelson sah mich an. »Les, du glaubst mir doch wenigstens, oder?«

Ich zuckte die Schultern.

»Was ist in euch gefahren? Bin ich in Abwesenheit verurteilt worden? Ist dies die Henkersmahlzeit?«

»Wir vermuten, dass du es mit anderen Frauen treibst«, sagte ich. »Vielleicht warst du mit dieser Monica im Bett und nicht im Studio.«

Nelson lief rot an.

»Leslie, es reicht«, sagte Mom scharf. »Du hast nicht das Recht, so etwas zu sagen. Bitte entschuldige dich.«

Ich sah sie ungläubig an. »Entschuldigen? Bei wem? Für was?«

»Ich bin in der Lage, meine eigenen Schlachten zu schlagen«, sagte Mom. »Du warst dumm und kindisch.«

»Na, ich zieh jedenfalls zu Daddy«, sagte ich und sprang auf. »Ich lass euch beide ganz allein *glücklich* sein.«

Ich ging in mein Zimmer, schmiss ein paar Klamotten in einen Koffer und ging ins Badezimmer, um die Zahnbürste zu holen. Peter guckte rein. »Wo willst du hin?«

»Ich zieh zu Daddy. Du kannst im trauten Heim bleiben.«

Er schloss die Tür hinter sich. »Was ist passiert?«

»Nichts. Ich will einfach nicht mehr hier leben. Ich mag weder deinen Vater noch meine Mutter noch ...«

»Und was ist mit mir?«, fragte er kläglich. »Kann ich mit dir gehen? Ich mag sie auch nicht.«

»Peter, du hast die letzten zwei Wochen kaum mit mir geredet. Warum willst du jetzt mit mir kommen?«

Auf einmal wirkte er verzweifelt. »Alles ist so grauenhaft«, sagte er. »Das ganze Jahr. Erst tust du so verliebt und dann schaltest du aus irgendwelchen Gründen ab. Alles, was ich mache, geht schief. Hat keinen Sinn.« Er drehte sich um.

So hatte ich Peter noch nie erlebt. Sonst ist er so verschlossen und schüchtern. »Das liegt daran, dass wir hier wohnen. Es macht uns beide verrückt«, sagte ich. »Komm mit. Daddy kann uns beide aufnehmen.«

Er sah immer noch so gequält aus. »Willst du wirklich, dass ich mitkomme?«

»Ja.«

Wir beschlossen, noch zu warten, bis Mom und Nelson schlafen würden. Ich stellte meinen Koffer in den Schrank und tat so, als ob ich um zehn ins Bett ginge, das ist meine normale Schlafenszeit. Mom und Nelson gehen immer um elf schlafen. Um Mitternacht klopfte Peter ganz leise an meine Tür.

Ich kam mit meinem Koffer raus, die Schuhe in der Hand. Ich hinterlegte einen Zettel auf dem Esstisch, damit sie wussten, wo wir waren. Wir schlichen über den Flur und schlossen leise die Wohnungstür.

Der Portier stellt nie Fragen; das mag ich an ihm. Als wir ihn baten ein Taxi zu rufen, ging er raus und blies in seine Pfeife. Er schien nichts Ungewöhnliches dabei zu finden, wenn zwei Jugendliche nachts um halb eins mit Koffern das Haus verlassen.

Im Taxi hielt Peter meine Hand. »Ich hoffe, deinem Vater macht es nichts aus, dass ich auch komme«, sagte er.

»Ich werd ihm sagen, dass er entweder uns beide nimmt oder ...«

»Ich hab ein bisschen Geld auf dem Konto. Wenn er uns nicht will, können wir was mieten, für zwei Monate.«

»Geht das?« Schon die Vorstellung machte mich nervös. Ich hatte immer noch Prüfungen und Schule und Theaterproben vor mir.

»Du könntest weiter zur Schule gehen«, sagte Peter. Plötzlich war er wieder wie immer, praktisch, alles planend. »Wir können uns was nahe der Schule suchen.«

»Und was sollen wir essen?«

»Ich kann kochen. Du nicht?«

»So lala. Aber was ist, wenn sie uns holen kommen?«

Peter streichelte meine Hand. »Mach dir keine Sorgen. Wir kommen da schon durch.«

Zwei auf der Straße

Leslies Vater war noch wach, als wir ankamen. Er schien nicht sonderlich überrascht uns zu sehen. Ruhig hörte er Leslie zu, wie sie erklärte, warum wir gegangen waren. »Wenn du uns nicht aufnehmen willst, hauen wir ab«, sagte sie wild. »Dann gehn wir ins Hotel.«

»Schätzchen«, sagte ihr Vater freundlich. »Natürlich könnt ihr hier bleiben. Sei nicht albern.«

»Kann Peter auch bleiben?«

»Selbstverständlich ... wenn's ihm nichts ausmacht, auf dem Sofa zu schlafen. Wie stehst du zu Sofas, Peter?«

»Bestens«, sagte ich. »Ich kann überall schlafen.«

»Aber, Daddy«, sagte Leslie. »Das ist für immer. Ich meine, bis wir ins College gehen. Nicht bloß für eine Nacht.«

»Das habe ich auch so verstanden. Und wenn es mit Aline klar geht, geht es auch mit mir klar.« Er räusperte sich. »Sie weiß ja sicher, dass du hier bist?«

Leslie sah mich an. »Na ja. Morgen weiß sie's. Ich hab ihr einen Brief geschrieben.«

Leslies Vater schwieg. »Mit anderen Worten: Im Moment weiß sie nichts?«

»Sie schläft ... Daddy, ich halt das nicht mehr aus, wie sie sich gegenseitig fertig machen und Mom dann auf mich losgeht, egal auf wessen Seite ich mich stelle.«

»Das kann ich verstehen«, sagte Leslies Vater. »Aber sie

hat das Sorgerecht. Ich kann euch nicht einfach so aufnehmen. Nicht ohne Gerichtsurteil.«
»Dann gehen wir ins Hotel. Oder wir mieten uns was. Zurück gehen wir jedenfalls nicht.«
Leslies Vater sah mich an. »Was ist mit dir, Peter? War es für dich auch so unangenehm?«
»Ich will bei Leslie sein«, sagte ich vorsichtig.
»Ich verstehe«, sagte Leslies Vater. Ich war mir nicht sicher, was er verstand. »Also gut. Lasst uns schlafen gehen. Morgen werde ich mit Aline reden und sehen, ob es eine Lösung gibt. Wir wollen jedenfalls nicht, dass ihr beiden euch irgendwo in der Stadt rumtreibt. Du brauchst einen ruhigen Hafen, bis du von der Schule abgehst.«
In diesem Moment warf sich Leslie ihrem Vater in die Arme und begann zu heulen. Ich konnte kaum verstehen, was sie sagte, aber er klopfte ihr auf den Rücken und versuchte sie zu beruhigen. Ich wurde auf der Stelle eifersüchtig. »Das kommt schon alles in Ordnung«, sagte er. »Mach dir keine Sorgen, Mäuschen. Ich werde alles regeln.«
Am Morgen sagte Leslies Vater, sie solle zur Schule gehen. Er war früh aufgestanden, um sieben, zusammen mit uns. Sie sah immer noch bedrückt und müde aus, als sie aufbrach.
Etwa eine halbe Stunde nachdem sie gegangen war, rief ihre Mutter an. Ich war in der Küche. Ich konnte Leslies Vater hören: »Nein, sie ist in der Schule. Nein, natürlich nicht. Ich habe nichts geahnt. Ich war vollkommen überrascht ... Ich habe sie *nicht* entführt. Sie sind aus freien Stücken gegangen. Ich will einfach, dass sie einen fried-

lichen, ruhigen Ort haben, wo sie … Natürlich. Gut, gehen wir heute Mittag essen.« Danach hat er meistens zugehört. Nachdem er aufgelegt hatte, sah er mich an und seufzte. »Nun, ich weiß nicht recht. Das könnte komplizierter werden, als Leslie denkt.« Er goss sich Kaffee in eine große, geblümte Tasse. »Hast du … äh … wie lange habt ihr über diesen Umzug nachgedacht?«

Ich sagte ihm, dass ich nie darüber nachgedacht hatte. »Aber als Leslie so fertig war, wollte ich sie nicht allein gehen lassen.«

»Das war sehr umsichtig«, sagte er. »Vielen Dank, Peter. Leslie handelt manchmal etwas impulsiv. Ich habe das Gefühl, du hast einen guten Einfluss auf sie.«

»Ich … ich liebe sie«, stotterte ich.

»Ja, natürlich. Ich freue mich. Sie hatte nie eine so enge Beziehung zu einem Jungen. Vielleicht, wenn sie einen richtigen Bruder gehabt hätte …«

Ich wusste nicht, ob er mich absichtlich missverstehen wollte, aber ich war erleichtert. Eigentlich hatte ich nicht damit rausplatzen wollen. Ich zog mich an und sagte Leslies Vater, dass ich ins Institut gehen würde. Stattdessen hab ich den Tag allein verbracht und bin durch die Stadt gelaufen. Es war ein milder sonniger Apriltag, zum Spazierengehen wie geschaffen. Ich bin durch den Park gegangen, hab unter einem Baum gesessen und dann hab ich mir eine Zeitung gekauft, um nachzusehen, ob irgendein guter alter Film läuft. Irgendwie wäre es mir am liebsten gewesen, wenn ich mit Leslie eine Wohnung hätte mieten können. Ich habe mir vorgestellt, wie wir jede Nacht zusammen sind, reden, arbeiten, Filme sehen, miteinander schlafen. Aber ich frage mich, ob Leslie dazu in der Lage gewesen wäre. Sie ist impulsiv, aber irgendwie auch feige. Vielleicht, weil sie ein Einzelkind ist. Jedenfalls, wie sie sich gestern Abend ihrem Vater in die Arme gestürzt hat, fest davon überzeugt, er könne alles in Ordnung bringen, da hat sie mich an ein kleines Mädchen erinnert. Mit sieben oder acht hatte ich vielleicht auch solche Illusionen über meine Eltern. Aber die habe ich schon lange abgeschrieben.

Nach einer Weile bin ich in *Zwei auf der Straße* mit Audrey Hepburn und Albert Finney gegangen. Sie spielen ein Paar, das sich sehr jung kennen gelernt hat und gleich ein Kind bekommt. Sie sind beide untreu, aber am Schluss scheinen sie immer noch zusammen zu sein. Es ging immer zwischen Vergangenheit und Gegenwart hin und her, und wann der Film spielt, konnte man nur an der Mode und den Frisuren erkennen. Nach dem Film gab es eine Pause. Ich ging in die Eingangshalle, um Popcorn und was zu trinken zu kaufen. Am Getränkeautomaten stand ein Mädchen. »Den hab ich mir jetzt zum vierzehnten Mal angesehen«, sagte sie.

»Ich zum ersten Mal.« Ich wühlte in meinen Taschen nach Kleingeld.

»Ich bin verrückt nach Audrey Hepburn«, sagte sie. »Ich liebe alte Streifen. Heute zum Beispiel sollte ich in der Schule sitzen, aber es war so ein schöner Tag. Was soll's.«

»Auf welche Schule gehst du?«, fragte ich. Sie war hübsch und sah nett aus.

»Windsor-Mädchenschule. In Riverdale.«

»Kennst du Leslie Hertz?«

»Ja, ist das nicht die Schauspielerin?«
»Ist meine Stiefschwester.«
»Aha. Gehst du in die Windsor-Schule für Jungen?«
»Ich war schon im Januar fertig.«
»Leslie ist eine richtig gute Schauspielerin«, sagte sie und warf mein Geld in den Automaten. »Spielst du auch? Übrigens, ich bin Karen Ludowsky.«
»Und ich Peter«, sagte ich nach kurzem Zögern.
Karen ging mit mir den Gang runter. Als ich mich gesetzt hatte, sah sie auf den Platz neben mir. Er war leer. »Kann ich mich zu dir setzen?«, fragte sie. »Ich bin reingekommen, als der Film schon lief, und jetzt sitzt eine Frau mit einer Riesenfrisur vor mir.«
»Von mir aus gern«, sagte ich. Karen sah jünger aus als ich, vielleicht fünfzehn, sechzehn. Sie hatte eine gute Figur und glatte schwarze Haare, nicht so schöne wie Leslie, aber immerhin.
Als Nächstes lief *Kleine Romanzen*, ein Film, den ich wahrscheinlich nicht besonders gemocht hätte, wenn ich wirklich hingesehen hätte. Es ging um zwei Kinder, die durch Frankreich und Italien streunen. Das Mädchen, Diane Lane, ist außerordentlich schön und hat eine total abgetakelte Mutter. Laurence Olivier erschien von Zeit zu Zeit, um weise und unverständliche Sachen zu sagen. Wahrscheinlich gab es eine Handlung, aber nicht in dem Sinne, dass man sie bemerkt hätte. Dafür passierte etwas anderes. Kurz nachdem der Vorspann begonnen hatte, zupfte mich Karen am Ärmel. »Willst du Popcorn?«
»Klar.« Ich wollte gerade in die Tüte langen, da nahm sie eine Hand voll und fütterte mich damit, Stück für Stück,

wie ein Tier im Zoo. Dann küsste sie mich ganz leicht. »Du schmeckst salzig.«
Im Kino bin ich ein anderer Mensch. Das macht die Dunkelheit, die großen Gesichter auf der Leinwand, diese Menschen, die dir ihre unglaublich dramatischen Geschichten offenbaren. Also, ich bin kein Schizo. Ich weiß schon, dass ich Peter bin und einen Film sehe, aber ich fühle mich gelöst, weich, glücklich. Vielleicht habe ich deshalb mit Karen rumgeknutscht, die ich nicht kenne und die mich wahrscheinlich auch nicht gemocht hätte, wenn sie mich gekannt hätte. Trotzdem kam es mir wie die natürlichste Sache der Welt vor, als ob ich das im Kino immer so machen würde anstatt verkrampft dazusitzen, in tausend Fantasien verwickelt. Wir küssten uns ewig und sie ließ es sogar zu, dass ich die Hand unter ihren Pullover schob und ihre Brüste berührte. Zum Glück saß niemand hinter uns. Tatsächlich war das Kino fast leer. Zwischen den Küssen holte Karen tief Luft und sagte: »Einen Moment, das ist eine meiner Lieblingsszenen«, dann verschlang sie eine Hand voll Popcorn und wandte sich wieder mir zu.
Als am Ende die Lichter angingen, lächelte sie. »Ich mag ihn immer noch. Ich hab ihn jetzt zehnmal gesehen. Nach Audrey Hepburn ist Laurence Olivier mein liebster Schauspieler, jedenfalls was das Können anbetrifft. Hast du *Sturmhöhe* gesehen?«
»Klar.« Ich versuchte mit den Gefühlen klarzukommen, die das Geknutsche im Kino ausgelöst hatte. Nicht nur mit meiner Erregung, sondern auch mit den Schuldgefühlen.

»So soll das bei mir auch mal sein«, sagte Karen. »Wie bei Cathy und Heathcliff, diese totale Leidenschaft, in der zwei Menschen völlig miteinander verschmelzen. Verstehst du?«

»Ich glaub nicht, dass ich so was Extremes will«, sagte ich.

Sie schüttelte den Kopf und stand auf, ihre Jacke überm Arm. »Ja, Jungs wollen das nie«, sagte sie. »Das ist das Problem. Mom sagt, das würde sich bei mir noch legen. Dieser Wunsch nach völliger Verschmelzung sei ein Zeichen von Unreife. Zu einer Beziehung gehörten zwei selbstständige Menschen.«

Ich konnte nur an Leslie denken und was sie sagen würde, wenn sie davon wüsste. »Ähem ... Würdest du bitte Leslie nichts davon erzählen?«, sagte ich. »Nur, weil sie ...«

»Ja, sicher«, sagte Karen. »Kenn ich. Sie ist deine Schwester, deshalb meint sie, dass du noch nie was von Sex oder so gehört hast. Mein großer Bruder ist genauso. Der glaubt, dass ich immer noch unters Klavier krieche und mit meinen Barbie-Puppen spiele.«

»Geht sie in deine Klasse?« Ich zog meine Jacke an. Es dämmerte, nieselte, wurde grau.

»Nein. Ich bin erst in der Zehnten ... Na, mach's gut. Bis dann mal.«

Wenn das irgendwann vorher passiert wäre, hätte ich sie nach ihrer Telefonnummer gefragt. Aber jetzt war das nicht möglich ohne in Schwierigkeiten zu geraten. Trotzdem, ich fühlte mich wahnsinnig gut. Mit Mädchen ist es komisch. Ob mir das jetzt öfters so gehen wird? Die paar Male, die ich es versucht hatte, ist nichts daraus geworden, aber mit Leslie und jetzt mit Karen sah es so aus, als ob sie weiß Gott warum auf mich stehen würden. Liegt wahr-

scheinlich an irgendwelchen seltsamen verschütteten animalischen Trieben.
Ich sehe besser aus. Bestimmt. Vielleicht hab ich ein paar Pfund abgenommen, aber wie auch immer, ich zucke nicht mehr so zusammen, wenn ich an einem Spiegel vorbeikomme. Auf dem Weg nach Hause dachte ich: *Auf dem College werde ich andere Mädchen haben, wenn ich will. Das ist erst der Anfang.* Ich bekam sofort Gewissensbisse, wenn ich das nur dachte, und gleichzeitig war es ein tolles Gefühl, als würde mir eine Hand zärtlich über den Rücken streichen.
Ich klingelte. Leslie machte auf. Sie sah immer noch ganz aufgelöst aus. »Wo warst du? Ich hab im Institut angerufen, aber da haben sie gesagt, du wärst nicht da.«
»Ich hätte es heute nicht ertragen«, sagte ich. »Ich war im Kino.«
»Jedenfalls musst du zurück«, sagte sie. »Daddy war mit Mutter essen. Ich darf hier bleiben, aber bei dir sieht sie keinen Grund dafür.«
»Scheiße.« Es war eine entsetzliche Vorstellung, allein zu Dad und Aline zurückkehren und die beiden immer um mich rumzuhaben. Wann sollte ich Leslie sehen? »Warum ziehen wir nicht zusammen, wie ich vorgeschlagen habe?«, fragte ich. »Das Finanzielle kriege ich schon hin. Es wäre irre. Komm.« Ich war wie aufgeputscht von dem Film und weil eine fremde Frau etwas von mir gewollt hatte.
»Ich hab Daddy davon erzählt«, sagte Leslie. »Er sagt, das könnte ihm großen Ärger einbringen. Mutter würde denken, er hätte uns das eingeredet.«

Ich nahm ihre Hände. »Aber würdest du es wollen?«
Sie zögerte immer noch. »Ja, sicher, irgendwie schon, aber … weißt du, es wäre fast wie Zusammenleben und wir sind so jung. Ich weiß nicht, ob ich schon so weit bin.«
Ich hasse es, wenn Leslie ihre Klein-Mädchen-Schau abzieht. »Hab verstanden.« Ich drehte mich wütend weg.
»Also, eigentlich würde ich gerne«, sagte Leslie leise. »Aber da ist das Stück, die Abschlussprüfungen. Ich kann nicht einfach alles hinschmeißen und mich nur mit dir beschäftigen. Es gibt noch mehr in meinem Leben.«
»In meinem Leben auch«, sagte ich. »Aber ich will etwas, an das ich mich halten kann. Im letzten Jahr scheint alles kaputtzugehen. Nur das, was zwischen uns ist, ist sicher.«
»Meinst du?«
»Was soll das heißen? Natürlich! Wieso fragst du so was, Leslie? Ist es für dich nicht sicher?«
»Daddy meint, ich sei noch sehr jung. Zu jung, um … mich so weit einzulassen«, sagte Leslie.
Das brachte mich aus dem Konzept. »Wie soll er davon wissen. Ihm hast du es doch nicht auch erzählt. Oder?«
»Nicht alles. Aber etwas musste ich ihm sagen, Peter. Sonst ergibt es doch keinen Sinn, dass du mitgekommen bist. Ich hab nur gesagt, dass wir uns sehr gut verstehen.«
Das war bitter. »Du lieber Himmel, wer weiß denn mittlerweile nicht Bescheid? Langsam wird es lächerlich.«
Leslie legte die Hand auf meinen Nacken. »Er weiß nicht, dass wir …«
»Das zwischen uns ist privat. Sollte es wenigstens sein. Du zerstörst es, wenn du es allen erzählst. Du machst einen Witz daraus.«

Leslies Stimme wurde zittrig. »Wie kannst du das sagen? Ich liebe dich mehr als sonst jemanden. Ich will mich nur nicht völlig aufsaugen lassen. Schau dir das Jahr doch mal an, alles, wofür ich gearbeitet habe.«

Ich umarmte sie. »Les, du wirst nicht aufgesaugt. Dafür sorgst du schon. Ich will doch bloß, dass wir uns öfter als einmal die Woche sehen.«

»Du siehst mich ja, jetzt zum Beispiel.«

»Wo ist dein Vater?«

»Holt was zum Abendessen. Er hat Mutter versprochen, dass du heute Abend zurückkommst.«

Die Lichter im Wohnzimmer waren noch aus. Leslie setzte sich neben mich auf die Couch. Wir küssten uns, gierig und hastig, weil wir wussten, dass ihr Vater jeden Moment zurückkommen könnte. »Es wäre toll, wenn wir heute Nacht zusammen sein könnten«, flüsterte ich. »Ich ruf Dad an und sag, dass ich erst morgen zurückkomme.«

»Gut«, sagte Leslie ergeben. Sie wirkte wie benommen. »Das ist eine gute Idee.«

Beim Abendessen versuchte ich Leslie nicht so anzuschauen und die Vorstellung, wie wir zusammen im Bett sind, auszuschalten. Ich wollte an etwas anderes denken. Immer wieder kam mir Karen in den Sinn, dieser verwirrende, unerwartete Moment, als sie begann mich mit Popcorn zu füttern, der komisch strenge Geruch ihres Parfüms, ihr nackter Fuß, der an meinem Bein entlangzappelte, als ob er ein Eigenleben hätte.

»Tut mir Leid, Peter«, sagte Leslies Vater. »Ich habe alles versucht. Aber es stimmt auch. Vom Platz her gesehen

wäre meine Wohnung etwas klein für euch beide. Nicht dass es mich stören würde, aber …«
»Sicher. Ich verstehe.« Was würde er denken, wenn er von uns wüsste? Nicht *dass wir uns sehr gut verstehen*. Sondern dass wir miteinander schlafen? Leslies Vater ist so ironisch und zurückhaltend, es ist unmöglich, seine Gefühle auszumachen, abgesehen mal von seiner Liebe zu Leslie.
»Du kannst aber natürlich an den Wochenenden kommen. Wann immer dir danach ist.«
Nach dem Essen behauptete Leslie, sie sei müde und wolle ins Bett. Ich behauptete dasselbe, ging ins Wohnzimmer und klappte das Sofa auseinander. Ich hatte gehofft, Leslies Vater würde auch ins Bett gehen, aber ich hörte ihn noch zwei Stunden in der Küche rummachen. Jedes Mal wenn es fünf Minuten still war, dachte ich, er hat sich endlich hingelegt, aber dann hustete er oder schaltete das Radio an. Es wurde nach Mitternacht. Ich befürchtete, Leslie würde schon schlafen. Ich selbst war allerdings viel zu aufgedreht, um einzuschlafen, obwohl ich in der Nacht vorher auch nicht viel Schlaf abgekriegt hatte. Nachdem es einmal zehn Minuten still geblieben war, stand ich auf und stapfte in den Flur. Leslies Vater kam gerade aus dem Badezimmer, schon im Schlafanzug. Er hob die Hand zum Gruß und trat zur Seite, um mich reinzulassen. Da stand ich eine Weile, zog dann die Spülung und ging wieder zum Bett. Aber diesmal legte ich mich nicht hin. Ich setzte mich auf die Sofakante und wartete. Ich sah auf die Leuchtziffern der Digitaluhr. Um Viertel vor eins stand ich auf.

Ich öffnete Leslies Tür so vorsichtig wie möglich und schloss sie hinter mir. Sie setzte sich auf. »Peter?«, flüsterte sie.
Ich zog mich aus und schlüpfte unter die Decke. »Nein, der große Unbekannte«, sagte ich.
»Du bist ja nackt«, sagte sie, als ob ich meinen Schlafanzug aus Versehen vergessen hätte.
»Stimmt. Ich bin nackt. Aber du bist ein bisschen zu dick eingepackt.« Ich versuchte ihren Schlafanzug aufzuknöpfen.
»Ich friere«, sagte sie zitternd und drückte sich an mich. »Ich dachte schon, du kommst überhaupt nicht mehr.«
»Ich hab gewartet, bis dein Vater sich zurückzieht. Er ist erst vor einer Viertelstunde ins Bett gegangen.«
»Ich weiß. Ich hab ihn gehört. Soll ich irgendwas ausziehn?«
»Kann nichts schaden. Ich halt dich warm.«
Leslie setzte sich hoch und knöpfte ihr Oberteil auf. »Meine Tage sind fast zu Ende – ist das okay? Ich glaub, es ist ziemlich vorbei.«
»Klar. Aber nehmen wir doch ein Handtuch, nur für alle Fälle. Blutbefleckte Laken könnten verdächtig wirken.«
»Es ist wirklich vorbei«, sagte Leslie, aber ich holte trotzdem ein Handtuch aus dem Bad und legte es übers Laken.
Obwohl ich ein starkes Bedürfnis gehabt hatte, mit Leslie zu schlafen, war ich doch nervös, hier in der Wohnung ihres Vaters. Leslie klammerte sich an mich, eher kindlich als sexuell erregt, und gab am Ende leise Töne von sich, wie ein Kätzchen, dem man auf den Schwanz getreten hat. Als sie danach in meinen Armen lag, dachte ich an die Wohnung, in der wir beide zusammenleben könnten, ohne

Eltern, ohne Regeln. Ich fragte mich, ob jemand mit mehr Energie Leslie von dem Plan hätte überzeugen können – oder einfach eine Wohnung gemietet und Leslie mitgenommen hätte. Bilder zogen durch meinen Kopf, wie in dem Film, den ich gesehen hatte: Leslie und ich beim Essen, Leslie auf meinem Schoß, lesend, wir beide zusammen unter der Dusche, Leslie, wie sie mir die Fußnägel schneidet.

»Danke, dass du gestern Nacht mit mir gegangen bist«, sagte sie endlich. »Ich weiß nicht, ob ich allein den Mut aufgebracht hätte.«

»Hättest du.«

»Ich bin ein furchtbarer Feigling«, sagte Leslie. »Ich bin nicht wie du. Du tust, was du willst. Du kümmerst dich nicht so um die Meinung der anderen. Ich schon.«

»Mich kümmert das auch«, sagte ich. Ein bisschen widerstrebte es mir, die hohe Meinung, die sie von mir hatte, zu zerstören.

»Wenn ich bloß selbstständig genug wäre mit dir zusammenzuziehen, wie du vorgeschlagen hast. Aber ich bin's nicht.«

Was war es bloß? Hatte sie Angst davor, immer mit mir schlafen zu können, wann uns danach war? Ich fragte sie das so vorsichtig wie möglich.

»Ich will nicht völlig in dieser Liebe aufgehen«, sagte sie. »Ich will das nicht. Ich will *ich* sein, nicht ein Teil von dir.«

Ich dachte an das, was Karen im Kino über *Sturmhöhe* gesagt hatte. »Du bist du und ich bin ich«, scherzte ich.

»Aber wenn wir zusammen sind, ist es ... ich weiß nicht. Als ob ich mich auflöse. Als ob ich weniger *ich* wäre. Verstehst du das?«

»So etwa.« Wir lagen nebeneinander und nach einer Weile schlief Leslie ein. Ich hörte, wie ihr Atem tiefer und regelmäßiger wurde. Ich wollte nicht in ihrem Bett einschlafen, also löste ich mich von ihr, zog meinen Pyjama wieder an und ging ins Wohnzimmer.

Es war nach zwei. Aber obwohl ich nicht mehr so unruhig war wie vorher, konnte ich nicht einschlafen. Ich lag da, bis es dämmerte, schaute an die Decke, hörte die Autos draußen, rufende Menschen, all die nächtlichen Geräusche der Stadt.

Der Traum vom Erfolg

Es ist jetzt drei Wochen her, dass ich von Nelson und Aline weg bin. Die meiste Zeit habe ich mich mit dem Stück beschäftigt. Die letzte Szene haben wir wieder und wieder geprobt. Den ganzen Tag über spiele ich sie im Kopf durch. Ich sage den letzten Satz im Stück, Brandemour hält ihn für entscheidend. Es ist kurz nachdem die Familie entdeckt hat, dass Elizabeth mit Browning nach Italien durchgegangen ist. Ihr Vater kriegt einen Tobsuchtsanfall und will Flush, Elizabeths Hund, aus Rache töten. Der letzte Satz, also meiner, lautet: »Ba hat mir geschrieben, dass sie Flush mitgenommen hat.« Ba ist Henriettas Spitzname für Elizabeth.

Nachdem ich den Satz hundertmal gesagt hatte, unterbrach Brandemour die Probe. »Hört mal zu, Kinder. Es geht darum: Dieser Mann herrscht eisern über seine Familie. Er hat alle total im Griff, ohne jegliches Verständnis seiner eigenen Persönlichkeit. In gewisser Weise liebt er seine Tochter, die ihn schließlich verlässt. Wenn er dann sagt, dass er Flush töten will, muss das offenbar werden: Die Maske fällt. Aus Rache ist er zu allem fähig. Und du, Leslie, du sagst ihm, dass er nichts tun kann, dass seine Macht gebrochen ist. Nicht nur Elizabeth und Flush sind entkommen – ihr alle seid frei … wenn ihr wollt. Darum geht es in dem Stück. Wir sind die Gefangenen unserer eigenen Ängste, einer wie der andere, Gefangene. Elizabeth mit ihrer eingebildeten Krankheit, die Söhne, die Töchter. Was hält sie davon ab, einfach wegzugehen?«

»Wie hätten sie sich selbst ernähren sollen?«, fragte Bryna. »Ich meine die Mädchen. Frauen konnten damals nicht arbeiten. Sie hatten keine Ausbildung.«

»Frauen *haben* gearbeitet«, sagte Brandemour. »Frauen haben schon immer gearbeitet. Und was ist mit den Söhnen? Sind sie irgendwie freier, bei all ihrer Ausbildung und so weiter? Sie werden erst frei, wenn sie sich für frei erklären. Und das ist etwas, was für uns alle gilt.«

Auch für mich? Ich hab das, was ich mir immer gewünscht habe: ein friedliches Zusammenleben mit Daddy, keine Auseinandersetzungen, wir leben wie ein Ehepaar in Kleinformat. Mom hat mir damals vorgeworfen, dass ich genau das wollte. Aber will ich das wirklich? Oder verstecke ich mich nur bei Daddy, weil ich mich noch nicht traue mit Peter zusammenzuleben? Es ist bestimmt nicht nur wegen der Geheimnistuerei, die wir das ganze Jahr betreiben mussten. Vielleicht *ist* es Feigheit oder Unreife, wie Peter sagt, oder Angst vor Sex – weiß Gott.

An diesem Abend kam Peter zum Essen. Während ich mit Daddy kochte, sprachen wir über das Stück. »Ich will nicht dasselbe mit dir machen, was dieser Barrett Elizabeth antut«, sagte er, nachdem wir die letzte Szene durchgespielt hatten.

»Machst du auch nicht«, sagte ich erstaunt. »Du bist das Gegenteil von dem Vater im Stück.«

»Nicht ganz. Ich will dich behalten, dich ganz für mich

haben. Aber lass das nicht zu. Halt dagegen, egal was passiert.«

»Klar, das mach ich«, sagte ich verwirrt. »Aber ich seh da gar keinen Zusammenhang, Daddy. Seh ich wirklich nicht.«

Das Essen lief nett, ruhig und entspannt, außer dass ich wusste, dass Peter hier bleiben wollte. Es war Freitag, also gab es keinen echten Grund, warum er nicht bleiben sollte, solange Mom und Nelson Bescheid wussten. Aber gegen elf sagte Daddy, er denke, Peter solle langsam aufbrechen. »Es ist ratsam, in solchen Dingen sehr gewissenhaft zu sein«, sagte er.

Peter wurde wütend. »Das ist lächerlich«, sagte er. »Es interessiert sie einen Dreck, wo ich stecke. Wochenenden sind frei.«

»Nichts ist frei«, sagte Daddy. »Das wirst du, so bedauerlich es auch ist, im späteren Leben selbst noch merken. Alles hat seinen Preis.«

Ich war mir nicht sicher, ob er wusste, weshalb Peter bleiben wollte.

»Leslie und ich wollen Zeit füreinander haben«, sagte Peter. Er sah mich an, suchte Bestätigung.

»Natürlich«, sagte Daddy. »Ein völlig verständlicher Wunsch, dem ich mich mitnichten in den Weg stellen will. Aber auch die Gefühle anderer müssen respektiert werden.«

»Was willst *du?*«, fragte Peter und drehte sich zu mir. »Willst du, dass ich bleibe?«

»Na ja, natürlich. Ich … ich …« Ich geriet ins Stottern. »Aber wenn Daddy meint, dass es …«

»Ach, scheiß drauf«, sagte Peter und rannte aus der Wohnung.
»Ach, der Überschwang der Jugend«, sagte Daddy. »Wenn man doch später etwas davon wiedererlangen könnte.«
Es war ein schöner, warmer Maiabend. Unsere Wohnung liegt im zweiten Stock. Ich rannte zum Fenster und riss es auf. »Peter!«, schrie ich. Er ging gerade aus dem Haus.
Er schaute hoch.
»Eine Sekunde. Ich bin schon unten.« Zu Daddy sagte ich: »Ich bin gleich zurück. Ich will nur kurz mit ihm sprechen.«
Es war so warm, dass ich nicht mal eine Jacke brauchte. Ich rannte einfach runter zu Peter. »In drei Wochen bin ich mit der Schule fertig«, sagte ich. »Ist das so schlimm?«
»Was ändert sich nach der Schule?«, fragte Peter wütend. »Bist du dann auf einen Schlag ein anderer Mensch?«
»Nein. Aber dann kann ich tun, was ich will. Wir können zusammen losfahren, zusammen den Sommer verbringen.«
Er hatte den Kopf gesenkt und sah mich finster an, wie ein Nashorn beim Angriff. »Stimmt das? Schwörst du?«
Ich nickte. Er machte mir Angst.
»Du rennst nicht wieder zu Daddy?«
»Ich versprech's dir.«
Wir küssten uns. Er zitterte. »Leslie, ich will dich so«, flüsterte er.
»Drei Wochen«, flüsterte ich zurück. »Nur noch drei Wochen.«
Als ich wieder hoch ging, fragte ich mich, ob Daddy vielleicht aus dem Fenster gesehen hatte. Aber als ich rein-

kam, war er in der Küche und räumte auf und hörte eine Barock-Sonate im Radio. »Dieses Stück liebe ich«, sagte er. »Warum habe ich bloß nie Oboe gelernt? Es ist so ein wunderbares Instrument.«

Kein Wort über Peter, darüber, was er wirklich von ihm oder unserer Beziehung dachte. Arme Mom, dachte ich. Erst Daddy, der nie etwas direkt ausspricht, und dann Nelson, der mit jeder attraktiven Frau, die ihm über den Weg läuft, etwas anfangen muss.

Am Abend der Aufführung beschloss ich, nichts zu essen. Ich hatte gehört, dass es nicht gut ist, vor Aufführungen zu essen, und dass die meisten Schauspieler auf der Bühne nur so tun, als ob sie essen würden. Daddy kam allein, Peter kam mit Muriel und seiner Mutter. Was mit Mom war, wusste ich nicht. Ich hatte nicht mit ihr gesprochen, seit ich weg war.

Am meisten machte mir zu schaffen, wie plötzlich der Umschwung an diesem letzten Abend gekommen war. Mom und ich hatten zusammen gegessen, mit so viel Offenheit geredet, und kaum war Nelson aufgetaucht, war alles im Eimer. Als ich ihm vorwarf, er würde es mit anderen Frauen treiben, habe ich bestimmt nur gesagt, was Mom auch dachte, aber vielleicht war sie noch nicht so weit, das so direkt zu sagen. Vielleicht war ich zu hart gewesen. Ich habe nur deshalb was gesagt, weil ich mich so gut in Moms Lage versetzen konnte und so sauer auf ihn war. Aber wahrscheinlich hatte sie Recht: Es ist ihre Schlacht und es war demütigend für sie, dass ich alles miterlebte, Zeugin ihrer Verwundbarkeit war.

Als mich Mira schminkte, fragte ich mich, ob ich wollte, dass Mom kommt. Eigentlich wollte ich es bestimmt. Diese uralte Kluft zwischen uns tat mir weh. Aber ich musste diese Überlegungen verdrängen und mich konzentrieren, um startklar zu werden. Mira kann mit Make-up zaubern. Sie trägt dick auf, aber wenn man im Scheinwerferlicht steht, ist es genau richtig. Sie half mir auch mit der Perücke, die ich tragen muss. Meine Haare wachsen nach, aber es reicht noch nicht für eine viktorianische Frisur. Im Stück trage ich zwei Kleider. Das erste liebe ich. Es ist aus weinroter Seide, oben hochgeschlossen, mit kleinen Knöpfen am Rücken. Es macht meine Taille viel schmaler, als sie in Wirklichkeit ist.

Mira trat zurück, um den Gesamteindruck begutachten zu können. »Wahnsinn. Wie fühlst du dich?«

»Unsicher.«

»Na, und Petra übergibt sich. Hoffentlich hat sie alles draußen, bevor sie auf die Bühne muss.«

Für die Aufführungen trägt Brandemour immer denselben schwarzen Hosenanzug mit Samtaufschlägen und einer weißen Nelke im Knopfloch. Vielleicht macht sie es uns zuliebe, kann aber auch sein, dass ihr am Aufführungsabend alles egal ist, jedenfalls ist sie auch mit einmal ein ganz anderer Mensch. Statt redselig und aufgedreht zu sein spricht sie leise und beruhigend, nichts scheint sie aus der Ruhe bringen zu können. Ich sah, wie sie Petra mit einem Magenberuhigungsmittel fütterte. »Kann sein, dass es nur ein Scheinmedikament ist«, sagte sie, »aber das sind die meisten Dinge im Leben. Wirken können sie trotzdem.«

Als sie mich sah, strich sie mir über die Wange. »Entzückend, Liebes. Deine Haare sind perfekt. Schönes Kleid.«
Ich sah, wie Bryna durch den Vorhang zum Publikum lugte. Sie sah erhaben und elegant aus in ihrem schwarzen Kleid. Inzwischen ist Bryna genau so, wie ich mir Elizabeth vorstelle, oder vielleicht sehe ich Elizabeth jetzt anders. Bryna spielt sie sehr warm, fast mütterlich. Vladimir sieht jung aus neben ihr, seine Leidenschaft wirkt kindisch. Sie sieht ihn ergeben, voll Anbetung an, aber ohne dabei ihre Würde zu verlieren. Ich wäre anders gewesen, vielleicht nicht so gut. Jetzt ist es auf alle Fälle egal.
»Da sind meine Eltern«, sagte sie leise. »Wären sie bloß nicht gekommen.«
Ich guckte auch raus. Ich sah Peter, Muriel und seine Mutter in einer Reihe. Kurz darauf kam Daddy rein und setzte sich eine Reihe hinter sie. Aber Mom und Nelson konnte ich nicht entdecken. Man konnte nicht jede Reihe so genau sehen, vor allem auf der Empore. Trotzdem war ich getroffen.
»Ich weiß nicht, ob meine Mutter da ist«, sagte ich. »Sehen kann ich sie jedenfalls nicht.«
»Bist du nervös?«, fragte Bryna. »Ich nicht. Ich bin eher betäubt.«
»Ich auch.«
Mein erster Satz »Worüber lachst du, Ba?« kommt ziemlich früh in der ersten Szene, also stand ich am Bühneneingang, während Bryna ihren ersten Auftritt mit dem Dienstmädchen und dem Arzt hinter sich brachte. Dann rannte ich rein. Ich fühlte, wie mein Kleid flatterte.

Den ganzen ersten Akt kam ich mir wie gespalten vor. Ich war zwar in der Rolle, bestimmt, aber ich hatte dieses merkwürdige Gefühl, daneben zu stehen und mich selbst zu beobachten. Das kann einem sehr auf die Nerven gehen und lässt sich kaum abschütteln. In der zweiten Szene hatte Petra einen Versprecher. Ihr Part sollte mit »Du sollst eine Brautjungfer sein, Liebling, aber keine Braut« enden und darauf steige ich mit »Ja, ich weiß, aber es ... es ist so schwer zu erklären« ein. Aber sie sagte den Satz nicht. Ich wartete einen Moment und dann sagte ich meinen, worauf sie ihren sagte, praktisch zusammen mit mir. Brandemour sagt, dass das manchmal ganz in Ordnung ist, weil es den Eindruck von einem echten Gespräch erweckt, wenn man sich gegenseitig unterbricht, aber an der Stelle gab es keinen Sinn. Gleich darauf war unser Abgang und ich dachte nicht mehr daran.

Nach dem ersten Akt wurde es erstklassig. Bei der Auseinandersetzung mit Mel konnte ich spüren, dass ich wirklich gut war. Und in der Schlussszene, nachdem Elizabeth von zu Hause weggegangen war, war ich voll da für den letzten Satz, den ich in die totale Stille sprechen musste: »Ba hat mir geschrieben, dass sie Flush mitgenommen hat.« Ich habe Mel diesen Satz mit einer solchen Verachtung ins Gesicht geschleudert, wie ich es noch nie zu Stande gebracht hatte. *Da hast du's, du Schwein.* Alles erstarrte, dann fiel der Vorhang.

Mag sein, dass es ein Gefühl gibt, das genauso berauschend ist wie das nach einer Vorstellung, wenn man weiß, dass es gut war. Aber wenn, dann habe ich dieses andere Gefühl nie erlebt. Wir waren alle euphorisch. Hand in Hand traten wir auf die Bühne, danach verbeugte sich jeder allein. Der Applaus war frenetisch, vor allem der von den jüngeren Schülern. Und gerade als ich dran war, sah ich Mom. Sie war alleine, saß ganz am Rand, in ihrem roten Kleid. Unsere Augen trafen sich, dann wandte ich mich ab, lächelte, verbeugte mich und verschwand hinter der Bühne. Als ich abging, kam ein jüngeres Mädchen hoch und überreichte mir einen Blumenstrauß und eine einzelne weiße Rose. Während Vladimir seinen Applaus bekam, schaute ich nach, von wem die Blumen kamen. Der Strauß war von Daddy, die Rose von Peter. Ich hätte nie gedacht, dass Peter so romantisch sein kann. Eine einzelne weiße Rose war ein wunderbares Geschenk.

Der Vorhang war gefallen. Mel ging an mir vorbei und plötzlich griff er mich und küsste mich auf die Lippen. »Das wollte ich schon zwei Monate lang machen«, sagte er.

Kurz danach stand ich immer noch etwas weggetreten da. Brandemour kam auf mich zu. »Wunderbar, Liebes. Du hast die letzte Zeile herausgeschleudert. Es lief mir eiskalt den Rücken runter.« Sie senkte die Stimme. »Eines muss ich dir noch sagen. Ich habe ein paar Jungen belauscht, die sich hinter der Bühne unterhalten haben. Einer sagte über dich: ›Wenn sie bloß auch im wirklichen Leben so sein könnte!‹«

Ich lachte.

Brandemour fasste mich am Arm. »Tu es, Leslie. Lass alles raus. Du hast dein ganzes Leben vor dir. Verschließ nicht alles in dir, nur weil es sich so gehört. Lass es raus.«

»Na gut«, stimmte ich fröhlich zu ohne mir ganz sicher zu

sein, zu was ich da zustimmte. Ich fühlte mich voller Kraft, schön, begabt und möglicherweise unsterblich. Für die Premierenfeier ließ ich die meiste Schminke drauf und behielt sogar die Perücke auf. Hinter der Bühne ist eine riesige Garderobe, die wir uns alle teilen. Peter, seine Mutter, Muriel und mein Vater kamen rein.

»Wunderbar«, sagte Daddy und umarmte mich. »Ich war so stolz auf dich!«

»Ich auch«, sagte Peters Mutter. »Ich wäre fast geplatzt vor Stolz.«

»Das kann gar nicht sein«, sagte Daddy scherzend. »Das ist *meine* Tochter.«

»Für heute Nacht ist sie auch meine«, sagte Peters Mutter. Sie beugte sich vor und flüsterte mir ins Ohr: »Aber bestimmt wärst du auch als Elizabeth großartig gewesen.«

Ich lachte. Alles war witzig und leicht. Es war mir ganz egal, dass ich nicht Elizabeth gewesen war. Ich sah Peter an. »Danke für die Rose.«

Peter stand rum, als ob er lieber woanders gewesen wäre. »Na ja«, murmelte er.

»Wer war das große Mädchen, das Elizabeth gespielt hat?«, fragte Muriel. »Sie ist sehr eindrucksvoll, meinst du nicht, Preston?«

»Wenn Leslie auf der Bühne war, hatte man für sonst niemanden mehr Augen«, sagte Daddy. »Sie war der Star des Abends.«

»Mir hat der Junge, der den Vater gespielt hat, am besten gefallen«, sagte Peter plötzlich. Wie kommt er dazu? Erst eine Rose und dann so was.

»Er war hervorragend«, sagte Muriel. »Kaum zu glauben, dass das eine Schüleraufführung war. Eure Regisseurin muss sehr fähig sein.«

»Sie besetzt gerne gegen den Strich«, erklärte ich. »Also, ich wollte beispielsweise Elizabeth sein, weil ich dachte, ich wäre ihr ähnlich, aber sie meinte, es wäre besser für mich, Henrietta zu spielen.«

»Du bist beiden ähnlich«, sagte Daddy. »Sie stellen die beiden Seiten deines Charakters dar.«

Mel platzte in die Runde. »Die Party läuft bei Vladimir, Les. Wenn du eine Mitfahrgelegenheit brauchst, wir brechen in einer Viertelstunde auf.«

»Toll«, rief ich. Ich spürte, wie Peter schlecht gelaunt in einer Ecke rumlungerte. Warum musste er die Stimmung verderben? »Es wird spät werden«, sagte ich zu Daddy.

»Selbstverständlich«, sagte er. »Ich erwarte dich keine Minute vor Sonnenaufgang.«

»Ach, soo spät nun auch wieder nicht.« Ich musste lachen.

»Keine Minute früher«, wiederholte er. »Du brauchst eine wilde Nacht, um deinen Triumph auszukosten.«

»Vielleicht sollten wir gehen, damit sich Leslie für die Party fertig machen kann«, sagte Peters Mutter. Sie beugte sich vor und küsste mich. »Noch mal: herzlichen Glückwunsch.«

Ich fragte mich, ob Mom kommen würde. Ich wünschte es mir so. Daddy umarmte mich. Peter stand ein bisschen abseits und räusperte sich. »Also, bis irgendwann mal«, sagte er ironisch. Und sie gingen.

Was war bloß mit ihm los? Ich habe diese eine Scheiß-Nacht, in der ich gut drauf bin, und er spielt den leidenden

Einsamen, als ob ich ihm etwas antun würde. Ich hätte ihn nicht einladen können, zu der Party, es war nicht erlaubt, jemanden mitzubringen, der nichts mit dem Stück zu tun hatte, nicht mal Klassenkameraden. Aber auch Peters Verhalten konnte meine Stimmung nicht kaputtmachen. Es war, als ob ich irgendeine Droge im Blut hätte, die mir das Gefühl gab, dass alles möglich ist, dass ich so sein kann, wie ich will.

Ich sah auf und da war Mom. »Hallo, Les. Ich dachte, ich warte lieber, bis alle gegangen sind. Du warst wunderbar.« Das bedeutete mir viel. »Ich war nicht sicher, ob du kommen würdest«, sagte ich und sah sie durch den Spiegel an.

»Doch, das wollte ich unbedingt.« Sie war hübsch, wirkte aber auch müde und kaputt. Mit der rechten Hand hielt sie eine kleine schwarze Handtasche umklammert.

»War Nelson da?« Ich war nicht sicher, ob ich das fragen sollte.

»Nein.« Sie lächelte verkrampft. »Er konnte nicht ...« Sie zögerte einen Moment. »Na, ihr werdet bestimmt eine Feier haben. Ich wollte nur mal schnell bei dir reinschauen.«

»Danke, Mom«, sagte ich, zog mein Kostüm aus und holte das geblümte Baumwollkleid, das ich auf der Party tragen wollte.

Sie küsste mich flüchtig auf die Wange und verschwand. Ich hatte keine Zeit mehr, darüber nachzudenken, aber ich war froh, dass sie gekommen war und mich gut gefunden hatte. Mein Verhältnis zu ihr ist nie einfach gewesen, aber gerade deswegen bin ich immer froh, wenn wir so einigermaßen miteinander auskommen.

Auf der Party ging es mir gut. Obwohl ich nicht mehr Henriettas Kostüm trug, hatte ich immer noch das Gefühl, Dinge tun zu können, zu denen ich sonst nicht in der Lage war, Sachen, die sie fertig gebracht hätte. Ich saß auf Vladimirs Schoß und trank von der Bowle, die seine Mutter gemacht hatte. »Was ist da drin?«, fragte ich. Ich finde ihn immer noch sexy, auch wenn er in erster Linie ein Idiot ist.

»Brennspiritus«, sagte er. »Meine Mutter arbeitet im Labor vom Einstein-Institut.«

»Oh ... da arbeitet auch mein ... Stiefbruder«, sagte ich.

»Der, den ich kennen gelernt habe?«

Ich nickte.

Bryna kam vorbei und schaute uns streng an. »Betrügst du mich bereits, Robert?«, sagte sie mit gespieltem Vorwurf in der Stimme. »Dabei habe ich meine Sonette noch gar nicht geschrieben. Denk an die Weltliteratur, mein Junge.«

»Brandy sagt, sie hätten sowieso nichts getaugt«, sagte Vladimir.

»Wie ich dich liebe?«, deklamierte ich. »Lass mich die Wege zählen ...«

Vladimir hob mich hoch. »'tschuldigung, Les, aber du wirst mir zu schwer. Versuch mal das andere Bein.«

»Ich glaube eher, dass ich noch Bowle will.« Ich ging zu dem Tisch, wo die Esssachen aufgebaut waren.

Petra sagte: »Danke, dass du mir im ersten Akt geholfen hast. Ich war wie versteinert.«

»Hat niemand gemerkt«, sagte ich.

Sie sah mich lange an. »Du bist wirklich schön, Leslie. Wirklich. Du gehörst ins neunzehnte Jahrhundert.«

Bei Petra weiß ich nie, wie ich solche Bemerkungen verstehen soll. Vielleicht weil sie lesbisch ist. »Danke«, sagte ich. »Aber ich glaube nicht, dass ich die Wahl habe.«

Gegen Ende wurde getanzt. Vladimirs Vater hatte verboten den Plattenspieler zu benutzen, aber wir fanden gute Musik im Radio. Ich tanzte mit Vladimir, mit Mel und zuletzt habe ich mit Mira rumgealbert. »Ich hätte mitspielen sollen«, jammerte sie. »Ich bin ein Idiot.«

»Aber du wolltest doch lernen, wie man beleuchtet«, erinnerte ich sie.

»Klar. Aber das spielt sich alles hinter der Bühne ab. Ich will vorne stehen. Scheinwerfer! Applaus! Ich war so neidisch auf euch alle.«

»Du wärst bestimmt gut gewesen«, stimmte ich ihr zu.

»Ja. Du hättest die Elizabeth spielen sollen und ich Henrietta«, sagte sie. »Das wäre ideal gewesen.«

Meine Perücke fiel runter. Mel schnappte sie sich und schmiss sie quer durch den Raum. »Leslies Fassade bröckelt!«, rief er. »Seht her! Alles nicht echt. Diese Windsor-Mädchen werden immer alles versuchen, um sich einen Kerl zu angeln.«

»Gib sie zurück!«, jammerte ich. »Sie gehört mir nicht. Sie ist nur geliehen.«

Vladimir konnte ich sie dann abnehmen. Er presste sich an mich, spielte den Liebhaber. »Was sonst ist echt, Les? Zeig's uns.«

»Alles sonst ist echt«, sagte ich. Ich schaute ihm voll in die Augen. »Aber du bist nicht der, dem ich's zeigen werde. Also zisch ab.«

Er tat, als ob er sehr bestürzt wäre. »Oh. Wer ist denn der

Glückliche? Wird es überhaupt jemand zu sehen kriegen? Wann? Wo?«

»Er ist blau«, fauchte Mira und zog mich weg. »Kümmer dich nicht um ihn.«

Ich hatte gedacht, Mira würde mit zu mir kommen, aber sie sagte, sie müsse am Morgen mit ihrer Mutter einkaufen gehen. Am Ende nahm ich ein Taxi. Ich nahm Petra mit, die bei mir um die Ecke wohnt. Es dämmerte noch nicht ganz, als ich ankam, aber fast. Es war gegen vier. Ich ging leise in die Wohnung. Dann fühlte ich mich wie ein Luftballon, der langsam, aber stetig Luft verliert. Alles war grau und lau und mir wurde klar, dass ich nie wie Henrietta sein würde. Dieser Augenblick von Glück und Freiheit kam mir jetzt wie eine verrückte Illusion vor. Das Gefühl hatte nicht mal zwölf Stunden angehalten. Ich saß im Wohnzimmer und sah raus, auf den Gramercy-Park, auf die Dämmerung. Zwanzig nach fünf klingelte das Telefon.

»Hallo«, sagte Peter. »Das ist dein Guten-Morgen-Anruf. Die Sonne geht auf.«

»Ja«, sagte ich müde.

»Ist sie schon aufgegangen?«

»Vielleicht.«

Und Schweigen. »Wie war die Party? Hast du Spaß gehabt?«

»Jede Menge«, sagte ich trotzig.

»Ich hab mich gleich hingelegt«, sagte Peter. »Aber ich hab den Wecker auf fünf gestellt, um dir Gute Nacht sagen zu können. Du warst toll, Les.«

»Danke.«

»Schade, dass ich jetzt nicht bei dir bin. Ich hab schon daran gedacht, rüberzukommen. Aber ich will deinen Vater nicht aus der Ruhe bringen.«

»Peter, ich bin echt müde. Lass uns später reden.«

»Träum vom Erfolg«, sagte er. »Träum von mir.«

Ich war zu geschafft, um ganz zu begreifen, was wir geredet hatten. Aber ich war froh, dass er angerufen hatte. Träum vom Erfolg? Von ihm? War das das Gleiche? Oder das Gegenteil? Aber soviel ich weiß, habe ich von gar nichts geträumt. Ich bin eingeschlafen, froh, im Bett zu sein, sicher und allein.

Der Auszug

Dad zog aus. Er hat nie was davon gesagt. Eines Tages, als ich vom Institut kam, lag ein Zettel auf meinem Kissen:

Lieber Peter,

ich ziehe in den Harvard-Club. Hier ist meine Nummer, falls du mich erreichen willst. Es war in letzter Zeit alles sehr kompliziert und belastend mit Aline. Ich will dich mit Einzelheiten verschonen. Hoffentlich lassen sich unsere Probleme noch lösen. Mach's gut.

Es war total bescheuert: Ich durfte nicht mit Leslie bei ihrem Vater wohnen, aber man ließ mich hier allein mit ihrer Mutter, die ich kaum kannte. Wenn ich vom Institut kam, war die Wohnung leer. Morgens ging Aline schon vor mir aus dem Haus. Und wenn wir uns mal trafen, erwähnte sie nie, dass Dad ausgezogen war. Es war etwas gruselig, nur wir zwei in diesem prächtigen, weitläufigen Appartement.

Und dann, zwei Wochen vor Schuljahresende, starb Onkel Morgan.

Mom rief an und erzählte es mir. Ich machte mir Vorwürfe, weil ich ihn seit dem Sommer nicht mehr angerufen hatte. Obwohl er Dads Bruder war, habe ich immer in Verbindung mit Mom an ihn gedacht; sie hat ihn immer angerufen oder fürs Wochenende eingeladen.

»Ich fühl mich so elend«, sagte Mom am Telefon. »Ich

weiß gar nicht, warum es mich so schwer getroffen hat. Ich wusste ja, dass er krank war. Man hofft aber doch immer noch auf ein Wunder.«

»Wird es eine Beerdigungsfeier geben?«, fragte ich.

»Ich fliege morgen hin. Ich werde im *Algonquin* wohnen … Könnte ich Nelson einen Moment sprechen?«

»Er ist nicht mehr hier.«

»Wie meinst du das?«

»Er ist ausgezogen. Er wohnt im Harvard-Club.«

Es gab eine Pause. »Warum ist er ausgezogen?«, wollte Mutter wissen.

»Ich weiß nicht.«

»Na, ich werde ihm dort eine Nachricht hinterlassen. Und morgen melde ich mich bei dir.«

Nach Moms Anruf kam Aline in die Küche. Sie trug Jeans und eine weiße Bluse. »Mein Onkel ist gestorben«, sagte ich. »Dads Bruder. Morgan. Wahrscheinlich gehe ich morgen auf die Beerdigung.«

»Weiß Nelson schon davon?«

»Mom hinterlässt ihm eine Nachricht.«

»Ich nehme an, dass er zu der Beerdigung kommen wird«, sagte sie. »Falls er keine dringenderen Verpflichtungen hat.« Sie sah mich aufmerksam an. »Hat er sich seit dem Auszug mit dir in Verbindung gesetzt?«

Ich schüttelte den Kopf.

»Was ist er bloß für ein Mensch? Geht einfach. Nicht mal ein Wort zu seinem eigenen Kind. Wie kann er derart verantwortungslos sein?«

Ich zuckte die Schultern. Ich fühlte mich wirklich unwohl. »Das ist wahrscheinlich sein Charakter.«

»Ich hoffe, dass du nicht so wirst, wenn du älter bist«, sagte sie. Ihre Augen funkelten.
»Glaub ich nicht.«
»Es ist ihm alles zu leicht gefallen. Er ist verwöhnt. Ein verwöhntes Kind. Tut mir Leid, aber es stimmt einfach.«
»Ja, ich weiß«, sagte ich.
»War für euch Söhne bestimmt nicht leicht sich gegen einen solchen Vater durchzusetzen«, sagte sie. »So was kann einen fertig machen ... Gehst du zur Beerdigung?«
Ich hatte ihr schon erzählt, dass ich hingehen würde, aber ich sagte es noch mal.
»Nicht dass sich Nelson auch nur einen Dreck um Morgan geschert hätte«, sagte sie, »aber man sollte doch meinen, dass er den Anstand aufbringt, bei der Beerdigung zu erscheinen. Wer weiß?«
Leslie und ihr Vater kamen auch zur Beerdigung. Die Totenfeier fand in einer kleinen Kirche in der Innenstadt statt. Es gab keinen offiziellen Gottesdienst. Stattdessen standen verschiedene seiner Freunde auf und redeten von ihm, davon, was er ihnen bedeutet hatte. Mom zerfloss regelrecht. Sie begann zu weinen und konnte nicht aufhören, auch als alle Reden gehalten waren. Sie presste meine Hand. »Ich fühl mich so elend, Peter. Es ist so ein Verlust.«
Dad wirkte würdevoll. Er kam zu uns rüber und klopfte Mutter auf die Schulter. »Es tut mir so Leid, Hope«, sagte er. Eine bescheuerte Bemerkung, wenn man bedenkt, dass Morgan sein Bruder gewesen war.
»Es ist, als ob ich einen Bruder verloren hätte«, sagte

Mom. »Mehr als einen Bruder. Er war ein so netter, gütiger Mensch.«

Leslie und ihr Vater waren gleich nach der Totenfeier gegangen.

»Wo ist Leslie hin?«, fragte Mom. »Ich habe gar nicht mit ihr reden können oder mit Preston.«

»Sie sind bestimmt nach Hause«, sagte ich.

»Wieso. Wohnt Leslie nicht bei euch?« Sie sah Dad und mich an.

»Leslie wohnt bei ihrem Vater«, sagte Dad. »Wir dachten, das sei das Beste.«

Ich brachte Mom zurück ins Hotel. »Soll das heißen, dass er das alles gemacht hat, um dann ein einziges Jahr mit ihr zusammenzubleiben?«, rief sie. »Ein lächerliches Jahr, und dafür stellt er das Leben aller Beteiligten auf den Kopf?«

»Vielleicht lieben sie sich nicht mehr«, versuchte ich. Ich habe nie auch nur geahnt, warum Dad etwas macht oder nicht.

»Aline tut mir Leid«, sagte Mom. »Ich hätte nie gedacht, dass ich das einmal sagen würde, aber es stimmt. Sie hat eine absolut annehmbare Ehe aufgegeben, einen freundlichen Mann ... und wofür das Ganze? Sie hätte sich mit einem kleinen Seitensprung begnügen und ihn schnell wieder vergessen sollen.«

»Aber dann wärst du immer noch mit ihm verheiratet.«

»Stimmt«, sagte Mom. Sie lachte verbittert. »Und jetzt hab ich ein neues Leben.« Ihre Augen waren ganz rot, sie setzte die Sonnenbrille auf. »Aber ich vermisse das alte, so falsch und verlogen es auch war. Es ist mir peinlich, aber es ist so.«

Wenn das alles vor sechs Monaten passiert wäre, hätte ich vielleicht gehofft, dass Mom und Dad wieder zusammenkommen. Inzwischen erschien mir das nicht mehr sonderlich lohnend. Ich musste an die Zukunftsvision denken, die Leslie mir mal erzählt hatte, in der meine Mutter und ihr Vater, die beiden Verlassenen, heiraten und glücklich werden.

»Hast du einmal über Leslies Vater nachgedacht?«, fragte ich.

Mom sah mich zerstreut an. »Was ist mit ihm?«

»Ich habe mal gehofft, ihr zwei würdet zusammenkommen.«

Mom lachte. »Was für eine Idee. Ich und Preston?«

»Aber er ist ein netter Mensch.«

»Natürlich ist er ein netter Mensch. Aber was hat das mit Heiraten zu tun? Peter, ich weiß, dass du noch recht jung bist, aber du solltest wissen, dass zu einer Ehe Leidenschaft gehört. Es reicht nicht, dass zwei Menschen aufschauen und sagen: ›Meinst du, es wird heute Regen geben?‹ Das wäre der reinste Hohn.«

Ich hab Mom selten so aufgewühlt erlebt. Vielleicht lag es an der Beerdigung oder weil sie von der Trennung zwischen Dad und Aline gehört hatte. Aber ich nahm ihr dieses ›Ich weiß, dass du noch recht jung bist‹ trotzdem übel.

»Ich bin achtzehn«, sagte ich. »So jung ist das nicht.«

»Ich hab das nicht herabwürdigend gemeint, Schatz. Ich wollte damit nur sagen … ich meine, soweit ich weiß, waren deine Beziehungen zu Mädchen bis jetzt nicht sonderlich eng. Vom Intellekt her warst du immer sehr reif, viel reifer als Ken oder Cliff.«

Wahrscheinlich hatte Mom an diesem Abend in Chicago tatsächlich nichts gesehen. »Ich habe eine Freundin«, sagte ich. »Schon das ganze Jahr über.«
Sie war etwas überrascht. »So? Oh, wie schön! Und ich hatte solche Angst, dass du den Kontakt zu den Mädchen deiner Klasse verlieren würdest, wenn du in die Stadt ziehst.«
»Wir sind verliebt«, sagte ich. »Es ist uns ziemlich ernst.«
Mom strahlte mich in ihrer mütterlichen Art an. »Das freut mich aber, Peter! Ist sie nett? Natürlich ist sie nett, wenn du sie magst.«
»Ja, sie ist toll«, sagte ich.
Ich war aufgekratzt und in gehobener Stimmung, obwohl wir aneinander vorbeiredeten. Mom stellte sich bestimmt nicht vor, dass ich mit diesem unbekannten Mädchen schlief, sondern dass wir nur romantisch Händchen hielten.
Mom drückte mir die Hand. »Sie hat's wirklich gut, Peter. Ich hoffe, das ist ihr auch klar. Viele Mädchen heutzutage sind so berechnend und herzlos.« Sie sah mich sehr besorgt an.
»Mach dir keine Sorgen, Mom«, sagte ich. »Ich komm schon klar.«
Zurück im Hotel, ging Mom hoch und machte sich für den Rückflug nach Chicago fertig. »Ich werde lange brauchen, bis ich darüber hinweg bin«, sagte sie, als wir wieder losgingen. »Ich habe Morgan wirklich gemocht. Ich hatte immer das Gefühl, als ob er Nelsons bessere Hälfte wäre, das, was Nelson hätte werden können, wenn nur …«
Sie hat diesen Satz nie beendet.

Ich dachte über all die Veränderungen nach, die dieses Jahr mit sich gebracht hatte: die Scheidung, das Leben mit Vater und Aline, Moms Umzug nach Chicago, meine Beziehung zu Leslie, Morgans Tod. Siebzehn Jahre lang hatte sich in meinem Leben nicht viel verändert. Meine Brüder waren aufs College gegangen, aber das war auch schon alles. Ich kenne Leute, die in zig verschiedenen Staaten gelebt haben, oft die Schule wechseln mussten, sogar im Ausland gewesen waren. Und wir haben immer im selben Haus gelebt, ich war jedes Jahr im selben Sommercamp, bin auf dieselbe Schule gegangen. Und eines Tages komme ich heim und ein Erdbeben hat alles erschüttert. Vielleicht habe ich mich an Leslie geklammert, weil sie ein Teil meiner Vergangenheit, meiner Kindheit war, weil ich nicht wollte, dass sich alles verändert. Irgendwie hab ich mir wohl vorgestellt, alles würde so bleiben und ich wäre derjenige, der das Haus verlassen würde, um aufs College zu gehen. Aber was gab's nun noch zu verlassen? Mein großer Augenblick fand nicht statt. Ich habe nicht mal eine Schulabschlussfeier gehabt. Mom ist in Chicago, Dad im Harvard-Club und ich bin allein in einer Zehn-Zimmer-Wohnung mit Leslies Mutter.

Meine Arbeit im Institut ist gut gelaufen. Manchmal habe ich doppelt geschuftet, nur weil diese ewige Routine eine Art Ruhepunkt in all diesem Durcheinander darstellte. Aber die letzten Wochen war ich zu verwirrt, um mich wirklich zu konzentrieren. Mit dem Kopf war ich immer woanders.

Ein paar Tage nach Morgans Beerdigung ließ mich Rex

Rosenblum in sein Büro rufen. Ich hatte ihn nicht gerade viel gesehen. Immer war er zu Verabredungen unterwegs oder zog sich mit irgendwelchen Assistenten in sein Büro zurück.

»Das sind ganz nette Resultate«, sagte er und betrachtete meine Auswertungen. »Sehr ordentlich … Ich nehme an, das Jahr war nicht leicht für dich, Peter. Ich weiß es zu schätzen, dass du das hier ernst genommen hast.«

»Was war nicht leicht?«, fragte ich. Ich war mir nicht sicher, wie viel er über unsere Familienverhältnisse wusste.

»Dein Vater hat mir erzählt, dass seine neue Ehe auf der Kippe steht. Hat wohl wieder eine Freundin, die ihm die Zehen wärmt. Mann, Mann. Der Kerl ist über vierzig. Ich kenn ihn schon dreißig Jahre und ich glaube nicht, dass er auch nur eine Sekunde ohne eine Frau verbracht hat. Ich bin höllisch neidisch.«

»Wahrscheinlich mag er Frauen«, sagte ich.

»Und sie ihn, das macht den Unterschied. Ich mag Frauen nämlich auch, aber was hab ich davon? Eine Frau, keine Geliebte, keine Verehrerinnen. Ziemlich erbärmlich, was?«

Ich hatte den Verdacht, dass es mir mal genauso gehen würde, deshalb wollte ich es nicht gerade als erbärmlich bezeichnen. Wer wohl Dads neue Geliebte war? Er hat nie was davon erzählt. Irgendwie bin ich fast schockiert, was vielleicht kindisch ist. Ich hatte gedacht, es würde einfach nicht so gut laufen mit Aline und ihm. »Wie heißt sie?«, fragte ich.

»Wer?«

»Seine neue Freundin. Ich hab sie noch nicht kennen gelernt.«

Er zog die Nase kraus. »Vielleicht hätte ich das nicht ausquatschen sollen. Ich dachte, du ... Sieh mal, wer weiß, ob es überhaupt ernst ist. Wenn Nelson alle Frauen geheiratet hätte, mit denen er rumgemacht hat, hätte er bestimmt den Weltrekord aufgestellt. Aber sie ist hübsch und gescheit. Der Kerl hat einen verdammt guten Geschmack.«

Den Rest des Tages war ich wütend. Ich will meinen Vater wirklich nicht hassen, aber manchmal lässt er mir kaum eine andere Wahl. Einen Kerl, mit dem er in der College-Zeit zusammengewohnt hat, macht er mit seiner neuen Freundin bekannt und mir, seinem Sohn, hinterlässt er die Nachricht, dass er im Harvard-Club wohnt. Wohnt sie auch im Harvard-Club?

Am nächsten Morgen wurde mir mitgeteilt, dass mein Vater angerufen und die Nummer eines Studios hinterlassen hätte. Ich rief ihn von der Telefonzelle im Eingang des Instituts aus an. »Oh, hallo, Peter«, sagte er. »Wie geht's.«

»Man hat mir gesagt, du hättest angerufen.«

»Stimmt. Na, ich hatte mir gedacht, dass man jetzt ... na ja. Wollen wir nicht mal essen gehen? Ich würde dich gern mit jemandem bekannt machen.«

»Wer ist es?«, fragte ich vorsichtig.

»Eine sehr nette Person. Sie wollte dich schon lange kennen lernen. Ihr beide werdet euch sicher mögen.«

»Ist sie meine zukünftige Stiefmutter?«, fragte ich spöttisch. »Oder nur was Neues fürs Bett?«

Es gab eine kleine Pause. »Wir treffen uns um sieben im *Le Perigord*«, sagte er frostig. »Wenn du Lust hast – wir würden uns freuen.« Er gab die Adresse durch.
Ich weiß nicht, was ich von Dad will. Irgendwie will ich sein Freund sein, jemand, den er mag und respektiert. Und andererseits würde ich ihn gerne vor Qual schreien hören, schmerzverzerrt, Entschuldigungen stammelnd. Als wir letztes Jahr mit der Klasse in *Tod eines Handlungsreisenden* waren, habe ich den Sohn fast beneidet, weil sein Vater so ein Versager, so ein Idiot ist. Das schien mir einfacher als einen Vater zu haben, der im Job erfolgreich ist, dem die Frauen zu Füßen liegen und der bedenkenlos weinende Ehefrauen in Zehn-Zimmer-Wohnungen zurücklässt.
Aber im letzten Moment entschied ich, dass ich meine nächste Stiefmutter kennen lernen wollte. Als ich ins Restaurant kam, saß sie bereits am Tisch. Dad war noch nicht da. Sie hieß Monica Cartwright, eine große Brünette, wirklich hübsch, mindestens fünfzehn Jahre jünger als mein Vater. »Ich habe mich so auf dich gefreut, Peter«, sagte sie lächelnd.
Wär ich nur später gekommen. Mir war gar nicht danach, hier rumzusitzen und Konversation zu treiben. Aber sie machte mir's leicht. Sie redete viel, von sich, ihrer Arbeit, ihrer Familie. Ich musste nur nicken und ab und zu ein paar Worte nuscheln. »Und, wirst du ihn heiraten?«, fragte ich. Ich bestellte ein Glas Wein, das ich aus Nervosität innerhalb von fünf Minuten ausgetrunken hatte.
»Ich weiß nicht, ob Nelson für die Ehe geschaffen ist«, sagte Monica lachend.

»Er hat's zweimal gemacht.«
»Vielleicht passen wir nicht *so* gut zusammen«, fuhr sie fort und strich sich die Haare zurück. »Ich liebe ihn, aber mein Leben ist auch so schon sehr ausgefüllt. Mit dem Heiraten ist das so eine Sache. Jetzt bin ich erst mal froh, nach diesem aufreibenden Jahr ganz für ihn da zu sein.«
»Was war so schlimm an dem Jahr?« Also, was sollte für Dad so schlimm daran gewesen sein? Er war doch der Einzige, der nicht so viel gelitten hatte.
Monica war schon bei ihrem zweiten Glas Wein. Sie hatte leuchtend blaue Augen mit Schminke drumrum. »Nun, ich denke, dass er sehr an deiner Mutter hing, auch wenn sie ihre Probleme hatten. Ich bezweifle, dass er sich hätte scheiden lassen, wenn Aline, deine Stiefmutter, nicht darauf bestanden hätte. Sie scheint eine sehr herrschsüchtige Person zu sein.«
»Blödsinn«, sagte ich. »Dad tut, was er will. Er wollte Mutter verlassen, also ist er gegangen. Er wollte Aline heiraten, also hat er sie geheiratet. Er tut nie etwas, was er nicht will.«
Monica wirkte konsterniert. »Nelson ist ein so warmer, einfühlsamer Mensch. Ich hoffe, dir ist klar, wie viele Gedanken er sich über dich und deine Brüder macht.«
Als Dad erschien, eine halbe Stunde verspätet, hatte ich zwei Gläser Wein intus. Mir wurde langsam schlecht. »Entschuldigung, Entschuldigung«, sagte er und gab Monica einen Kuss. »Das Übliche. Was soll ich sagen? Peter, werde kein Schauspieler. Versprich mir das.«
»Da mach dir mal keine Sorgen«, sagte ich etwas benommen.

Nachdem Dad da war, schwieg ich. Ich bestellte ein komplettes Menü mit schwarzer Bohnensuppe, halb durchgebratenem Steak mit grünem Pfeffer, was mein Leibgericht ist, und Spargel als Beilage. Ich konzentrierte mich aufs Essen.

»Mein Sohn ist ein großer Esser«, sagte Dad trocken, als ich nach einem Brötchen griff. »Du musst entschuldigen.«

Ich sah ihn nur an.

»Das sieht köstlich aus«, sagte Monica. »Kann ich mal probieren?« Sie nahm sich ein Stück von meinem Steak.

Zum Nachtisch hatten wir Kaffee, Pfirsich auf Vanilleeis und Kognak. »Also, auf die Zukunft«, sagte Dad und hob sein Glas. »Dass sie die Vergangenheit vergessen macht.«

»Auf Peter und Harvard«, sagte Monica.

»Monica war auch in Harvard«, sagte Dad. »Sie ist ebenso klug wie schön.«

»Wie man hört, ist sie auch gut im Bett«, sagte ich und rülpste.

Dad lief rot an. »Peter! Wirst du dich bitte entschuldigen? Auf der Stelle. Das war absolut fehl am Platze.«

»Du kannst mich mal, Dad«, sagte ich, stand auf und verließ das Restaurant. Draußen wurde mir kotzübel. Ich hatte zu viel gegessen und zu viel getrunken. Außerdem kam ich mir wie der letzte Idiot vor.

Ich ging zurück zur Wohnung und kotzte eine Stunde lang. Danach schleppte ich mich in mein Zimmer und starb vor mich hin. Das Telefon klingelte. Es war Leslie. Ich hatte sie seit Onkel Morgans Beerdigung nicht mehr gesehen.

»Du klingst so komisch, Peter«, sagte sie. »Bist du okay?«
»Les, ich sterbe«, ächzte ich. »Wirklich.« Ich fing an zu weinen. »Ach, Mensch. Alles ist so bescheuert. Ich bin so ein Idiot.«
»Ich liebe dich«, sagte sie. »Ich komm rüber und rette dich.«

Mach's gut, dein Leben

Ich habe nie rausgekriegt, warum es Peter an diesem Abend, an dem ich ihn in Moms und Nelsons Wohnung besuchte, so dreckig ging. Er lag in seinem Bett wie ein gestrandeter Wal, einen nassen Waschlappen überm Gesicht. »Ich kann mich nicht bewegen«, jammerte er. »Ich leide wie ein Hund.«

»Was fehlt dir?« Er wirkte weniger hysterisch als vorhin am Telefon. Da hatte ich mir echt Sorgen gemacht.

»Ich habe zu viel gegessen, getrunken ... ich hasse meinen Vater ... und er hasst *mich*.«

Ich nahm den Waschlappen weg. »Soll ich ihn wieder nass machen? Hast du Kopfschmerzen?«

Peter nahm meine Hand und küsste sie. »Ich liebe dich«, sagte er. »Ich will, dass wir zusammenbleiben, bis wir neunzig sind.«

»Werden wir«, sagte ich. Ich musste über seinen plötzlichen Stimmungswechsel lachen.

»Aber du gehst nach Chicago und ich nach Harvard. Was ist, wenn du andere Jungs kennen lernst?«

»Und was, wenn du andere Mädchen kennen lernst?«

Peter setzte sich halb auf. »Ich werde das andere Geschlecht meiden«, sagte er ernst. »Ich werde Enthaltsamkeit üben. Ich werde mir nicht mal Filme ansehen, in denen Frauen auftreten. Ich werde ein keusches Leben

führen und mich in klösterlicher Abgeschiedenheit ganz der Wissenschaft widmen.« Er rülpste.
»Leg dich flach und halt den Mund, okay?« Ich ging ins Badezimmer, ließ kaltes Wasser über den Waschlappen laufen und kam zurück.
»Vielleicht werde ich Mönch«, sagte Peter. »Einer von denen, die Leinenkutten tragen und ihr Tamburin schwenken. Ich werde allen Verlockungen des Fleisches entsagen.«
Ich legte den Waschlappen wieder auf seine Stirn. »Und was ist mit mir?«
»Wir werden einander schreiben«, sagte er und schloss die Augen. »Wir werden sein wie Abelard und Heloise.«
»Du willst dich kastrieren lassen? Igitt.«
Peter nahm wieder meine Hand. »Leg dich neben mich, ja?«
»Was ist, wenn Mom heimkommt?«
»Sie ist nie zu Hause.«
»Wo ist sie?«
»Weiß nicht.«
Ich legte mich neben ihn. Mir war kalt. Ich war zum ersten Mal in der Wohnung, seit ich ausgezogen war. »Ob sie und dein Vater wieder zusammenkommen?«
»Mach dir keine Hoffnungen.«
»Mach ich auch nicht«, sagte ich. Ich legte den Kopf auf seine Schulter. »Nächste Woche fangen die Ferien an.«
»Ich kann's kaum noch erwarten«, sagte Peter.
Eine Weile redeten wir über alle möglichen Pläne. Wir entschieden uns dafür, den Sommer über nach Kalifornien zu fahren und das Land anzugucken. Unterwegs wollten wir

in Chicago vorbeifahren und mein Zeug im Haus von Kens Freundin abstellen, bis ich im August ins Wohnheim ziehen würde. Es war toll, sich das auszumalen: zwei Monate Freiheit von den Eltern, reisen, reden, sich lieben, das zu machen, worauf man gerade Lust hatte. Aber erst musste ich noch die Prüfungswoche überstehen. Nachdem das Stück gelaufen war, hatte die Schule nichts mehr zu bieten. Der Unterricht war langweilig, die meisten gingen nicht mehr hin. Selbst die Lehrer schienen abwesend, vergesslich, als ob sie schon auf die Sommerferien warteten.

»Hoffentlich besuchst du mich mal«, sagte Brandemour, als ich mich von ihr verabschiedete.

»Bestimmt«, versprach ich.

»Wirst du mit der Schauspielerei weitermachen? Hoffentlich tust du das.«

»Wenn ich talentiert genug bin«, sagte ich. »Aber da bin ich mir nicht sicher.«

»Talent ist nur die Spitze des Eisbergs«, sagte Brandemour und steckte sich einen Zigarillo an. »Was zählt, ist Zähigkeit und Ausdauer. Für jeden Teelöffel Talent braucht man eine ganze Tasse voll Ausdauer. Du schaffst es bestimmt, Leslie. Da ist noch viel unter der Oberfläche bei dir. Hol's raus. Gebrauch es.«

»In Ordnung«, sagte ich leichthin. »Ich werd's versuchen.«

»Es ist vielleicht anmaßend von mir, ein solches Thema auch nur zur Sprache zu bringen. Aber bitte heirate nicht, bevor du nicht fünfunddreißig bist. Gönn dir die Jahre, in denen du dich entwickeln kannst, in denen du Sachen ausprobieren kannst. Es ist so deprimierend, wenn meine

Mädchen zurückkommen und in grässlichen Ehen mit irgendwelchen Anwälten oder Ärzten stecken. Sie haben es nicht mal versucht! Du musst es versuchen, mit aller Kraft. Was hast du zu verlieren?«

»Waren Sie schon mal verheiratet?«, fragte ich. Über Brandy waren zahllose Gerüchte im Umlauf, dass sie lesbisch sei, dass ihre wohlhabende Familie sie wegen einer nicht standesgemäßen Ehe verstoßen hätte.

»Ich habe mit neunzehn geheiratet«, sagte sie und verdrehte die Augen. »Einen Banker aus Philadelphia. Ist das zu fassen? Ich glaube, er hat mich nur geheiratet, damit seine Mutter einen Herzanfall bekommt. Das hat auch geklappt. Und natürlich haben die spießigsten Typen eine völlig blödsinnige, unwiderstehliche Anziehungskraft auf mich ausgeübt. Dieser Fluch lastet auf vielen unbürgerlichen Frauen. Ich will damit nur sagen: Mach mir nicht nach, was ich getan habe, sondern tu, was ich dir gesagt habe.«

»Und war's das dann?«, fragte ich. »Haben Sie jemals einen getroffen, der …?«

Sie lachte. »Unzählige. Aber einer unpassender als der andere. Mein Leben ist eine einzige Kette persönlicher Katastrophen, zu absurd und unwahrscheinlich, um auch nur als Stoff für eine surrealistische Komödie zu dienen. Aber was sollen all diese Fragen, Schätzchen? Bist du verliebt?«

»Glaub schon. Ich weiß nicht genau.«

Sie drückte ihren Zigarillo aus. »Versteh mich nicht falsch. Ich habe nichts gegen Leidenschaft. Leidenschaft ist etwas Großes. Lass dir von niemandem das Gegenteil einreden.

Aber lass dich nicht festhalten. Benutz die Männer, aber im besten Sinne, um weiterzukommen, Spaß zu haben, das Leben zu genießen. Sie benutzen uns auch. Wir müssen lernen sie zu benutzen.«

»Ich werd versuchen das alles zu behalten«, sagte ich.

Brandemour lächelte mich glücklich an. »Manchmal, wenn ich dich so angucke, sehe ich mich selbst, wie ich vor vielen Jahren war. Das tut schrecklich weh. Vielleicht, weil ich nie Kinder hatte.« Sie beugte sich vor und küsste mich. »Mach's gut, dein Leben. Und komm mal vorbei und erzähl mir davon.«

Ich habe mich noch von ein paar anderen Lehrern verabschiedet, aber nur das, was Brandemour gesagt hatte, setzte sich bei mir fest. Ich wusste, dass ich es nicht vergessen würde, ob es sich nun als hilfreich erweisen würde oder nicht. Und noch bevor ich überhaupt meinen Schulabschluss hatte, habe ich mir ausgemalt, wie ich als erfolgreiche Schauspielerin zurückkehre und Brandemour davon erzähle.

Am letzten Prüfungstag ging ich mit Mira in den Riverside-Park. Der Lebensgefährte ihrer Mutter hatte ihr einen Aupair-Job in Nizza verschafft. Mira spricht wirklich fließend Französisch, fast ohne Akzent.

»Ob ich Jacques besuchen sollte?«, fragte sie. Wir saßen unter einem Baum und sahen auf den Fluss. »Meinst du, er wird sich an mich erinnern?«

»Klar«, sagte ich einfach so, nur um zu sagen, was sie hören wollte. »Die erste Liebe vergisst man nicht.«

Mira verzog das Gesicht. »Für mich war's die erste Liebe, für ihn so etwa die zwanzigste. Die Franzosen fangen früh an. Aber immerhin, ich glaube, ich war seine erste Amerikanerin. Wahrscheinlich lass ich mir die Haare schneiden. Was meinst du?«

Ich war entsetzt. Miras lange, krause blonde Haare sind so schön, sie sind ihr Erkennungszeichen. »Warum?«

»Ich will ein neues Image. Poppiger. Kommst du mit zum Friseur und hältst meine Hand?«

»Sicher.«

Ich hatte nicht gedacht, dass sie das wörtlich gemeint hatte. Aber am nächsten Tag schleppte sie mich zum Friseur und ich musste direkt neben ihr sitzen und ihre Hand halten oder, besser, ihr meine Hand geben, damit sie sich daran festhalten konnte. Mit großen, entsetzten Augen sah sie zu, wie ihre weichen, honigblonden Haare zu Boden schwebten. Am Ende waren sie kinnlang und schwangen ihr in einem dichten Schwall um den Kopf.

»Du bist immer noch schön«, sagte ich. Halb hatte ich gehofft, sie wäre nicht mehr so schön.

»Ja, stimmt«, sagte Mira und betrachtete sich nachdenklich. Sie krabbelte durch den Laden und stopfte ihre ganzen Haare in eine große Plastiktüte. »Der arme Jacques«, sagte sie. »Er wird bei meinem Anblick schwach werden und seiner armen französischen Freundin wird das Herz brechen.«

»Oder seiner Frau.« Ich konnte nicht umhin, auf diese Möglichkeit hinzuweisen.

»Das bezweifle ich. Er wollte frühestens mit fünfunddreißig heiraten.«

In der Woche nach dem Schulabschluss kam Peter jeden Tag zu Besuch. Daddy arbeitete, Peter hatte im Institut aufgehört, ich war frei. Plötzlich war es heiß geworden und wir verbrachten unsere Zeit mit Ballspielen, wenn wir nicht in der Unterwäsche rumlagen und faulenzten oder uns liebten.

Vielleicht hätte ich mir Sorgen machen sollen, dass Daddy mal etwas früher heimkommt und hereinplatzt, wenn wir gerade auf dem Wohnzimmerteppich miteinander schlafen. Aber ich war mir sicher, dass das nicht passieren würde, und es passierte auch nicht. Unser Glück hatte so lange gehalten. Ich wusste, dass es weiter halten würde.

An einem Morgen haben wir im Freien Squash gespielt und ich habe Peter natürlich geschlagen.

»Gott, du bist gnadenlos«, sagte er. Er war völlig nass geschwitzt, sein Gesicht war knallrot. »Wie soll ich es mit dir nur aushalten?«

»Ich liebe es, Männer zu besiegen«, sagte ich. »Es ist das absolut Größte.«

»Aber ich bin nur ein Junge, ein hilfloser, sanfter, feministischer Junge.«

»Schwachsinn.«

Peter verdrehte die Augen. »Diese modernen Frauen haben nichts als Sex im Kopf«, japste er. »Sie schlagen uns Männer im Freiluft-Squash und saugen uns die Lebenssäfte aus, bis wir schlaff und träge liegen bleiben.«

Ich küsste ihn. »Lass uns wieder in die Wohnung gehen. Du sollst was haben, woran du denken kannst, wenn du im Kloster bist.«

Bei der ganzen Rumalberei hatte ich vergessen, dass ich nicht einfach so mit Peter nach Kalifornien fahren konnte. Zunächst musste ich noch mal in die Wohnung von Mom und Nelson, um mein Zeug zu packen. Ich habe einen großen Koffer, in den meine ganzen Klamotten passen, aber es gab auch noch Bücher, Stofftiere und ein paar Bilder. Peter versprach, mir zu helfen.

Außerdem musste ich Mom aufsuchen, bevor ich losfuhr. Mir war klar, dass sie auf einen Schritt von mir wartete. Sie war ja auch auf mich zugegangen, als sie nach der Aufführung gekommen war. Sich wie ein Dieb in der Nacht davonzustehlen wäre bescheuert gewesen. Wir hatten Daddy gesagt, dass wir losfahren wollten, und bestimmt hatte er es Mutter erzählt, aber ich hatte ihn nicht nach ihrer Reaktion fragen wollen. Ich wusste, dass ich mit ihr sprechen musste, bevor es losging – aber was sollte ich ihr sagen? Tat es mir Leid, dass ich ausgezogen war? Nein. Die Art, wie ich es getan hatte, tat mir Leid, weil es so plötzlich gekommen war, weil wir nicht darüber geredet hatten. Ich fragte mich, ob ich ihr von Peter erzählen könnte. Wenn sie von unserer Beziehung gewusst hätte, hätte sie eher verstehen können, was ich durchgemacht hatte.

Der Nachmittag, an dem ich mit Peter zur Wohnung ging, war heiß, fast schwül. Mom war nicht da und das Appartement machte einen unbewohnten Eindruck, obwohl noch alle Möbel drin waren. Vielleicht lag es daran, dass alles so neu wirkte. Mom hatte so gut wie nichts aus der alten Wohnung mitgenommen. »Sieht wie ein Mausoleum aus«, sagte ich.

In meinem Zimmer war es unglaublich muffig. Die Fenster waren geschlossen. Ich schaltete die Klimaanlage ein und begann meine Sachen aus dem Schrank in den Koffer zu schmeißen. Peter saß da und guckte zu. Er war eigentlich zur moralischen Unterstützung mitgekommen. Auf einmal sprang er auf, verließ das Zimmer und kam mit vier eleganten Dior-Bikini-Höschen von mir zurück. »Ich glaube, die gehören dir«, sagte er.

»Gott, wo haben die denn gesteckt? Ich hab sie überall gesucht.«

Er machte ein verlegenes Gesicht. »Ich habe sie mit ins Bett genommen.«

»Peter!«

»Ich hab sie letzten Sommer geklaut. Sie haben eine große Rolle in meinen Wunschvorstellungen gespielt, Anfang des Jahres, als du so kalt und distanziert warst. Da hatte ich wenigstens sie.«

Das ist wohl einer der großen Unterschiede zwischen Männern und Frauen. Ich könnte mich nie daran aufgeilen, Peters Unterhosen mit ins Bett zu nehmen. Peter hob die Höschen einzeln hoch. »Dieses habe ich Gloria genannt. Und dieses hier Sophie. Das rosafarbene hieß Eleanor.«

Ich nahm sie ihm ab. »Du bist pervers. Würdest du mir wenigstens helfen?«

Er verbeugte sich. »Zu Diensten, meine Gnädigste, was wünschen Sie?«

Ich sah mich um. Der Schrank war leer, die meisten Bücher verpackt. »Ich glaub, ich brauch noch drei oder vier Kartons. Könntest du nicht in den Schnapsladen oder zum Supermarkt gehen und gucken, ob es da welche gibt?«

Nachdem Peter gegangen war, legte ich mich aufs Bett. Jetzt war es kühl im Zimmer. Ich war erledigt. Ich nickte kurz ein und wachte auf, als die Tür ging. Ich hatte Peter erwartet, aber es war Mom.

»Leslie!« Sie wirkte erschrocken.
Bei dem Gedanken, dass ich beinahe ohne Abschied weggegangen wäre, bekam ich Gewissensbisse. »Ich will meinen Kram nach Chicago schaffen«, sagte ich. »Ich kann die Sachen bei Ken im Keller lassen, bis ich ein Zimmer gefunden habe.«
Trotz der Hitze wirkte Mom frisch und kühl in ihrem hellblauen Kleid und den weißen Sandalen. »Ich habe gar nicht gewusst, dass du und Peter so gute Freunde seid. Das habe ich erst erfahren, als mir dein Vater von euren Reiseplänen erzählt hat.«
»Wir sehen uns öfters«, sagte ich und zog einen Faden aus der Wolldecke.
Mom schaute das Matisse-Poster an der Wand an.
»Wie soll es weitergehen?«, stotterte ich.
»Was denn?«
»Wirst du wieder mit Nelson zusammenkommen?«
Sie schüttelte den Kopf. »Nein. Das musste ich mir leider klar machen. Es ist vorbei. Ich komme mir wie ein Idiot vor; ich hatte mir eingebildet, ich könnte Nelson an mich binden. Er wird sich nie mit nur einer Frau begnügen. Aber du weißt, mit Daddy ist es auch nicht so gut gelaufen. Vielleicht muss ich Nelson dankbar sein, weil er der Auslöser war ...«
»Wofür?«
»Es war an der Zeit für mich, zu lernen, wie es ist, wenn man nicht verheiratet ist. Vierundzwanzig Jahre habe ich so gelebt. Da ist keusche Einsamkeit jetzt vielleicht sehr friedvoll.«
Ich kann mir Mom nicht alleine vorstellen. Wenn ich an

sie denke, dann immer zusammen mit einem Mann, lachend, flirtend. »Das hört sich gut an«, sagte ich.
»Ich war ein schlechtes Vorbild für dich«, sagte sie. »Ich hab überall herumposaunt, wie unabhängig ich bin, aber was ist davon übrig geblieben?«
»Du arbeitest«, sagte ich. »Du bist finanziell unabhängig. Es heißt, das sei erst mal das Wichtigste.«
»Kann sein«, sagte sie gedankenverloren. »Bist du jetzt glücklich, Leslie?«
»Ich ... ja.« Ich war nicht sicher, wie sie das meinte.
»Hätte ich bloß den Mut gehabt, Preston zu verlassen ohne neue Beziehung. Dann hätten wir beide dieses Jahr zusammen verbringen können. Stattdessen habe ich immer nur an Nelson gedacht und das hat ihn erst recht vertrieben. Nicht dass er sonst geblieben wäre, aber das hat die Sache noch beschleunigt.«
Ich stand auf. »Jedenfalls haben wir uns besser kennen gelernt«, sagte ich. »Und ich ziehe nicht für immer weg. Ich komm zurück. Wir bleiben in Verbindung.«
Mom nahm mich in die Arme. »Hoffentlich. Ich werde dich vermissen, Schatz.«
Peter ist so rund, aber auch weich und anschmiegsam. Mom ist dünn und zerbrechlich und wir haben uns immer nur ganz vorsichtig angefasst, als ob etwas zwischen uns stehen würde. Ich hätte mir gewünscht, dass sie zum Abschied *Ich liebe dich* sagt. Aber hat sie nicht getan.
Kurz danach kam Peter mit den Kartons zurück. »Ich helfe Leslie beim Packen«, sagte er nervös.
»Schön, dass du noch Kartons aufgetrieben hast«, sagte Mutter. »Was ist mit deinem Kram, Peter?«

»Ja. Stimmt. Ich werd irgendwann nächste Woche vorbeikommen. Ist das okay?«

»Ich bin davon ausgegangen, dass du noch immer hier wohnst. Ziehst du aus?«

»Nein. Ich will nur meinen Kram zusammenpacken«, sagte Peter.

»Bist du ein guter Fahrer?«, fragte Mom. »Einmal quer durchs Land ist ein langer Weg.« Das hatten wir alles schon mit Daddy durchgekaut. Der wollte mich zuerst gar nicht weglassen.

»Ich bin ein erstklassiger Fahrer«, sagte Peter. »Sehr vorsichtig.«

»Nun, ich habe Vertrauen zu dir«, sagte Mom.

Sie ging aus dem Zimmer. Der Rest war schnell gepackt, ohne dass wir dabei geredet hätten.

Endlich kam der Tag der Abfahrt. Wir hatten den großen Koffer und das meiste meiner Sachen schon nach Chicago geschickt. In dem Gebrauchtwagen, den Peter von seinem Schulabschluss-Geld gekauft hatte, nahmen wir nur ein paar Kisten und Koffer mit.

Daddy schwirrte um uns rum und sah uns beim Einladen zu. »Du wirst ganz besonders vorsichtig fahren, Peter«, sagte er. »Hörst du?«

Ich glaube, Peter kapiert allmählich, was es heißt, ein Einzelkind zu sein. Er dachte immer, ich hätte so ein Glück.

»Daddy, er fährt nie schneller als fünfzig Meilen. Und wir werden immer die Sicherheitsgurte anschnallen.«

»Wirklich immer«, wiederholte Daddy. »Selbst für kürzeste Strecken. Das mag jetzt pingelig klingen, aber es ist so schrecklich wichtig.«

Ich umarmte ihn. »Ich ruf dich aus Chicago an.«

»Ruf mich an, wann immer du willst. Immer per R-Gespräch.«

Er sah so niedergeschlagen aus, dass ich fast geheult hätte.

»Das werde ich.« Ich stieg ins Auto. Als ich ihm zuwinkte, war meine Kehle wie zugeschnürt.

Peter fuhr runter zum Central-Park West. »He, weinst du etwa?«

»Nur ein bisschen. Nicht richtig.« Ich sah ihn an. »Weißt du was? Mir ist gerade etwas klar geworden. Wir sind nicht mehr Bruder und Schwester.«

»Sind wir das je gewesen?«

»Offiziell schon. Na ja, Stiefbruder und Stiefschwester. Aber was sind wir jetzt?«

Peter legte mir die Hand auf die Schulter. »Was immer wir sein wollen.«